U0902714

乔先生的黑月光

（下册）

（终结篇）

姒锦 著

青岛出版社
QINGDAO PUBLISHING HOUSE

第七章
绝望是件好事

乔东阳从昏睡中醒过来，一睁开眼睛，就看到了坐在病房里的权少腾和丁一凡。

乔东阳叹了一口气："权队，你怎么又来了？"

"有些情况要找你了解。"权少腾说。

"这件事我已经说过无数次了。"乔东阳半眯着眼，没什么精神，"把我逼死了，你的定制机器人可就拿不到了。"

权少腾皱了皱眉："狗子，你这个小名儿真没取错，我看你就是个狗东西……"他拉了一把椅子，大大咧咧地坐在乔东阳的病床边，招呼丁一凡，"老丁，开始准备吧。"

今天权少腾他们是带着任务来的。

冯大军、彭勇一案还没有了结，现在乔东阳又惹上事。他们找了相关部门协调，原本是想把乔东阳的案子接过去的，但没有想到中途受到阻碍。申城方面明确表示，乔家的案子和朱青案，与重案组正在调查的案子不相干，分开审理比较好。最主要的是，对于这几个案子的相关性，重案组拿不出证据来证明。

今天他们来，就是想知道乔瑞安和乔东阳的恩怨，但令他们意外的是，乔东阳断然拒绝向他们透露相关信息。

乔东阳显得有些不耐烦：“你们问的事，我已经说过很多次了。就是因为几句话，我和乔瑞安之间生出龃龉，发生冲突。我那时年轻气盛，看不惯乔瑞安一副假正经的蠢样子，就揍他了。”

权少腾闻言，和丁一凡交换了一个眼神，然后问：“什么龃龉？”

乔东阳垂下眼皮：“事过多年，忘了。”

丁一凡说：“乔先生，我希望你能再想想，细节越多越好。我们是想帮你。”

乔东阳懒洋洋地道：“我知道，但真的想不起来。当时我也没把这争执当回事，就是想揍他。”

丁一凡又问：“你是用什么东西弄瞎他的眼睛的？”

“花瓶。”

“说清楚一点儿。”

乔东阳似乎很不愿意浪费时间像这样反复回答同一个问题：“我和乔瑞安争吵，引发冲突。我顺手抄起一个花瓶砸在他的脑袋上，花瓶被砸碎了。他冲过来打我，我为了还击，顺势拿着破碎的花瓶朝他刺去。他因踩到地上的玻璃碎片滑倒，眼睛刚好扎在我手里的碎花瓶凸出的玻璃棱上。事情就是这样。”说到这里，乔东阳抬了抬眼皮，“听说那个家伙的傻病突然好了？”

丁一凡不回答乔东阳的问题，而是继续问：“他的眼睛当时就坏了吗？”

“不知道。”

“出血了吗？”

乔东阳脸色很平静：“血流如注。”

丁一凡看着乔东阳那副没有半分同情心的样子，皱了皱眉：“你跟乔瑞安有什么深仇大恨？他是你堂哥……在他受伤的情况下，你为什么还要推他下楼？”

“我没有推他下楼。”乔东阳似笑非笑，“我只是上前踹了他两脚，这厮自己滚下去的。”

踹了两脚和推，性质不是一样吗？总之是乔东阳的行为致使对方滚下楼梯。

权少腾问：“你对你堂哥毫无同情心？”

乔东阳扯了扯嘴角：“我为什么要同情他？”

乔东阳的语气里透出来的不是一般的憎恶。哪怕事过多年，乔瑞安瞎了一只眼，乔东阳似乎仍未解恨。

权少腾问：“你为什么这么恨他？”

“看不惯。”

“就这么简单？”

“就这么简单。”

“不可能。”权少腾说得斩钉截铁，“你们动手之前发生了什么？”

“什么也没有发生。”乔东阳云淡风轻地笑着，“难道权队年轻的时候就没有遇到过几个想揍的蠢货？”

“没有。”权少腾难得严肃地说，“我揍的都是该揍的人。”

“一样，我也是。”

“乔东阳，”权少腾冷下脸，“你不要不把乔瑞安的案子当回事。我实话告诉你，如果你不配合我们，申城警方马上就会申请逮捕你。你有故意伤害罪在身，救池月的行为也很难构成正当防卫，说你防卫过当都是轻的……到时候，数罪并罚，你是想把牢底坐穿？”

乔东阳突然一叹，真诚地看着权少腾：“我已经交代得很清楚了，难道你希望我编故事欺骗警察？”

权少腾一时被他的话噎住。

乔东阳用手指轻轻叩着床：“我完全可以编一个人设更为丰富的故事来为自己开脱，然而事实就是这样的——我看不惯那小子，与他争执起来，就动了手。当然，我没有想过把他的眼睛弄瞎，更没想到他那么不禁摔。只几级楼梯，他滚下去，就摔坏了脑子。”

病房里寂静一片。

乔东阳看着他们，莞尔一笑：“这就是全部事实。是不是让你们失望了？”

“没有隐情？”权少腾仍然不肯相信。

乔东阳轻笑：“没有隐情。”

池月从权少腾那里得到乔东阳的消息，有些吃惊：“他的行为确实令人费解。”

权少腾问：“不是他平常的样子吧？”

池月的心里满满的都是疑惑：“他是个头脑清晰的人，懂得取舍。我认为，从某种程度上说，他是个利己主义者。他像这样坦然地承认自己的错误，非常可疑。”

“他说的未必就不是真相。”权少腾突然一笑，“今天他有句话问住我了。难道我就没有遇到过特别想揍的人吗？有。我也遇到过这样的人，控制不住怒火，就是讨厌对方。”

一晃，三个月过去。自那天之后，池月没有见过乔东阳，两人所有的交流都只能由王律师转述。

在这些日子里，董珊常来陪池月聊天儿，一起做家务，散散心。王雪芽除了中途回了一次家，大部分时间陪着池月。郑西元也来拜访过一次，其他的朋友也通过信息和电话来慰问池月。

池月并不寂寞，只是焦躁。

随着案件调查时间的拉长，池月一天比一天焦躁。王律师说，申城警方认为乔东阳的犯罪事实成立，已经把案件提交检察院，但被检察院退回来了，理由是证据不足，需要补充侦查。王律师让池月做好准备，有可能警方还会再找她核实案情。

池月不怕警方来找自己，就怕事情拖到最后，还是会往不好的方向发展。

可是有时候怕什么就来什么，所有不好的事情似乎都堆在一起，推动着乔东阳的案子往更坏的方向发展。就在池月被警方叫去问话的第三天，警方以故意伤害罪将案件第二次提交检察院，检察院正式批准逮捕乔东阳。

得到这个消息，池月整个人都软了，大脑空白、耳鸣心慌。她疯狂地给权少腾发信息，但权少腾关机了。她找王律师询问，王律师正带着律师团在搜集证据，准备为乔东阳辩护。

池月在房间里走来走去，手机已经被她捏得发烫了。这时，她突然接到董珊的电话。

“月月，你下楼来吧。”

池月的心头一紧：“阿姨，怎么了？”

董珊的语气有些沉重：“我和他爸都在。我们准备去看看东子。”

实际上，他们是不被允许探视乔东阳的。但乔正崇打听好了，今天乔东阳出院，会被直接带去看守所。他们想在医院守株待兔，看看多日未见的孩子。

“好，我马上下楼。”

池月匆匆梳了一下头发，下了楼。

池月已经很久没有见过乔正崇了，上一次见到他还是在月亮坞——那个黄沙漫天的地方，当时他被乔东阳气得吹胡子瞪眼。

乔正崇热爱种树，正准备把公司交给乔东阳，把余下的生命用到治理沙暴、改造环境上，慢慢养老，可未待宏图大展，就遇上这事。乔正崇的头发又白了一茬，看上去苍老了不止十岁。

池月上了车，坐在董珊的身边，将双手放在膝盖上，不再动弹。

车往医院行去。车厢里很安静，气氛几近凝滞。过了好久，还是乔正崇打破了寂静：“月亮坞的项目进展得很顺利，你不用担心。有我的两个老同学坐镇，俞荣也很能干，误不了事。”

池月的呼吸一滞：“谢谢乔叔。”

“我不是为了你。”乔正崇望着前方的路，“东子难得想做点儿正事。他想的，我都会满足。”

儿子想要的，乔正崇都会满足——乔东阳就是在那样的环境下长大的。

乔正崇最近咨询了不少心理医生。心理医生告诉乔正崇：乔东阳会对乔瑞安做出那样丧心病狂的恶性伤害，就是因为乔东阳童年不幸，家庭教育缺失，偏偏他的物质生活又能得到极大的满足，他要什么有什么，所以形成了乖张的性格，酿成大错。

乔正崇其实很后悔，后悔当年没有把儿子留在身边，多陪陪儿子。那时候，乔正崇把全部的精力用到了乔家的家业上，就是想把它打理好，给儿子留下一个“盛世江山”。他一方面要防着家族斗争，一方面要管理公司，疲于奔命，认为把乔东阳送出国是最好、最安全的。他没想到事情会变成这样：父子成仇，互不理解；兄弟反目，你死我活。

乔正崇很后悔。可是到现在，让他选择，他仍然无法改变习惯——只要儿子要的，他都给、都满足。

池月沉默。她知道，这是一个老父亲的爱以及绝望。

医院门口停了几辆警车。再远一点儿，一群人在围观，指指点点。

乔正崇说：“下车吧。他快下来了。”

池月扶着董珊下车，发现董珊的手冰冷，身子也僵硬着，状态很差。后妈能做到董珊这个地步——付出真情实意，很不容易。池月心疼地揽住董珊的胳膊，站在人群里，望着医院的大门。

他们真能看到乔东阳吗？池月的心里很忐忑，注意力完全被乔东阳可能出来的方向吸引过去。不料她一个不注意，董珊突然就冲了出去，奔向大门口的警察，口里喊着：“警官，我有事情要说。我要交代。我有新的证据……”

董珊的行为让人始料不及。几个正在谈话的民警条件反射地做出动作，拿起警棍，制止她靠近。

池月觉得，民警最初大概是把董珊当成了有暴力倾向的犯人家属，待董珊身子一软，瘫倒下去，他们才收起警棍，扶董珊起来询问。

董珊在和民警说着什么，但距离远，池月听不清。池月想要走近，但又被维持现场秩序的工作人员拦在外面，只能远远地看着董珊面色苍白地跟民警说话。

乔东阳就是在这个时候被警察带出来的。为保护嫌疑人的隐私，乔东阳的脑袋上戴着黑色的头罩，旁人看不到他的面孔。但池月太熟悉他了，单看那走路的姿态就知道是他，而且他瘦了。

乔东阳的出现当即在现场引起了骚动。在一片嘈杂声里，人群往前挤。民警迅速出动，把乔东阳带上警车。池月来不及多看，那辆警车就驶出她的视野，消失了。

乔东阳上警车前，看了董珊一眼，没有说话。

董珊却突然瘫了下去，掩面低泣。

池月和乔正崇想过去，却被警察拦住了。他俩眼睁睁地看着那辆载着乔东阳的警车离去，然后又看着董珊被带上了另一辆警车。董珊临上警车前，回过头来，用一种哀怨无助的目光看向乔正崇，但一个字也没有说。

池月看董珊这样，头皮一阵发麻，而乔正崇一动未动。

池月不知道乔正崇在想什么，硬着头皮问："乔叔，咱们先上车吧？"

乔正崇像是浑身的力气都被抽去了："我们去刑侦队。"

刑侦队。

池月老老实实地等着乔正崇。

他俩刚过来，乔正崇就被警察叫进去做笔录了。这个过程有些久，是过了两个小时还是三个小时，池月记不清。中途，乔正崇的律师过来了。他看了池月一眼，办了手续，走进去。

饭点儿早就过了，池月在接待室坐立不安，煎熬了如同一个世纪那么久。终于，乔正崇、董珊，还有那个年轻律师，一起出来了。

这三人都沉默不语。董珊明显哭过，眼圈通红。她小心翼翼地跟在乔正崇的身边。乔正崇抿紧嘴唇，一言不发。只有那个律师，在送他们出门的时候，露出一个职业微笑。

临分开前，那个律师对乔正崇说："这边我会盯住，有消息我们再联络。你不用太担心，回去好好休息。"

乔正崇嗯了一声，低着头大步走出去，上了司机开过来的车。

从头到尾，池月都没有机会向他们询问。她像一个隐形人，等了他们几个小时，没有得到一句与案情相关的话，就被送回小区。

那天回去，池月和王雪芽讨论了很久，但谁也说不准董珊到底和警察说了什么，于是池月越发好奇。其后的几天，董珊来过一次，照常关心池月和王雪芽的生活，但状态远不如前一段时间。董珊偶尔发呆，偶尔也会提到乔东阳的案子，但绝口不提那天的细节。

王律师约池月见面，是在半个月之后。他们约在一个咖啡馆。

那天阳光正好，春意盎然。池月没有置办春装，穿得有点不合时宜，却因心里存着事，对此浑然不觉。

“王律师，案子什么时候开庭，有消息吗？”池月问。

“案子还在审查起诉阶段，因为案情复杂，恐怕会延期开庭。不过你也不用太担心，我们准备得很充分。”

这是个报喜不报忧的律师，池月早就发现了。她想了想，认真地说：“你能不能给我托个底，这个案子最坏的结果是什么？”

王律师闻言，眉头皱了起来：“这场仗，对方有准备，人证、物证，一切都有。而我们被迫接招儿，有点仓促。”

池月脸色微沉：“董阿姨不是提交了新的证据吗，难道也没有用？”

别人不知道这事的内情，王律师是一定会知道的。池月憋了许久没有问，现在这么悠悠地说出口，让王律师一时难以判断她知道多少。

王律师沉思了一会儿，然后才说：“她提供的信息确实非常有用。只可惜事过多年，她的话无人佐证，她也没有证据……”

池月急切地问：“可以告诉我吗？我只是关心乔东阳。王律师，我发誓，绝不会对外说一个字。”

真相出乎池月的意料。那天在医院门口，董珊亲口告诉警察，乔瑞安性侵了自己，被乔东阳当场撞见。乔东阳怒不可遏，这才出手打伤乔瑞安。性侵，不是未遂，而是已成事实。

过去多年，董珊不愿提及往事，但为了乔东阳，不得不一次次地在警察、律师面前把当初的羞辱翻出来晾晒，在伤口上撒盐。

乔东阳刚从国外回来的那个夏天，申城的气温达到了历史的最高峰，地面热得可以煎鸡蛋。

乔东阳在国外留学多年，董珊与他没有什么交集。每次乔正崇和乔东阳通电话，问乔东阳要不要和董珊说两句话，乔东阳都是一言不发地挂断。名义上的母子基本上没有交流。乔东阳从不理会董珊，当她是个透明人，不论她怎么对他好，他都视若无睹。

但是那时乔东阳对董珊只是无话可说，谈不上恨的程度。直到那个夏天的午后，乔东阳亲眼看到她从乔瑞安的房间里急匆匆地出来，衣衫不整，头发凌乱，惊慌失措。

董珊对王律师和警察清楚地描述了当时的那个画面。

乔东阳穿着运动背心和短裤，手里托着篮球，满头是汗。那时他还是一个高高瘦瘦的少年。在那个年纪，乔东阳已经明白很多事情。在看到董珊的那一刻，他震惊不已，想也没想，就将手中的篮球擦着她的肩膀砸向了乔瑞安的房门。

乔瑞安走出来，提了提裤子，并没有半分恶事被人撞见的害怕，反而不怀好意地看着乔东阳笑："你这是什么态度，在国外念书念傻了？"

乔东阳额头上的汗还在往下淌。

董珊记得乔东阳咬牙切齿地问："你们做了什么？"

乔东阳问的是"你们"。这句"你们"，让董珊瑟瑟发抖，说不出一句完整的话，有一种世界末日来临的恐惧。在性侵这件事上，女人有多么弱势，她知道，而乔瑞安为什么有恃无恐，原因也正在于此。乔瑞安刚才就说了，不会有人相信她……

乔瑞安年轻英俊，而她就算漂亮，也比他年长了七八岁。若她将这事说出去，人家也只会骂她。乔瑞安是乔家长孙，乔家人不会为难他，为了遮羞，最大的受害者，只有她。没有人会相信她的话，哪怕是乔正崇，也未必相信。

那一刻，董珊的脑子里一片空白。她在乔东阳愤怒的目光下，恨不得去死。然而她所痛苦的，却正是乔瑞安所得意的。

“我们做什么，你不懂？要不要大哥教教你，大家一起玩儿啊？”

乔瑞安把对乔东阳的嫉妒全部发泄在这句话里。同样是乔家的孙子，乔东阳就有继承权，而他没有，凭什么？乔瑞安恨死了乔东阳。对这个漂亮的小婶娘，乔瑞安更是垂涎许久。那天的事，乔瑞安并不是一时冲动……

那时候，在乔老太太固执的坚持下，乔家三兄弟没有分家。他们三世同堂，“其乐融融”地相处在乔家的大宅子里，假装过着相安无事的生活。

董珊是个漂亮的小女人，温柔、娴静，在乔家没有地位。这样的她无法自保，在乔瑞安的眼里就是一块鲜美多汁的肉。每天看到她在眼前走来走去，乔瑞安的心底就滋生出罪恶的欲望。时间一长，这种能看不能动的滋味儿就成了他的一种魔障，令他非要得到她不可。

只可惜，乔瑞安等了许久也没有机会。对他的小心思，董珊不是毫无察觉。那些暗里的勾搭，她有所察觉，但觉得丢人，羞于启齿。乔正崇当时又太忙了，在感情上完全忽略了她，甚至连听她多说几句话的耐心都没有，她完全不敢跟乔正崇提。毕竟那只是猜想，她怕是自己敏感。

于是她尽量躲着乔瑞安，不和他私下接触，不与他单独相处……但她还是没想到，他会那么大胆。

当时，天气太热，乔老太太突然生病。而且她一被送到医院，医院就下了病危通知书。当时乔家人都去了医院，兵荒马乱的。

董珊从医院回家，是为了给老太太收拾衣物，没想到乔瑞安盯上了她，更没想到乔东阳会突然回来，刚好撞见那一幕。

池月突然理解了乔东阳。

她明白了乔东阳对董珊的恶意和嫌弃，以及每次看到董珊时那冰冷的目光是由何而来。

从某种意义上说，池月又有点佩服乔东阳——他对女性善意又包容。他发自内心地瞧不上董珊，但没有因为愤怒而毁了她，没有将此事告诉他的父亲，没有告诉任何人，没有让她面对可能无休无止的羞辱和一辈子都无法洗脱的污名，而是一个人默默地把此事扛了下来。

“乔东阳……是个善良的人。”池月幽幽地说。

“可惜，董珊拿不出证据。”王律师叹了一口气，“全凭她一张嘴，定不了乔瑞安的罪。”

“乔瑞安怎么说？警察审他了吗？”池月问。

“他当然矢口否认，甚至倒打一耙，说董珊为了把乔东阳捞出来，编这样荒唐的事情诬蔑他。现在，好像老太太那边也知道了。老太太很生气，说董珊丢了乔家的脸。”

世界上最难证明的，就是男女之事。有还是没有，自愿的还是被迫的，除了两个当事人，谁说得清？尤其这件事还发生在多年以前，在没有任何人证、物证的情况下，就是一场罗生门。哪怕董珊拼尽一切自揭伤疤，也只是在自毁……

月底，池月和王雪芽回航校参加考试。

航校就在申城——池月和乔东阳初识的城市。只不过航校早几年就已经搬离了主城区，离乔家比较远。两个地方在同一个城市，却好像不在同一片天空。

在申城等候期间，王雪芽还回过学校好几次，池月是一次也没有回去过。

当初她们俩在学校周边租的房子，里面还有囤货，因此房子虽没有人住，但王雪芽一直在交纳各种费用。这些日子，池月没有心思经营的网店，也是王雪芽一个人在打理。人的潜力都是被逼出来的。经营网站几个月，王雪芽重新认识了自己，也让池月刮目相看。

池月回到租住的小屋，看到里面琳琅满目的商品，感觉脑子有点晕：“小乌鸦……”

王雪芽抬了抬眉：“现在你肯定不好意思说我是混吃等死的合伙人了吧？”

池月失笑，将王雪芽重重地抱住：“小乌鸦，我上辈子肯定做了很多好事，放过了很多花样美男，这才幸运地有你做朋友。”

一直被池月保护的女孩子，如今成长了。网店的收入，王雪芽每个月都打到池月的卡上，让池月不至于在金钱上还要依赖别人。对这一点，池月十分感激。王雪芽却轻描淡写："不要感谢我。如果一定要感谢，请称呼我为——钮祜禄乌鸦老板。"

池月被她逗笑："多谢你哟，乌鸦老板。"

"不用谢，月掌柜。好好考试，咱们一起毕业。"

这一年的夏天，是池月和王雪芽毕业的季节。她们当初去《星空行者》参赛的时候，获得了学校的支持。池月在乔东阳的手底下实习，更是连校领导都被惊动了。乔东阳是航校的骄傲，池月也一样。

再入校园，恍如隔世，池月已经有点不习惯这里的节奏了。一路上，她遇到的都是陌生的面孔，可是几乎每个人看到她和王雪芽，都会忍不住放慢脚步。等她俩走过身边，背后的人就会开始窃窃私语。

对这种异样的眼光，池月并不在意。她挺胸抬头，大步向前。王雪芽还像以前一样给了别人无数的大白眼。她们这一对组合回到校园，仿佛又回到最初——池月还是那个冷漠高傲的冰山女神，王雪芽依旧是那个不谙世事的无知少女。

校园里的风是暖的，池月想到去年乔东阳的《星空行者》发布会，想到礼堂里送花求爱、以跳楼威胁的段成程，还有她们的学姐、航校的风云人物——朱青。如今，物是人非。她回到了故事的最初，又不再是那个简单明媚的当初——故事里的人，有些变了，有些不在了。

7月，池月和王雪芽顺利毕业。对大学毕业后的生活和工作，她们都曾经有过梦想和规划，但事到面前，发现计划不如变化快。她们似乎都不用为工作发愁，至少暂时是这样。

同学群里从早到晚都在讨论，某某去了哪个公司，某某又获得了什么工作。也有一些热爱八卦的同学，假装关心地偷偷询问王雪芽。王大小姐的回答是："家里有矿心不慌。"

在《星空行者》比赛失利后，王雪芽的身体素质变差了。但从高强度的训练到停止运动，她在坐吃养膘的日子里，不知不觉就胖了，比起在节目组的时候，体重足足长了10斤。

池月不关心王雪芽的工作，但是很操心她的身体："小乌鸦，你要控制体重了。再这样下去，你会做不成天下第二美的。"

王雪芽愉快地吃着薯片，晃着双脚："做不成天下第一，我要这第二何用？谁要，拿去也罢！"

池月快被她气死："你再懒一个试试？"

"我这不是懒，是……看得开。"

池月蹙眉："小乌鸦，不要轻易放弃。"

王雪芽把薯片向她一递："麻烦堵一下嘴。"

池月一动不动。

王雪芽撇了撇嘴，悻悻地收回手，把薯片放在床头的柜子上："我也想保持身材啊，S形谁不爱？可是我……出院的时候，医生特地嘱咐不能剧烈运动，我爸妈每天在电话里也是例行问候。我能怎么办呢？我也很绝望啊！"

"不剧烈运动，你也要管住嘴……"

"啊！"王雪芽摆出一副苦瓜脸，"再这样你会嫁不出去的。"

"你别吃了，来帮我打包。"池月向王雪芽招手，"这不算剧烈运动。"

屋子里堆了很多货。

这几天，池月和王雪芽的"春晓保健品店"一直在做促销活动，各种折扣搞个不停，就为了早点儿把囤货清出去，因为池月决定离开了。在乔东阳的案件宣判前，池月得回一趟月亮坞，看看那边的工程进度。

月亮坞计划是乔东阳和池月一起选择的路，不论中途发生什么，方向没变、终点没变，她就得继续走下去。

王雪芽理所当然地要跟池月一起去，一副要赖着池月的样子。偏偏王雪芽的父母又特别放心女儿和池月在一起，于是池月只能带着这个"挂件"回到了月亮坞。

经过数月建设，月亮坞工程在茫茫沙漠里，如同一朵刚刚盛开的鲜花，极为惹眼。在这片荒凉的土地上，它成了一个与众不同的存在，日新月异，变化得很快。

池月再回到家乡，有些不敢相认。它伫立在沙漠中，像一个现代化的小村，不，应该说是小镇。这里的人口增多，街上渐渐变得热闹。工作组的办公之处已经修建完工，投入使用，通了自来水、电、气和网络，有了现代化的办公房。月亮湖附近的树苗，在这个炎热的夏天里，吸摄阳光雨露，正在野蛮生长，一片片绿地，郁郁葱葱。离月亮坞不远的万里镇，一幢幢小联排别墅拔地而起，房舍精致，规划整齐，设施先进，有水、电、气，附近还将建成公园，建造图书馆、篮球场，一应文娱设施都向城市小区靠拢。

月亮坞的人从来没有想过贫瘠的山村会有这样的改变。“真好”“真的太好了”成了大家见面寒暄的口头禅，“我们好像都成城里人了呢”是他们对未来的期待。

他们望眼欲穿，巴巴地盼望着新房交付使用，有事没事就骑着车去新房周边溜达一圈，憧憬美好的未来。有了期待，格局就大了，他们不再为蝇头小利与项目组斤斤计较。老有所依，幼有所养，青壮年有工作，是项目组的到来改变了他们的人生。哪怕再不懂感恩的人，也不会再对月亮坞项目有敌对情绪。

当初带着村民闹得最厉害的龚家武，如今已经是工程队的一个项目经理。他能吃苦、肯钻研，在村民中有号召力。工作组不计前嫌，对他委以重任，他更是感恩戴德，不要命地带着一干小伙子建设家乡。

精神的力量，有时候会大过金钱的力量。月亮坞的建设，在当地人的心里已经变成了一种信仰。如同那些种在沙漠里的树，慢慢存活，生根、发芽、长出绿叶、开出花……他们相信月亮湖会变成湖泊；相信这里将变成一片绿洲；相信他们的家乡会成为一个举世瞩目的风景区；相信会吸引全国各地，乃至全世界的人来这里参观。到那时，无论他们走到哪里，都可以拍着胸脯介绍自己的家乡，自豪地说一声——我是月亮坞的人。

他们的愿望也是于凤的愿望。池月的这个“老母亲”，还不知道乔东阳出的事。于凤生活在封闭的月亮坞里，是这里的“国民丈母娘”，走到哪里都压人一头，底气十足。但与她来往的，都是她这个年纪的妇女，不上网、不知时事，即便有一些会上网的年轻人知道乔东阳的事，也不告诉她。

这些年轻人大多对乔东阳有信心。乔东阳身上的光环太多了——科技怪咖（脾气古怪的能人）、外星脑、人工智能机器人之父。这些标签，让他们私心里都认为乔东阳就算背了案子，也不会出什么大事。他们依旧乐观地认为会雨过天晴。

池月看着这个欣欣向荣的小镇，心情也变得晴朗了。干涸的沙漠，可以修成绿洲，引渠造湖，还有什么事情是做不到的?

乔东阳会回来，会好好地回来。

池月乘车到达月亮坞，先去了一趟项目组。她没有看到俞荣，于是跟大家打了个招呼，就带着王雪芽回了家。

好几个月不见，于凤看到池月，愣了愣，眼圈一下就红了：“你个死丫头，总算舍得回来了。”

王雪芽看于凤这样，赶紧笑着打招呼：“阿姨，我又来打扰了。”

于凤看到王雪芽，抿唇一笑：“快进屋去，外面风大。”然后又看着池月说：“看把我姑娘晒的，已经晒黑了。”

池月默默拖着行李，推门进屋。

天猫正在屋子里，看到她们马上奶声奶气地报告：“燕子、燕子，有客人来家里了！有客人来家里了！”

不待池月反应，一个纤瘦的影子就扑了过来：“月月、月月，你回来了，我好想你。”

池雁抱住她，紧紧地抱住她，像见到家长的小孩子，又叫又跳，快活不已。天猫也在旁边跺脚助兴，发出机器人的笑声。

池月拍拍池雁的后背，闭了闭眼，微微一笑：“是呢，我回来了。”

于凤自然而然地问起乔东阳。她对这个准女婿的担心，不亚于对两个女儿。乔东阳是月亮坞的神，也是她们家的顶梁柱。在于凤心里，早就把乔东阳划入家庭成员里。

池月没有多说什么，只是笑："他工作忙，得空了就会来看你。"

"忙、忙、忙，一天到晚地忙、忙、忙，现在的年轻人都太拼了，不知道照顾身体。哪像我们当初啊，能吃上饭就觉得幸福喽。不懂你们……"

池月不吭声。

于凤想了想，开始责怪她："他那么忙，你回来干啥呢？为什么不在他身边陪着？"

池月瞥了于凤一眼："我回来看你不好吗？"

"我一个老太婆有什么可看的？"于凤瞪了池月一眼，"说你缺心眼儿吧，你还不爱听。你不知道小乔是什么人吗？你不在他身边，不一定有多少狐狸精打他的主意呢。你傻不傻啊，心太大了。"

池月："……"

于凤说完，想到王雪芽还在这里，又把话绕回来："不说你了，妈去买菜。"然后她对王雪芽说："小乌鸦，你在家玩儿，别拘束，就像在自己家一样。阿姨晚上给你做好吃的。"

于凤嘴碎，但为人热情，但凡家里有点什么好的，从来不会对客人吝啬。王雪芽其实很喜欢池月的妈妈。于凤和自己家的傻白甜母亲完全不同，王雪芽觉得很新鲜、很好玩儿。

于凤取消了和村里姐妹约好的牌局，骑了个电瓶车去万里镇买菜。家里没有长辈，只剩三个女孩子，池月轻松了很多。而池雁完全不知事，看到池月就眉开眼笑，对客人也友好。

池雁把天猫拖过来，献宝似的让王雪芽看："姐姐，你和天猫说话吧。天猫很可爱。"说完，池雁又一板一眼地教天猫说话："天猫，你叫姐姐好，姐姐好。"

天猫有样学样地复述："姐姐好。"

王雪芽笑得眼角弯弯，脸上有温暖的光："你好呀，小天猫。"

"你好呀，小天猫。"天猫继续复述。

"哈哈哈！"

"哈哈哈！"

池月看她们开怀大笑，唇角提了提："池雁，你不可以叫小乌鸦'姐姐'，应该叫她'妹妹'，或者，就叫她'小乌鸦'。"

池雁天真地看看王雪芽，哦了一声："妹妹好。"然后她又偏着头奇怪地问，"你为什么叫'小乌鸦'呢，难道你也是机器人？"

王雪芽笑了起来："是呀，我是机器人，我的名字叫'小乌鸦'。"

池雁信以为真："你是不是猴子说的仿真机器人，长得和真人一模一样的那种？"

王雪芽咯咯地笑，不住地点头。

池月哭笑不得，对王雪芽说："你别逗她，她会当真的。"

说罢，池月向池雁认真地介绍了王雪芽。

池雁突然想起来，问池月："我以前见过她对不对？"

"你想起来了？越来越聪明了。"

池雁对池月的夸奖有点得意，开心地笑着，又不无遗憾地说："月月，你有没有看到猴子呀？他说很快就会回来看我，但我等了这么久，他也没有来。月月，猴子是不是不和我做朋友了？"

池月觉得头痛。只要提到猴子，姐姐就会打破砂锅问到底。

王雪芽见状，弯腰看着天猫，问池雁："池雁姐，天猫会说自己的名字吗？它和天狗相比，哪个比较厉害？"

池雁的注意力被王雪芽吸引走。池雁说："天猫是最厉害的。它会说自己的名字、会说我的名字、会说猴子的名字……会说我们全家人的名字。"

"哇！好厉害。"

"是的啊，天猫是个机器人。"

池月听着她俩和一个机器人鸡同鸭讲，想到天狗。如果这些话被天狗听到，那个骄傲的小东西一定会不服气的吧？在天狗的心里，自己才是第一机器人呢。

池月第二天去了办公室。

前一晚，她在微信上和俞荣聊了一会儿。俞荣问起申城的情况，池月报喜不报忧，没有透露什么，只让他放宽心。俞荣告诉她，项目组的兄弟平常也会聊到这件事，大家心里可能有些想法。

池月为了让他们放心，去办公室的时候带了早餐，和他们聊天的时候语气也很轻松，偶尔还笑几声。众人看她这样，又随意地玩笑起来，好像心里突然就有了底。

自从知道乔东阳出事，很多人心头像悬了一把剑。大家都需要养家糊口，如果乔东阳出事，乔家财产和公司权属重新分配，乔东阳的大伯或者三叔插手企业内部，肯定会有人事上的大洗牌。他们都是乔东阳的人，暗地里早已被人贴好了标签，站了队，可以说和乔东阳在一条船上。只有乔东阳好，他们在公司才有立足之地。

这些日子，乔东阳和乔正崇都不在月亮坞，项目组上下一心，克服了无数困难，硬生生地把工程进度拉上来，就是不想给乔东阳拖后腿。也正因他们没日没夜地干，才有了今天月亮坞改造工程雏形已成的样子。

可是他们也需要保障。而池月今天的状态对他们来说，就是一剂很好的强心针。

回到月亮坞，池月一心扑在工作上，不让任何人发现她的异常。但是这世上没有不透风的墙，一开始只有一个人、两个人在说，慢慢地知道乔东阳这件事的人就多了起来，就连杜俏都悄悄地找到池月，拐着弯儿地想打听情况。

最终，这件事还是瞒不住于凤。这天下午，于凤气咻咻地冲回家，眼含泪水地向池月问起乔东阳的案子："阿俏妈那幸灾乐祸的样子，看得我直戳心窝子。我呸！我女婿出事，她家就能得个好？真不要脸！得了人家的便宜，还在背后嚼舌根，我女婿才不会被判死刑呢……"

池月哄于凤："你去听人家说那些干什么？"

"那我听你说。"于凤看着池月，目光中满是希冀，"小乔没事吧？"

人有时候就是这样，想要人家给一个答案，明知道这样没有用，不过求一个心安而已。但池月最近说了太多这样的话，已经有些累了："妈，别瞎想了，相信法律……"

"汪汪汪！汪汪汪！"

二黄的吠声，打断了池月的话。

于凤走出去拉开门一看："猴子来了？"

"猴子来了！"原本在屋子里逗天猫的池雁如鸟儿出笼一般，在池月眼前一晃，就冲了出去，"猴子猴子，真的是你！"

外面的几个人有说有笑，热热闹闹的。然后池月听到天狗的声音："池月小姐姐，你为什么不来欢迎我呀？"

池月走在后面，看着院子里的小矮人——宇航员小天狗，闪着蓝光的双瞳一眨一眨的，像个无忧无虑的小可爱。她又惊又喜："天狗？"

天狗晃晃大脑袋："我在这里、我在这里。池月小姐姐，你走出来就可以摸到我了。"

池月走到天狗的面前，摸它的脑袋，莞尔一笑："看到你，我好开心。"

"好耶、好耶，我也很开心！我很喜欢你呀，我和乔大人一样喜欢你。"

童言无忌……不，机器人言无忌。

池月听得心里有点酸。

侯助理站在天狗的背后："它是见人就说喜欢。"

天狗："猴子才烦呢！猴子是个坏人，他说乔大人的坏话。我不喜欢他。"

这小家伙真是当面告状，死性不改！侯助理做了一个要勒死它的小动作。

池月跟着笑："他说什么了？"

天狗："他说乔大人可能会坐牢，还说乔大人不要我了，让我跟着池月小姐姐，不要再提起乔大人。"

周围突然安静了。

好一会儿，侯助理轻叹："早知道这样，就该废了你。"

侯助理不是空着手来的，除了把天狗带给池月，还为月亮坞带来了 Crown 公司新一季的新产品——陪伴机器人，一共 50 台。这种简单的人工智能机器人可以陪老人说话，可以帮小孩子解题、学英语，虽然不像定制机器人那样强智能，但对于月亮坞的老小来说，仍然是个新奇的好东西。

分发机器人的时候，池月不住感慨："猴子，你真是个细心人。我替大家谢谢你。"

侯助理说："这事和我没关系，是乔先生早就安排好的。他以前就交代过我，新产品出来，赠送月亮坞 50 台。我只是执行命令。你要谢，谢他吧。"

池月垂下眼皮。

侯助理不无遗憾地说："其实乔先生才是细心人，还是一个有大格局的细心人。"

池月摇了摇头："他是大事精明，小事糊涂。"

乔东阳如果细心，就不会把自己玩儿入这么深的一个局里了。

"不，"侯助理难得地严肃，"乔先生不是冲动的人。他做事有分寸，不会让自己轻易入局——除非他为了保护想要保护的人。我跟着他很多年了，他仅仅冲动了这么两次。"

说到后面，侯助理的声音越来越小。乔东阳只冲动了两次，两次都严重到足够把自己的命搭进去。

"他面冷心热。"池月说。

"重情重义。"侯助理又补充。

两个人相视着，说不下去了。池月别开头，不想再谈这个问题："你这次过来准备待多久？"

"我明天就走，申城有很多事情要处理，尤其现在是关键时期……"侯助理说到这里，像是突然想到什么似的，拍了拍脑袋，"看我这记性，差点儿忘记一件大事。"

"什么？"池月被吓了一跳。

"我给池雁带了一台笔记本电脑。"

池雁不会用电脑，平常也没有表现出对电脑有什么强烈的兴趣，所以池月并没有想过为她购置一台，可是侯助理却拎了一台崭新的笔记本电脑过来。

侯助理说："我答应她的，不能食言。"

他在月亮坞还能再待半天，剩下的时间就陪着池雁，教她使用笔记本电脑。

池月最初对此有些担心。因为池雁曾心智受创，不是个能控制情绪的人。池月怕她接触网络上的大量信息，对病情有影响。可是侯助理用了一个家长控制程序，像管控小学生一样管控着池雁的电脑内容，又为池雁下了一些小游戏。

"这次回申城，我专门问过我的一个老同学，玩儿玩儿游戏，解解闷儿，对她的病情会有帮助。"侯助理看了池月一眼，"退一万步讲，这样就算没有效果，也不会有坏处。能让她开心的，就是好的。"

能让她开心的，就是好的。第一次接触游戏的池雁开心得不得了，在那里大呼小叫："猴子、猴子，你快看看我的小人儿怎么回事………她走不动了呢。"

侯助理的目光很温柔。他轻声地说："我刚才不是教你了吗？你好好想想。"

"哎呀，我笨嘛，你再教我一次。"

"你不是笨，是太笨了。"

"猴子，我们是朋友，是好朋友。你不可以说我笨。"

池月就那么坐着，看侯助理和池雁一边斗嘴，一边玩儿电脑。

曾几何时，池月和乔东阳也是这样，见面就斗嘴，三句话里有两句话在扯皮，甚至互相看不惯对方。但两人都没有想到，有一天他们会相恋、相爱，更不会想到，当他们有一天不想再斗嘴时，就再没有机会斗嘴了。

美好的时光总是过得特别快。侯助理在的时候，池雁整个人都是明媚的，可他终归要走。

临走前，侯助理告诉池雁，等申城的事情忙完，他就会来月亮坞工作，未来相当长的一段时间会留在这边。这个保证有些苍白，因为他不知道事情什么时候能忙完，也不知道还有没有机会来月亮坞，但他说得很认真，像哄孩子似的哄着池雁。

池雁很认真地询问："忙完需要多久呢？"

"很快。"

"很快是多久？"

"就是……并不久的时间。"

"几天？"

"……"

"三天、五天、十天，还是一个月啊？"

"……"

侯助理回答不上来。在池雁依赖的目光里，他的头皮渐渐发麻。他有一种吃不消的感觉："燕子，我得去工作。回来的时间没法确定，但我一定会争取快一点儿……"

"可是……"

池雁还想说什么，被池月拦住。池月打断她的话："姐，侯助理赶时间呢。一会儿飞机飞走了，他就赶不上了。"

"赶不上才好呢。"池雁的思想简单到近乎痴愚。她是不会像正常人一样思考的。

池月朝侯助理使了一个眼色："你先走吧，不是赶时间吗？"

"好的、好的，那我走了，再见。"

汽车发动，激起一片黄沙。池雁愣了愣，突然蹲了下来，瘪着嘴像个孩子似的号啕大哭："我不想猴子走。月月，我不要猴子走。月月，你跑得快，去帮我把猴子追回来呀……"

池月扶住池雁的肩膀，用手顺着她的后背："人是追不上汽车的。姐，回家吧，听话。"

池雁一直在哭，哭得肝肠寸断，哄不好的那种。池月无力，只能由着她去。

其实池月心里明白，侯助理对池雁的好，从一开始就是因为乔东阳的交代。到今天，侯助理对池雁做的已经超出了他的职责范围。他仁至义尽，这是基于善良之上的同情和怜悯，她和池雁不能要求更多，要不然就是为难他，也是对池雁的不负责任。

池月待在月亮坞等申城的消息，偶尔会给董珊打电话，或者向王律师了解案情。事情的转机出现在五天后。那一天，池月照常跟着俞荣去工地巡视，然后在月亮湖的崇德林接到了权少腾的电话。

“池月，你和你姐都在家吗？”

权少腾会问到池雁，让池月有些意外。池月说：“都在。怎么了？”

“电话里不方便说。你们不要外出，等我过来。”他说完就挂断电话。

这些日子，池月曾经好几次联系他，可这个家伙就是不理她。几次下来，池月猜测他可能没有办法帮这个忙，就不好意思再去纠缠他。这一通突如其来的电话，让她有点慌。

池月跟俞荣说：“俞总，我得回家一趟。”

俞荣看出她脸上的变化，担心地问：“家里没什么事吧？”

池月摇头：“没什么的。”

“那我让小梁开车送你，我这一时半会儿回不去。”

“好的。”

池月回到家，池雁和王雪芽正在愉快地玩儿游戏，天猫和天狗守在她们的身边，时不时冒出几句奇怪的对话。这两个机器人的加入，让原本寻常的农家小屋，画风变得有些诡异。

看到池月匆匆进屋，王雪芽被吓了一跳：“怎么了，月光光？”

池月看了看全神贯注地玩儿游戏的池雁，把王雪芽拉到边上：“权队到了吗？”

“权队？他来干什么？”王雪芽愕然。

这个问题，池月没有办法回答。池月坐下来，看着池雁玩儿游戏时露出的笑脸，内心忐忑，坐立不安。她隐隐觉得将会有大事发生，甚至有一种原本隐约猜测的真相将呼之欲出的感觉。

池月等了大概一个小时，权少腾才到。他风尘仆仆，进屋就向池月要水喝。池月看他的嘴唇快要干裂了，默默倒了一杯水过来。

他们一共来了四个人，个个表情严肃。

权少腾一坐下来就摆开讯问的架势："我们要单独询问你和你姐。"

池月的面色一变："什么事？"

权少腾眯起眼："一桩几年前的旧案。"

池月的心脏骤然一紧，水杯差点儿没有拿稳。果然，会让权少腾找池雁的只有那一件事。可是池雁的病情刚刚稳定。她好不容易从梦魇里解脱，池月怎么肯把她再次推入深渊？

"不可以。"池月拒绝得非常干脆，"她现在是无民事行为能力人，你从她的嘴里问不出什么。就算你问出什么，也没有用处。我不想有人打扰她。"

权少腾拿起水杯，慢慢地喝了一口水："如果这件事与乔东阳的案子有关呢？"

池月怔住。

屋里安静了好几秒。

权少腾说："我保证，我们问问题时，会非常有技巧，不会伤害到她。"

飞机到达申城，晚点了1小时20分钟。

权少腾带着池家姐妹出了航站楼，上了车。阳光火辣辣地洒下来，照得地面金灿灿一片。

池雁第一次来申城这样的大城市。看那高架车流、大厦建筑，眼睛瞪得像铜铃一样，一路上她问个不停。

池月的心绪有些乱。可她又不得不耐着性子，微笑着给池雁解释。

权少腾坐在另外一边，笑了笑说："你对你姐的估测过低了。"

池月不吭声。她原以为池雁会受不了刺激，然而池雁的反应令她十分意外。旧案重启，池雁除了最初有情绪起伏和抵触，居然很快就平静下来，耐心地配合丁一凡指认出当初伤害自己的两个男人，而池月也是第一次看清楚乔瑞安的照片上他现在的样子和多年前的样子。

池月问池雁，为什么不怕了。池雁告诉她："猴子说我是天猫的姐姐，我要保护它，所以要变得勇敢呢。我也是月月的姐姐，要保护月月，不可以怕。月月，警察叔叔说，我们要抓坏人。”

池月瞬间泪盈于睫。

姐姐比她坚强，那她还有什么可怕的呢?

权少腾把池家姐妹带到了申城刑侦队。

池月上次陪董珊和乔正崇来过这里，对这里没什么好感。她坐下来，有些担心池雁：“权队，我们要在这里待多久？”

“不会太久。”

这个回答，如同没有回答。

池月皱了皱眉头：“那我得先订个房间。”

带着池雁过来，池月不好意思继续借住董珊的房子，怕给董珊添麻烦。虽然池月不知道需要在申城待几天，但住宾馆是最方便也最安全的。

“嗯。”权少腾没有反对，然后看了一眼怯生生的池雁，“一会儿会有心理专家过来对池雁的精神状态进行测评。”

池月点点头，没有多说。

来之前，权少腾已经跟池月沟通过了。池雁的情况，如果被认定为无民事行为能力人，那么她的证言就不能成为法律依据。不过法律上还有一种人，被称为限制行为能力人。他们是不能完全辨认自己行为的成年人，但可以独立实施与其智力和精神健康状况相适应的民事法律行为。也就是说，在其认知能力内，其证据将具有法律效力。限制民事行为能力人是否属于心智健全，主要依据其认知能力来判断，这需要专业测评。

这个测评非常重要。池月情不自禁地望了池雁一眼，可是池雁被墙上的宣传图和文字吸引了去。此时池雁突然抓住池月的胳膊：“月月，这里是抓坏人的。”

池月轻声地问池雁：“你怕不怕？”

池雁的神色有点紧张。可池雁摇头说：“不怕。我要保护月月，我不怕。”

池月的心里一酸。那一年的池雁，为了保护池月，埋葬了自己的青春和幸福。而这一年的池雁，心智仍然停留在那一年。从疯癫那时开始，池雁忘记了很多人、很多事，偏偏没有忘记自己要保护月月。

“好，”池月握紧池雁的手，“月月需要姐姐的保护。”

池雁的眼睛亮起来，宛若星辰：“我是勇敢的姐姐。”

心理专家来了，万幸的是，来的两位都是女性，这让池月的紧张感减轻了许多。池月本能地认为女性对女性更有同情心，池雁在谈及旧事的时候，面对女性也更容易开口，不用避讳太多，甚至池月害怕池雁面对男性的目光，怕他们吓着池雁。

权少腾招呼池月姐妹：“久等了，进来吧。”

他向池月介绍，心理专家叫占色，另一位是她的助手向晚。占色有丰富的临床经验，是个面容友善、目光亲和的漂亮女人。向晚沉稳温柔，也长得很好看，仿佛有一种天生的亲和力。

池雁开始有点紧张，但跟两位心理专家聊了一会儿，很快就放松了警惕，聊起了她的机器人——天猫。占色和向晚不问案情，饶有兴趣地听池雁东拉西扯。

因为池雁的精神状态不正常，池月被允许陪同。但池月进来的时候，权少腾特地交代她不要插话，不要打乱池雁和心理专家的交谈节奏。所以哪怕池月觉得自家姐姐开心得有点飘了，把能说的、不能说的都说了，自己仍然只能听着。

池雁说：“月月喜欢天狗，我喜欢天猫。很多人说天狗比天猫更聪明，可是我更喜欢天猫啊。”

占色问：“为什么呢？”

池雁答道：“天猫是我的呢，是猴子送我的。”

池月心说：“不是猴子送的，是我送的好不好？”

她抬手抚额，低着头不吭声。

占色微微一笑：“你真幸福，有疼爱你的妈妈和妹妹，还有好朋友猴子，还有机器人天猫……”

“可是天猫和妹妹都需要保护。”池雁说着，突然叹息一声，“我要保护这么多的人，很累呀。”

“这话怎么说？”

“因为……”池雁的话音突然一顿，目光闪烁。她犯怵地说：“姐姐要保护妹妹，让妹妹不被坏人欺负……”

“你们姐妹的感情真好，可惜我没有一个你这样的姐姐。”向晚突然说，“可不可以给我讲一讲你们姐妹的故事呢？”

池雁偏了偏头：“你喜欢听故事吗？”

“我是写故事的。”向晚朝池雁眨了眨眼，“你要是讲得好，我可以把你的故事写到书里。你愿意吗？”

“真的吗？太好了，我愿意！”池雁突然兴奋起来，可是只过一秒，又垂下了头，缩着脖子，“还是不要写到书里了吧，这不是好故事。”

董珊第三次拨打池月的手机。关机，还是关机。在这个紧张的时候，董珊不知道为什么想和池月说说话，好像只有那个女孩儿才能缓解她此刻的焦虑和害怕。

半个小时前，乔正崇的律师打电话给董珊，说今天乔氏集团召开董事会。乔老太太也去了，带着乔老爷子生前的御用律师何律师，还有乔大伯一家，浩浩荡荡地杀入了董事长办公室。在乔老太太的主持下，何律师宣读了乔老爷子的遗嘱，其中有关于继承权的确认，还有集团执行权的问题。通俗地说，这就是要废掉乔正崇的执行权，以及乔东阳的继承权。

乔正崇叫自己的律师过去的时候，律师心里也没底。大家都以为乔老大和乔老二的争斗是一场持久战，没个一年两载出不了结果，至少也得等乔东阳的案件判决下来，乔老大他们才会有所行动。让大家没有想到的是，他们迫不及待，不等开庭就来逼宫。

乔正崇的律师是在去办公室前将这个消息告诉董珊的。律师说，乔正崇的意思是，先让她心里有个底。

可有个底，到底是什么底？董珊不知道。她一个人在家忐忑，没有听到进一步的消息。她再打电话给乔正崇，是秘书接的，说乔董在开会，不能接听电话。她打给那位律师，对方也关机了。

董珊隐隐觉得发生大事了，但她插不了手。多年来，董珊小心翼翼，就是怕给乔正崇惹麻烦，不承想不管她怎么避怎么让，也还是没有躲过这一天。

乔东阳的案子对乔氏最直接的影响就是股价狂跌。从乔瑞安控告乔东阳的第一天，股价便一路狂跌不停，坐稳了跌停板。当年乔爷爷在立遗嘱的时候，怕他的继承人是个败家子，对乔东阳的继承权有严格的条条款款的限制。多年来，乔家大伯做那么多的事，无非想把乔东阳塑造成一个败家子。

然而乔东阳做什么都赚。机器人引领科技先河，得了多项大奖，为集团赚了大钱。即便是曾经被乔正元极力批评的《星空行者》，从投资角度来说，也是赚钱的。这次事件是乔东阳最大的软肋。股价狂跌，他身陷囹圄，犯的案子涉及刑事，比败家子的性质更为恶劣。乔老太太狠下心来，让何律师按遗嘱处理，老臣们再推波助澜——老二一家没有胜算。

一个小时后，董珊终于打通了乔正崇的律师的电话。

果不其然，那位律师的语气不太轻松："这个官司我们是打定了，但是比较被动。你做好心理准备吧。"

董珊问："老乔呢？"

那位律师没有回答她，似乎他和乔正崇在说话。董珊等了一会儿，没有等到乔正崇的回复。

律师说："乔董在忙。他让你休息，不该管的事就不要管。"

"哦。"董珊放下电话。

不论她有多么担心他们父子，在这个家庭里，她永远是多余的，连关心都显得十分可笑。而乔正崇，自从那件事之后，似乎也嫌她丢人了吧。

为了让池雁住得舒服，池月在离刑侦队不远的五星级酒店开了个标间。

池雁从来没有住过这么好的房间。从进入酒店开始，她的反射弧就开始变长。她东看西看，东摸西摸，一会儿紧张，一会儿快乐，沉浸在世界观不断被刷新的惊叹里无法自拔。

“月月，这里太漂亮了。我们以后就住这里了吗？太好了。要是猴子知道我住这么好的酒店，肯定会羡慕我……”

侯助理住过的高档酒店比这个豪华多了啊，傻姐姐。

池月正陪池雁说着话，电话响了。说曹操，曹操就到，来电话的人正是侯助理。

“乔家出事了。”

侯助理说，实际上，今天的集团董事会后，乔老太太就已经勒令乔正崇交出集团的执行权。姜还是老的辣，乔老太太联合了乔氏若干老臣——这些人说话有分量。在乔氏股价狂跌的风口浪尖，他们联合在一起，旗帜鲜明。

乔东阳的行事作风，对这些老臣来说，本来就是一种冲击。双方的价值观不同，他们早就看不惯乔东阳锋芒毕露的样子，早有怨念，只是敢怒不敢言。现在借着乔老太太的东风，他们早在私底下就新的利益分配达成了一致。

“为了乔氏，大局为重。”

他们规劝乔正崇放弃执行权，话说得语重心长，好像每个人都是为了乔氏集团好。但每个人都明白，最终决定一个人站队方向的不是感情，而是利益的分配和平衡。

乔正崇知道这一局自己输了，输在心存侥幸，以为他们会顾及亲情。

这可比董珊所说的严重多了，池月听得心惊胆战：“这简直就是明抢啊！那现在是什么情况了？”

侯助理沉默了一下才说：“乔董已经离开公司，可能准备打官司。”

“就这样走了？”利益的争夺，比池月料想中的更可怕。

“不走怎么办？集团的核心部门都投诚了，乔董相当于一夜之间被人架空。”侯助理感慨道，“以前老爷子常常教导我，商场如战场，不要跟人家讲感情，哪怕是至亲，也只能讲利益……直到今天我才懂得这句话。”

“你也帮不上忙吗？”池月记得，侯助理是乔老爷子安排给乔东阳的人。

“我势单力薄。这些年我跟着乔先生，早被他们排斥在外。”

“有谁能帮得上？”池月问。

“乔老太太。”侯助理思考了一下，“她是老爷子的遗孀，乔氏的定海神针。”

可惜，乔老太太偏爱长房长子长孙。

池月沉默了好一会儿，问道：“猴子，我想拜托你一件事。”

晚上，池月约了权少腾一起去看乔东阳，让侯助理帮她照看一下池雁。侯助理很守时，准时到达酒店。池月向他交代了一下池雁的情况，整理整理妆容，就准备出门。

池月刚走两步，又调头回来，打开行李箱，匆匆拿了一条裙子去卫生间换上。

侯助理发现池月怪异的举动，纳闷地问：“怎么了？”

池月微微一笑：“他想看我穿裙子。”

车驶入看守所的时候，池月的心情十分复杂。她准备了很多话要和乔东阳说。短短的时间内，她在脑子里进行了无数次与乔东阳相见的设想，却没有想到，自己居然没能在第一眼认出乔东阳。

看守所里正在组织在押犯人集中学习。男人们全部剃了发，头发短得贴近头皮。他们穿着一模一样的“黄马甲”，坐得整整齐齐，背对着她的方向，在学习文件。池月和权少腾站在二楼的窗边。一眼望下去，她真的认不出哪一个是乔东阳。

“乔东阳！”

楼下，管教像喊口令似的喝了一声。

一个高大的身影，从密密麻麻的人群中站起。

“到！”

池月看到乔东阳从人群里走出来，眼眶突然湿了。

会见室里，池月像等待了一个世纪那么久，大门才被推开。两个管教带了乔东阳过来，手铐上冰冷的寒光反射到她的眼里。她腾地站起来，乔东阳却一秒变脸。他抿着嘴唇，转身，一言不发地离开。

“喂，乔东阳！”

“乔东阳！”

权少腾和管教同时出声喊他。

乔东阳的态度坚决，语气冷漠：“不见。”

管教和权少腾面面相觑：“这……”

刚刚说权少腾要见他，他并没有拒绝，现在他一看到池月就变脸，哪怕不知两人关系的管教也能看出问题了。

权少腾哧了一声：“这神经病，吃错药了？”

乔东阳只当听不见，越走越远。池月突然冲出会见室，对着乔东阳渐行渐远的背影大吼：“乔东阳，你这个懦夫。”

乔东阳的脊背一僵，腿脚不听使唤，怎么都迈不动：“你回去吧，我没什么想说的。”

“你不想说不要紧。我说，你听。”

池月知道他的骄傲和自尊心受不了，他不敢面对她，但不是真的不想见她、不喜欢她，而是想逃避，怕自己给不了她更好的未来和生活，索性选择了放弃。

“乔东阳，不管你变成什么样子，我都喜欢。”池月当着管教说出这么难为情的话，耳朵有一点儿发烫。她知道说这个不合时宜，但也顾不上那许多。

为了和乔东阳见面，她已经等了这么久，还要什么脸？

乔东阳是被权少腾拖回会见室的。按权少腾的说法，乔东阳有点半推半就的意思。但不管怎么说，乔东阳还是坐在了会见室的椅子上，面对面地听他们说话。

此时的池月，眼睛一眨不眨地看着乔东阳。他手上的那副冰冷的手铐，格外刺眼，但“颜值即正义”。他没有精致的发型、没有高定服装，人也瘦了、黑了，可气质仿佛刻在骨子里，即便他成了阶下囚，也一如既往地帅气、好看。池月甚至觉得，寸发更添了他的男人味儿，令他变得伟岸坚忍，像一座大山，使她的浮躁渐渐平复。

“想说什么就说吧。”乔东阳不看池月，态度冰冷。

权少腾似笑非笑地调侃：“你小子再这样，我就要挖你的墙脚了？”

乔东阳的脸色一冷。他眯起眼看着权少腾：“什么意思？”

权少腾瞄了一眼池月：“有这么漂亮的小媳妇儿，你不懂得珍惜，还不许别人帮你珍惜啊？”

乔东阳看了池月一眼：“如果她能找到权队这么好的男人，我替她开心。”

“乔东阳！”池月没有想到首先被激怒的是自己，“你这说的是什么屁话？”

“随你怎么想吧。”乔东阳抖了抖手铐，在那种冰冷的金属质感和碰撞声里，叹了一口气，“行了，来了就说正事吧。”

权少腾将双手一扣，敛了敛神色：“乔东阳，我今天找你不是来叙旧的。”

“当然，我们无旧可叙。”乔东阳冷冰冰地回答。

权少腾差一点儿呛着，觉得这家伙的脾气古怪得可以，想想，感觉又是好笑，又是好气：“我们抓住乔瑞安的小辫子了。”

乔东阳望着权少腾，许久没有说话。

权少腾说：“在他被你弄瞎眼、推下楼，变成‘傻子’之后，曾经犯过同样性质的案子……”

乔东阳一脸平静：“是吗？”

权少腾和池月交换了一个眼神，问乔东阳：“你就不意外？”

“对他这种人来说，不犯事才叫意外。”乔东阳淡定地说，“狗改不了吃屎。”

在乔家那样的地方，乔瑞安竟还敢“冒天下之大不韪”，拼着让人耻笑、败尽声誉的风险做出侵犯董珊的事，更何况在道德约束比乔家更少的地方？一旦失去监管，这个人还不得为所欲为？

乔东阳继续道：“他的案子不会只有一桩，只看人家报不报案而已。”

乔东阳的话音一落，权少腾就竖起了大拇指："厉害啊！连这也被你猜中了。咱俩就该换椅子坐，你要是做警察，肯定比我厉害……"

"换不了。"乔东阳懒洋洋地说，"我能做一个优秀的警察，但你做不了一个优秀的科学家和商人。"

权少腾咬牙："狗子，你把天儿聊死了，知道吗？"

乔东阳抬了抬眼皮："如果不在这里，我愿意请你喝一杯。"

权少腾笑了："我实话告诉你吧。我们抓到了当年和乔瑞安一起犯案的那个王八蛋，可那家伙也不知得了乔瑞安多少好处，咬死不肯松口，不承认当年乔瑞安和他一起参与了那个案件。"

"正常。"乔东阳的语气淡淡的。

权少腾听得气结："你能不能有点状态？你就不关心自己的案子？"

"人在这里，关心有什么用。"乔东阳看了权少腾一眼，"我相信你。"

"这句听上去像是反话。"权少腾冷哼。

"不是，是真诚的。"

"所以你小子是等着我给你翻案呢？"

"我只是认为，重案一号不会一点儿有用的东西也查不出来。"

这算是夸他还是损他呢？

权少腾哼了一声，想想，只能把它当好话听了："乔东阳，我有个问题。看你这个样子，似乎早就知道乔瑞安身上背了别的案子，那么……你是不是也知道被乔瑞安侵犯的人是谁？"

池月的心头一紧。一提到池雁的案子，池月的胸口就发闷。权少腾这么一问，池月也疑惑了。乔东阳会不会真的知道什么？要不然为什么乔东阳不好奇，甚至不意外？池月突然不敢往下想。

"是，我知道。"乔东阳慢条斯理地说。

会见室突然变得寒冷，许是空调开得太低，池月觉得脊背发凉。

权少腾看看乔东阳，又看看池月："你既然知道，为什么不说出来？"

只要证明乔瑞安是装傻，在装傻期间还曾经犯案，那整个案件的性质就完全不一样了。权少腾觉得不可思议，甚至怀疑自己对乔东阳的认知是不是哪里出了问题：“乔东阳，摔成傻子的人是不是你啊？”

“说了有什么用？”乔东阳冷哼，“死无对证，没人会信我。”

“嗯？死？”权少腾诧异地出声，像是没有反应过来。

他俩说的是一回事吗？权少腾怎么感觉有点不对劲儿？

池月盯住乔东阳：“你说的是谁，那个被乔瑞安性侵的人？”

乔东阳抬了抬眼皮：“不是朱青吗？”

池月大为意外，看了看权少腾。

乔东阳从他们的反应里也发现了不对劲，眉头微微一蹙：“我说得不对？”

“对！”权少腾坦然地接过话，“你什么时候知道的？”

“很早，比你更早。”乔东阳看着池月。

其实对这段小插曲，乔东阳能得知，全是因为池月。当初段成程对池月穷追不舍，乔东阳先是通过调查段成程意外发现了朱青，然后天狗在贴吧发布朱青和段成程的黑料时，曾经黑过朱青的电脑，得知了朱青的隐私——池月后来从警方那里看到的朱青朋友圈的私密日志，乔东阳早就知道了。

“一时好奇，查了查，就查到了那个鸟人。”乔东阳耸耸肩，不以为然。

权少腾震惊，激动得差点儿从椅子上站起来：“你为什么不说？”

“证据来源不合法。”乔东阳一脸冷漠，“而且我又不关心朱青，她的事跟我无关。”

权少腾吐出一口气：“那你知道另外的受害者还有谁吗？”

乔东阳的目光突然一凝。

权少腾问得这么慎重，池月刚才的反应又那么激动，还有谁？

“我不知道。”乔东阳淡淡地说。

权少腾看了池月一眼，见她轻轻摇头，便换了话题：“好吧，那你把知道的事情告诉我，我去调查取证。这样所有的证据来源就都是合理合法的了。”

乔东阳用余光瞄向池月苍白的小脸："问吧。"

一开始他们的探视时间批准的是30分钟，在权少腾的要求下，这场谈话延长到了1个小时。

夜灯幽幽，池月听着乔东阳和权少腾的谈话，专心做一个旁观者。哪怕她插不上话，但能够这样近距离地看着乔东阳，看他做一些也许连他自己都没有察觉的小动作，她的心里觉得踏实。

会见室的空调温度有点低，池月打了好几个喷嚏，但乔东阳只是皱了皱眉，并没有看她。池月以为谈话结束后，他会问问她，关心关心她，没想到这家伙心硬如铁，和权少腾聊完，便一脸冷漠地站起来，自己叫了管教，转身就要走。

"乔东阳！"池月顺着他的方向转身，安安静静看着他，"你非得这么别扭？"

乔东阳看了过来："我没有别扭。"

"那你现在对我是什么态度？"

"我让猴子把天狗给你的时候已经说清楚了，猴子没有告诉你吗？"乔东阳深吸一口气，低下头，眼睛里的亮光慢慢黯淡，"你值得更好的人生，我们就此别过吧。"

池月缓缓上前，仰头看着他："那你当初为什么要来招惹我？"

她的眸子幽黑深邃，不知蕴含了多少情绪。

乔东阳在她的盯视下，防线崩塌。他深深地叹了一口气："池月，当初的我有招惹你的底气。"

"现在呢？"池月紧跟着问，"没有了吗？"

乔东阳不说话。

池月的眉头皱起来："问你话呢！我的耐心快要用光了。乔东阳，这是最后一次机会，就算给我们彼此的感情一个交代吧。只要你摇头，我马上走人。从此，你死你活，跟我无关；我的人生，你也没资格再参与。"

乔东阳一怔，眯起眼看她。

池月歪了歪头，望着他冷笑："我是什么人，你了解。我不玩儿虚的，话说出了，就认。"

乔东阳的声音沉了下来：“如果我不摇头呢？”

池月勾唇：“你生你死，都是我的。而我的人生，只有你可以参与。”

霸道的女人！那一字一字，跟钉子似的扎在乔东阳的心上。怕失去是人之天性，何况她是他那么喜欢的女人啊！

乔东阳犹豫的样子倒映在池月的眼里。她勇气更足：“乔东阳，你说话。”

乔东阳叹气：“你什么时候变成这副德行了？”

“跟你学的。”

“池月，”乔东阳的声音低沉沙哑。他有点迟疑，又有难言的酸涩：“不是我不要你，是我要不起。”

“理由？”

“这样的我……”乔东阳的目光凉凉的。他与她对视了好久，突然苦笑，慢慢抬起戴着手铐的双手，放在他们中间，像一道冰冷的沟壑：“你不嫌弃我吗？”

“嫌弃，”池月毫不犹豫地说，“嫌弃死了。”

乔东阳知道她说的是反话：“你不嫌弃我，可是我嫌弃自己。”

池月听到自己咬牙的声音：“你的骄傲呢？你是乔东阳啊，为什么要嫌弃自己？”

“可你是池月，在你面前，现在的我不堪一击。”

认识乔东阳的人，但凡听到这番话，必定震惊不已。从来只有他嫌弃别人，哪轮得到别人嫌弃他？可他看着池月，表情是认真的。

“我是最近才开始醒悟的。我从小被人捧得太高，真以为自己了不起。其实我有什么呢？除了有几个臭钱……不，那几个臭钱也很快就不属于我了。池月，我现在除了一身臭毛病，什么都没有，凭什么喜欢你？”

池月就那么看着乔东阳，突然将手搭在他的肩膀上，狠狠一捏，然后重重地拍他：“乔东阳，你刚才已经失去了摇头的机会。你没有说‘不’，那就是弃权，剩下的，由我来决定。”

乔东阳不知是该哭还是该笑：“回去吧，我也得走了。”

他转过身，脚步迈得很快，两名管教跟了出去，一左一右把他押在中间。

这画面让池月的心突然狂跳，心里有一根弦，仿佛突然被拉断。她忍不住喊了一声："乔东阳，我等你。"

乔东阳的脚步停了停。他回头，朝她一笑。

只停留一秒，他又继续往前走。

"我会一直等，一直等的。"池月拔高了声音，看着他的后背大喊。

这一次，乔东阳没有停下脚步，也没有回头。

空调的冷风把桌上的文件吹得唰唰作响，一室冷寂。

池月回到宾馆的时候，已经很晚。房间里很安静，池雁睡在床上，不知道梦到了什么，似乎在笑。侯助理坐在窗边的沙发上，双脚叠在一起，高高地翘在扶手上。他听到动静，睁开眼，蒙了两秒，揉了揉眼睛。

"池月，你回来了。"他打了个哈欠，伸手去拿沙发上的公文包，"任务完成，我回去了。"

池月感激地看着他："谢谢你，侯哥！"

侯助理惊了一下，笑着看过来："行，八戒，注意安全。"

池月的心里刚才还酸酸的。他这一调侃，她又立马笑了："本来想说点儿正经的感谢话，硬是被你打断……"

"感激什么啊。你别叫我'猴哥'，换我感谢你。"侯助理是个极会活跃气氛的人，跟他相处永远不会尴尬，"不早了，你早点儿休息。"

侯助理瞥了池雁一眼，指了指门口，蹑手蹑脚地出去。池月跟着转身，张了张嘴，到底还是没有说什么。

这一刻，池月不得不承认于凤的眼光非常准。侯助理是真的最适合池雁的那种人，懂分寸、不矫情、会照顾人，不会随便发动家庭战争。如果池雁能找到这样的男人，后半生都会过得很好。

只可惜，池雁不是最适合他的人。

池月看着酣睡的池雁："姐，快点儿好起来吧。"

申城风和日丽，晴空万里。

池月难得有闲，既然来了，就准备带池雁到处走一走，逛逛周边的景区，寻寻申城的美食。这样她既可以陪姐姐，让姐姐开心，又可以转移自己的注意力，不让自己每天纠结在案子里。

这一玩儿就是三天。她们每天早上出门，走很多路，吃很多东西，玩儿得精疲力竭，而且池雁又是移动的《十万个为什么》。这么折腾下来，池月每天躺到床上，累得连手指头都不爱动，那些乱七八糟的想法也少了很多。

池月一直在等，等权少腾或者王律师带来的好消息，没想到最先等到的是董珊的电话。

董珊的状态很糟糕。她于豪门里长久养成的优雅，在现实面前被撕裂。她向池月抱怨了很久，也说了很多事。

那些事，有些是池月从侯助理那里知道的，有些是池月不知道的，归纳起来就一句话——乔正崇在这次"内斗"中失败，现在公司的要害部门已经被乔正元掌控，好多曾经跟着乔正崇的心腹已被叫停了工作，要么调离，要么劝退，公司上下一片腥风血雨，新一轮的洗牌正在进行。

乔东阳的案子和乔正崇在公司的失势带来的影响正在进一步扩大，受到波及的人和事越来越多。可怕的是，池月最担心的事终于来了——乔正元不管前期投入、不管专家评测，直接叫停了月亮坞项目。

池月心急如焚。她不敢想象此刻的月亮坞变成了什么样子，那里的人们在希望和梦想破碎后，又会做出什么过激的事情……她只知道那片山、那些树、那些刚刚成形的规划，将会毁于一旦。池月无法再强颜欢笑地陪池雁去游玩。她收拾行李，准备返回月亮坞。

就在这时，池月接到权少腾的电话："机器人，我要买两个。"

池月怔愣了两秒，明白过来，惊喜地问："权队，有好消息吗？"

"今天上午我们拿到了批文，老子第一时间就抓了乔瑞安那个王八蛋！"

乔老太太完全不知乔瑞安犯的事不止一桩。

乔瑞安瞎了一只眼后，乔正元教他卧薪尝胆，隐忍待时，可他哪受得住寂寞的“傻子生活”？

乔瑞安瞎了眼，心里更受冲击，在女人的问题上也就变本加厉。据乔瑞安的同伙交代，单单他俩一起参与的性侵案件就有五起，其中四个受害人没有报案，唯一一个报案的女孩子后来疯了。警方辗转多地，多方打探，找到几位受害人，然而无人愿意出来指证。她们要么不愿意承认，要么不敢让男友或老公知道，对于警察的到来大惊失色，怕得好像犯罪的人是她们似的。

“我是想不通这些女的了。她们不报案就算了，现在警察上门，乔瑞安也被抓到了，我们要为她们申冤，她们却把我们看成洪水猛兽，避之唯恐不及……”

听着权少腾的抱怨，池月沉默了许久：“我能理解。”

权少腾诧异：“你能理解？”

“女性的天空很低，站在高处的你看不到她们的处境。她们没有自保能力，这种事一旦让人知道，她们要面对的灾难太多……”

权少腾感到头痛：“现在是法制社会，池小姐……”

“可是警察和法官能管住那些杀人的嘴吗？”

“有这么严重？”

“对于受害女性来说，事情曝光，她们要面对的舆论压力，甚至比遭受的犯罪行为的伤害更恐怖。”

“不懂。”

“大家会说，为什么那么多人没被强奸，偏偏强奸你？你是不是穿着暴露？是不是酒吧、夜总会等娱乐场所的从业人员、失足妇女啊？是不是看上去太风尘了？是不是主动勾引？是不是价钱没谈拢？……权队，这些话你听过吗？”

权少腾无言以对。

池月冷冷地说：“有一种障碍，是受害人冲不破的。被侵犯了，她们反而成了感到羞耻的人，要接受无数人的道理审判和一辈子的闲言碎语。”

“任何事情都有两面性……”

“可惜，大多数女性接受不了另一面。比起惩罚罪犯，她们更愿意不为人知。”

两人谈话的结果，是没有结果。池月无法说服权少腾去了解女性的恐惧心理。而这种东西，甚至是很多女性也不会去深思的。对她们来说，这是羞涩的、是难以启齿的。性，从来不向着女性。如果不是因为池雁出事，池月想，自己这辈子估计也很难理解受害者的心理，更不会知道这类事件的恶性结果。

当年，执意要报警的是池月，而受伤害的却是池雁。

年轻的池月，那时相信一切都有公道，一定要把犯罪分子绳之以法。可是在后来的后来，她常常为当初的决定后悔。如果不报警，这件事就不会被人知道，池雁不会受到那么多的舆论攻击，和杜明宇也不会分手。这样，池雁受到的伤害会减少，精神就不会出问题。若是如此，即便池雁心里仍有伤疤，多年后也能被时间治愈。

池月想，是自己太天真，当年不懂二次伤害远远大于第一次伤害。

“月月，你怎么啦？不高兴吗？”池雁不知道什么时候走了过来，一脸的担心。

池月突然感到很欣慰。池雁的情况真的有所好转，至少，池雁懂得去发现别人的情绪了。

“我没事。你中午想吃点儿什么？”

“你又骗我。”池雁一脸难过的样子，“你就是不开心。为什么，月月？”

池雁不仅会看别人的脸色，还学会了固执。

池月想了想，问她：“姐，你说女孩子被坏人伤害，该不该报警呢？如果报警，事件可能会尽人皆知……”

“要！要的！”池雁抢着回答，“如果不报警，坏人就会欺负更多的女孩子啊！”

池月一怔，看着池雁久久不说话。

池月面前的姐姐好像回到了最单纯的少年时代，心纯净得没有一点儿杂质。池月突然又觉得闹心，连去洗手间的时候都不敢长时间盯着镜子，怕看到镜子里的自己，看到那一双被浊世污染得浑浊不堪的眼。

带着池雁待在申城很不方便，池月知会了王律师和董珊一声，便领着池雁回了月亮坞。

这一天很热，太阳像个火球似的挂在头顶，要烤干月亮坞的最后一滴水。沙漠里的树苗蔫蔫地耷拉着脑袋，缺少灌溉，在风沙里垂死挣扎。月亮坞的人们脸上的菜色又回来了。前一段时间洋溢在他们脸上的志得意满和意气风发已然寻不见，他们眼睛里满是茫然和迷惑。

他们天天围在村委会、项目组讨说法。

有上次事件的教训，他们虽然不满，却没有过激的行为，但俞荣还是快应付不过来了。俞荣每天起床就像个居委会大妈，同样的话要说无数次。最难的是，他说的全是谎话。

村民不清楚发生了什么，但项目组知道。可是俞荣不忍心看那一双双期待的眼，只告诉村民，是项目出现了技术问题需要解决，他们用不了多久就会再次动工，毕竟前期投入那么大，没有半途而废的道理。

对这些话，有些人信，有些人不信。俞荣重复了无数遍谎话，连心都累了。池月回来，解了他的燃眉之急——村民转移了目标，蜂拥而上，把池月围住。

他们的话题围绕几个方面：

他们什么时候动工？

乔东阳为什么不现身？

乔东阳说到的补偿款什么时候能够付清？

安置房项目停下了，是不是乔东阳卷款潜逃了？

他们的房子什么时候他们能搬进去居住？

这些问题池月一个也回答不了。她是在村委会下的车，拎着行李箱，带着池雁，被众人围在中间，寸步难行。

"麻烦大家让一下，我要送姐姐回去。"

"池月，你不是刚从申城回来吗？你给我们说说呗。"

那人的声音比较大。池月看过去，一眼就看到了挤在人群里的杜俏。

烈日下，池月被挤在众人中间汗流浃背："我现在没有办法回答你们。"她耐着性子，一手牵着池雁，一手拖着箱子，试图从人群里穿过去，"等有消息了，俞总会通知你们。让一让，王伯、马嫂，麻烦让一下。"

"乔东阳不是你的对象吗？"有人吼起来，"池月，要不是看在你的分儿上，我们才不会那么爽快地同意乔东阳来这里瞎搞呢。现在他走了，项目停了，我们的工作也没了，一家老小喝西北风吗？"

马上就有人跟风："说得对！你今天必须给个说法！"

众人你一言我一语，情绪被挑起来，极是吓人。

池雁抿着嘴，面色苍白，双手紧紧拽住池月，她害怕到了极点。池月生怕这些人把池雁逼得犯病，情绪也不由得浮躁起来："你们再不让开，我就报警了。"

"报警就报警！正好可以找个说理的地方。我们就怕警察不来呢。"

群情鼎沸，人一多，就起哄欺负人。这里的人大部分知道池雁有病不禁吓，可没有一个人站出来为她们姐妹俩说话。哪怕沾亲带故的人，私心里考虑的还是自己的利益，把池月当成救命的稻草，急需从她的嘴里得到答案。

他们吼着、叫着往前挤，都想和池月对话。池月一个人护不住池雁。俞荣带了项目组的几个人出来，也挤不进人群。人们的情绪被煽动起来，已临近爆发点。他们推搡、吼叫，声音一个比一个大……

池雁终于受不了了，尖叫一声，抱住池月，被吓得身子瑟瑟发抖，嘴唇发紫："月月快跑、月月快跑……你们不要欺负月月，求求你们……放过月月吧，求求你们……放过我妹妹……"

到最后，池雁已是泣不成声。

熟悉的话在耳边响起，像一个响亮的巴掌扇在池月的脸上。池月被气到了极点，过去自己太小，保护不了姐姐，现在还是不能吗？

“滚开！”池月终于怒了，张开双臂，把池雁护在身后。不管男女老少，池月对哪一个都不客气。

人们看池月这样，怒火更甚。他们骂着脏话，吼着扑上来：“不给她点儿教训，不知道天高地厚！”

群体陷入癫狂时，不是锦上添花，就是落井下石。这是古斯塔夫·勒庞说的。个人一旦融入群体，成为群体的一员，所作所为就不会再承担责任，这时每个人都会暴露出不受约束的一面——盲从、残忍、偏执、狂热。

池月的头发被他们扯乱了，行李箱早已不知道去了哪里。

“你们干什么？你们是疯了吗？”人群里有人大吼。那个人推搡着旁边的人，要挤过来。

池月看到那个人是杜明宇。这个瘦黑的男人，拿了一根钢筋，看着痛哭哀号的池雁，挥舞着钢筋驱赶众人，用尽了全力嘶吼，终于让一部分人冷静下来。

杜俏在劝着：“大家有话好好说。小五哥，你小心别打到人。”

“滚！都滚！”杜明宇歇斯底里。

当年的难题，再一次摆在他的面前。这一次，他没有懦弱地退开，而是选择了以更勇敢的方式去保护他喜欢过的女孩儿。

人群安静了下来。

杜明宇的老婆万春兰披头散发地站在他的面前，捂着胳膊看着他，一脸的不可置信。她的胳膊是被杜明宇挥舞钢筋打到的。她刚才只是扑过去想拉住他，可杜明宇就像看不到她，那一刻，他的眼睛里没有她。

“春兰？”杜明宇终于回过神来，手里的钢筋当的一声落地。他飞快地冲过去拉万春兰，看她胳膊上的伤：“伤到哪儿了？我看看。”

万春兰哇的一声哭起来，扑入他的怀里。

人群陷入一种诡异的安静中，只有万春兰的哭啼和池雁的尖叫。

杜明宇搂住万春兰，目光穿过人群看着池雁。此时，他作不了声。

池月拍拍池雁的背，哄着池雁安静下来，这才看着从愤怒到安静的人群："乔东阳不是不负责任的人。这件事，我会给你们交代。"

有人质疑："你？你凭什么交代？"

池月冷笑："刚才你们认为我能给出交代，现在为什么又认为我不能了？"

她环视众人，目光尖锐。看大家不出声，她蹲身把行李箱捡起来，护着池雁，大步离去。

"你们会不会太过分了？雁雁有病的啊，受不得刺激。"

"是啊！太过分了。"

"是谁先吼起来的？谁动的手？"

大家看着池月姐妹的背影，眼睛里满是同情。

天使与恶魔，前者是他们，后者也是他们。

池月到家的时候，于凤刚听到消息正匆匆走出来。三个人在大门口碰了个照面。于凤看到满身狼狈的两个闺女，眼圈当即就红了。她拿了一根扁担就要走。

"哪个挨千刀的欺负我的女儿？我跟他们拼了！"

池月拖着于凤："妈，没事了。"

"欺负我们家没男人，当你妈是死的吗？"于凤气得哆嗦起来。

池月看于凤这样，有点害怕，放心不下，怕她真能闹出人命来。

"妈，我和姐姐都没有吃饭呢。"

于凤一怔："你们打哪儿回来的，怎么还没吃饭？"

"我们从申城回来的，下飞机换汽车，一直赶路，没地儿吃。"

于凤绷紧的胳膊渐渐软了下来。

池月顺势从她的手中拿下扁担，丢在院角，看了她一眼："好饿！"

于凤长长地叹了一口气："去屋里等着。"

这些天，于凤的日子不好过。曾经让她荣耀加身的女婿突然惹上了人命官司，村里人看向她的眼光慢慢就变了。现实赤裸裸地让人难堪，她不再是人人羡慕的“国民丈母娘”，而是人人喊打的过街老鼠。

从村委会回来，池雁就没有说一个字。

池月把池雁扶到床上休息，又把天狗和天猫抱到床边，播放了一些舒缓的音乐，试图安抚池雁因受到惊吓而高度紧张的神经。可是天狗和天猫说了很多话，池雁都没有反应，连倚在床头的姿势都不变。

“姐，吃饭了！”池月哄她。

池雁目露惧意，摇头。

“不想吃？”池月问。

池雁点点头。

“不饿吗？”

池雁摇摇头。

“饿，但是不想吃？”

池雁摇摇头，又点点头。

池月突然想起池雁犯病初期也是这个样子——一个人闷在房间，不跟任何人说话，对陌生人会表现出极大的惊恐和抗拒。

心里一叹，池月又试探着问：“那我把饭端到房里来，不让别人看到你，好不好？”

池雁想了想，朝池月轻轻点头。

池月端了饭进来，哄着池雁吃完，刚收拾好碗筷，杜俏就来了。对这个不速之客，池月现在不想应付：“如果你来找我打听消息，我劝你免开尊口，不然别怪我不念同学情。”

池月开门见山，杜俏尴尬无比。

“我不是为了打听事情来的。”杜俏把声音放低，神神秘秘地说，“我小五哥拜托我过来看看池雁。他不方便，你知道的……”

杜俏不提池雁还好，一提池雁，池月的眉头皱得更狠了：“如果他认为今天的事情可以抵消他的愧疚，那么他成功了。池雁不会知道，也不会在意他当年的选择。”

“池月，我小五哥是真的关心池雁……今天当着那么多人的面，他已经跟人动手了。我出来的时候，我嫂子还在哭呢。”

池月不动声色地看着杜俏。

“池月，我也是好心……”杜俏叹了一口气。

“用不着。”池月的语气异常坚定，“帮我回去警告那些人，招惹我可以，不要再招惹池雁，否则后悔的一定是他们！”

“他、他们？”杜俏结巴了，“池月，他们是谁？”

池月冷笑：“他们就是跟你一样，在背后说是非的人，还有那些缺德的谣言制造者。”

杜俏是狼狈地离开的。

于凤在杜俏的背后呸了一声：“她们娘儿俩都不是好东西。以前小乔没出事的时候，话里话外全是讨好，想方设法和咱们攀亲戚，硬是把一家人的工作问题解决了。现在小乔出事，她家就落井下石，说坏话最厉害的就数杜俏她娘……”

“妈！”池月很头痛，“以后少跟他们来往吧。”

让人占了便宜，还被人反咬一口，换谁都会不舒服，但池月和于凤的想法不一样。今天在村委会，池月说要给大家一个交代，不是说说而已，是她想好的。项目已经投入了这么多钱，如果就这样停下，不论是她，还是乔东阳，都不甘心。可是除了乔东阳，谁能掏得出来这个钱？

次日，池月去项目组办公室找了俞荣。

项目组的情况她是知道的，投资公司的主体是东阳科技，但背后出资的主要是 Crown 公司。东阳科技是乔东阳创建的，可这个公司主要做科技研发。换句话说，这个公司是烧钱的地方，能周转的资金并不多。这么大的一个项目，钱还得靠 Crown 来掏。虽然 Crown 的业务，包括机器人，是乔东阳做起来的，但 Crown 属于乔氏集团。现在乔氏叫停项目，就停掉了后续的资金投入，相当于月亮坞断了粮。

缺少资金，项目就做不下去。俞荣焦头烂额，又束手无策。他比任何人都关心乔东阳的案子，看到池月，也是迫不及待地问起。池月只能摇头："我也不知道，等通知吧。"

"唉！"俞荣沉默了好久，"我可能待不了多久了。"

"嗯？"池月诧异。

"我老婆一个人带孩子，挺辛苦。我长期在这边，帮不了家里……她有意见了。"俞荣的声音越来越小，"她想让我调回申城。"

池月懂了。

俞荣说的原因只是一层，另外还有一层是他没有说，也不好意思说出口的——俞荣的老婆肯定不想他在这里虚耗光阴。他再跟着乔东阳，可能会朝不保夕，但回申城，像他这样的人才还能谋一个更好的未来。俞荣不是东阳科技的人，而是 Crown 公司的，在那边也有点人脉，调回去不成问题。

池月的目光平静："你是怎么想的？"

俞荣不敢看她的眼睛："这个项目是我亲手抓起来的，从无到有，投入了巨大的精力和情感。我肯定舍不得走，但家里也有实实在在的困难。"

"不好取舍？"池月的话音里带着点儿笑。

俞荣避开了她锐利的目光，点点头。

"不论你做什么决定，我都支持。"池月笑了一下，慢慢坐下来，整理桌上的资料，一句话说得慢悠悠的，"我相信乔东阳。他不会轻易倒下，会回来的。"

俞荣说："我也相信乔总，但是……"

池月抬眼看他，态度轻松："人生是一个竞技场，成败往往在一念之间，关键时刻的选择决定了一个人的格局和未来。是吃肉，还是喝汤，都是自己选的。"

俞荣沉默。

池月把资料都整理起来，就像乔东阳在的时候一样，有条不紊地工作。

俞荣看了半晌，叹了一口气："现在你整理这些干什么，有用吗？"

“也许有用，也许没有用。”池月回答得模棱两可，“但我不想在需要用的时候拿不出来呀。”

俞荣是在三天后离开的。

池月亲自把他送到车边，与他握手：“俞总，一路平安。”

“再见。”俞荣说得很慢，声音有一点儿哑。

池月微微一笑，看着他通红的眼睛：“欢迎你再来月亮坞。”

俞荣的眼神微飘。他有一种被人窥破的难堪：“我会的。”

树倒猢狲散。人都有选择未来的权利，池月不怪俞荣，更不能要求别人跟她一样有情怀和梦想。她不知道俞荣还会不会回来，但必须告诉别人，俞荣还会回来。一旦村民知道俞荣不再回来，事情会往更坏的方向发展。

一周后，池月抱着整理好的全部材料，去找了那两位负责项目工程的专家——乔正崇的大学同学。两位老专家看到她还在坚持，而且准备了这么详细的资料，又是激动，又是感动，直夸她有想法、有韧性。池月向两位老人请教了许多问题，他们也知无不言，把能说的、不能说的都告诉了她。

经过一番讨论，池月一回到月亮坞，就写了两份计划书：一是找吉丘政府要资金渡过难关，因为月亮坞是民生工程，可行性很高——这是老专家支的招儿；二是池月自己的想法，她把项目规划和盈利表做得十分详尽，准备在万不得已时，向社会和企业募集资金。

想法有了，做起来却不容易。

池月去吉丘政府寻求帮助，相关负责人肯定了她的想法，但吉丘财政困难，掏不出钱，要不然也不会等到乔东阳来投资了。没钱，空有理想有什么用？池月连续跑了半个多月，不得不放弃。然后她开始鄙视自己的天真。一个没钱、没关系、没人脉的大学毕业生，怎么可能获得这样的政府支持？

池月准备启动第二套方案。可她查了很多资料，发现这个想法太不成熟，而且她对运作形式也不了解。没办法，她只能去请教邵之衡。

联系邵之衡时，哪怕两人隔在网络两端，池月还是有些胆怯，想着怕是会被他笑话。不承想邵之衡看完计划书，居然肯定了她的设想："我认为方法可行，只是细节上还有待商榷。"

"你认同我？"池月充满了感激。

"当然。就算拿不到那么多的资金，至少也能引起社会关注。"

"可是我……以什么名义去号召呢？"

"星空冠军。"邵之衡发了一个笑脸的表情，然后继续说，"乔东阳给你这么大一笔个人财富，你不会不懂得利用吧？"

如果说现在互联网的商业模式，正推崇一种网红经济（借助网络红人的宣传促进营销）模式，那么身为星空总冠军的池月就是一个超级大网红。从她夺得冠军，到后来引出这么多的事情，不管网上对她是褒是贬，粉丝数量都一直在涨。哪怕没有专业的运作，她也是流量集中点。

"这就是一笔财富。你不用犹豫，只有金钱才能换来最高级的平等，换来与世界对话的权利。只要结果是好的，采取什么样的方式，不重要。"邵之衡如是说。

他是商人思维，也是从他的角度来提点池月。就像过去的很多年，他始终在池月的生命里担任着亦师亦兄的角色。他指导她赚钱，并教她克服心理上的不适。比如卖保健品没什么可耻的，没偷没抢，这笔钱用到了它该用的地方，可以帮助到别人，那就是好的结果。同样的道理，利用星空冠军的身份，炒作网红人设，获得关注，获得投资，更是合情合理的。

有时候池月觉得，邵之衡比她和乔东阳成熟多了。

"邵哥，我听你的。"

邵之衡想了想，又说："不过我认为你首先要解决的不是这个问题，而是东阳科技的问题……"

"怎么说？"

"月亮坞项目由东阳科技承建。那么问题来了，东阳科技是不是乔氏的下属企业？它和乔氏是什么关系？乔氏叫停月亮坞的投资，东阳科技能不能与其割裂开来？如果不能，这个项目你就没法儿做下去。”

“我问过了。”池月说，“东阳科技属于乔东阳个人，与乔氏集团没有关系。”

“不要这么肯定。就算没有关系，乔正元肯定也不会轻易把东阳科技割让出去。这个官司，有得打。”

事情这么复杂吗？果然在这个江湖，她还是个稚儿。

邵之衡继续说：“这才是最需要解决的问题。要不然，就算有别的企业想要注资月亮坞，也不可行。”

池月提了一口气：“要是乔东阳在就好了。”

“嗯。”邵之衡没有反对，也没有问她乔东阳的案子怎样，而是在谈话的最后问，“需要我过来吗？”

池月笑了起来：“抱着钱来吗？”

邵之衡也笑：“可以。月亮坞我投资不起，但请你吃饭不成问题。”

“最近我的胃口不好。”池月不希望邵之衡特地跑一趟，便笑着拒绝，并道了谢，“回头事情解决了，我请你！”

邵之衡沉默了一会儿，说：“好。”

事情折腾下来，前前后后又是一个月。

这段日子，池月总是做噩梦，每次一惊醒就发现，现实比噩梦更让人沮丧。

这一天半夜，在呼啸的漠地的风声里，池月收到了权少腾的信息。

“乔东阳的事情，有结果了。不好意思，我再也帮不了你。”

池月的脑子瞬间空白。她反复看这条信息，连掌心都攥出了汗。“再也帮不了”是什么意思？她的心脏怦怦乱跳。

她消化着这条信息，觉得全世界都在幻灭——那些传说中的青山绿水，不会再回来了吗，就像乔东阳？

池月的双眼一热，心痛至极。屋外的风声越来越大，好像要把房顶吹走。她默默地抱着脑袋，把自己塞入被子，任由泪水横流。

手机再次响起，把池月的烦躁推到了极点。她一看，那是一个陌生号码。她接通后不耐烦地说："半夜打什么骚扰电话，有病啊？"

电话里没人说话，只有屋外的风一阵阵地刮过去。尖锐的风声传来，那是一种池月熟悉的仿佛要把整个大地掀翻的鼓噪声。池月听着风声，安静下来："你不说话我就挂了。"

"池月。"一个低哑的声音，惊得池月从床上坐了起来。

"乔东阳，你在哪里？"

"你家大门外。"

池月被吓得不轻："你不会是越狱了吧？"

乔东阳深深地喘了一口气才说："出来！"

稀薄的月光洒在沙地上，那浅浅的光芒也好似要被风吹散，照不透那个男人深邃的眼。

门被沙子铺满，池月拉开门，落了一身的沙。

月皎风狂，一望无垠的黄沙横在她的面前，几棵胡杨树在家门口坚守着。那人就倚在树后的越野车旁，孤零零的一个人，瘦瘦的、高高的，肩膀上挂了一个包，脸上有沙尘的污渍。没有风镜、口罩，也没有帽子，头发短短的、脑袋光光的，他就像刚从沙地里刨出来的人。

乔东阳从高温的申城来到月亮坞，从极热到极冷，薄薄的单衣抵不住狂风和寒冷，人就显得单薄起来。似乎风一大，他就会被吹走。

池月的鼻腔一酸。她迅速脱下防风服递给他："你一个人？"

"嗯。"乔东阳接过衣服，反手披在她的肩膀，"不要凉着。"

池月顾不上冷热的问题，紧张地问："你这样跑出来，没有被人跟踪吧？"

乔东阳的身子僵硬了一下。不知道他是不是因为受凉，打了个喷嚏，然后看着她不说话。

池月警惕地看了看四周："你跟我进来！"

乔东阳没动，黑漆漆的眼就那么盯着她。

她已经转身去推门了，见他没动，又转过头："怎么了？"

乔东阳挠了挠脑袋，将头上的沙子拍下来："我不进去了，本就是想来看看你……不要去吵阿姨了。"

"你别怕，我妈不是多嘴的人。"池月压着声音说，"我会嘱咐她，不让她出去乱说。"

乔东阳唔了一声，突然笑了："你以为我是逃出来的？"

池月一怔："难道你不是？"

两个人四目相对，气氛有点古怪。

池月看着他的这个表情："难道……"

"你说对了。"乔东阳顿了一下，然后语气幽怨地问，"我已经这样了，你还愿意收留我？"

"你说呢？"池月瞪了他一眼，拽着他的衣袖，推开了门，"你轻点儿，别出声！"

"我是想轻点儿，可是……"

汪的一声，二黄从黑暗里蹿出来，奔着乔东阳就冲过来了。池月想拦都拦不住，又不能和狗讲道理，呵斥了几声，它也不听。池月只能揪住它的背毛，在它的脸上拍了两下，一边教训着，一边把它拴到木桩上："你这狗子平常挺机灵的，关键的时候就不顶用。"

"汪汪！汪汪汪……"

乔东阳静静地站在池月的背后看着她，双手揣在兜里。这一刻，狗的声音很吵，但他眼里的世界却平和安宁，就像在某个夏日午后，两人慵懒地带着狗在沙地上散步。

池月拴好狗，拍拍手走过来："走吧，进屋。这狗就是不如天狗懂事。"

乔东阳没有说话。两人刚进客厅，房间里就传来于凤询问的声音。

"囡囡，谁来了？"

老年人觉浅，外面的声音吵到了她。

池月应了一声："没人来，二黄的更年期到了。"

"更什么期？"

"快睡吧，明天再说。"

于凤为了方便照顾池雁，住在池雁隔壁的房间，而池月的房间独自在客厅的另一头，还算安静。

池月和乔东阳蹑手蹑脚地走入房间，灯光一亮，彼此脸上的憔悴就暴露无遗。

眼对眼、鼻对鼻，几个月的分别，泛滥的情绪在两人的心里堆积。可是没有人开口，他们只是望着彼此，贪婪地看着对方，像从一场绵长的噩梦里醒转，不敢触碰，害怕如今的相聚也是梦，害怕对方会消失。

寂静处，只有风沙沙作响。

"乔东阳，"池月慢慢地伸出手，抚上他的脸，"你怎么瘦成这样？"

乔东阳没有说话，感受着她温热的掌心，呼吸渐重，双眼深深地望着她。他突然将她拉入怀里，扣住她的后背，令她紧紧贴在自己的身前："不是做梦，我不是在做梦。"

他把她箍得极紧，就像拥抱一件失而复得的珍宝，生怕下一秒就会失去，不肯松手。

池月挣扎不开，有一点儿着急："乔东阳，你别这样……"

乔东阳嗯了一声，低下头，将下巴搁在她的肩膀上。

池月推了推他："我问你的话，你还没有回答我。"

"嗯，你说。"

"你是不是逃出来的？"

"……"

"说话啊！你怎么傻了？"

乔东阳缓缓地问："如果是呢？"

池月刚才还有些不信，现在看他严肃的样子，突然有点害怕：

“你是认真的？”

“是……”

池月的身子微僵。她用一种不可思议的眼神看着他，好像在说“你怎么能干这种傻事呢”，可嘴里的回答却是：“我陪你。”

“陪我做什么？”

“乔瑞安的事情已经败露了，你为什么要冒这样的风险？”池月很焦急，语速极快，“我陪你去找权队。我们把事情说清楚，想办法……”

“别提他！”乔东阳的声音沉了下来。

他那凶巴巴的样子吓了池月一跳。她问：“怎么了？”

乔东阳微不可察地哼了一声，又把她拉近，吐气不均地将唇贴着她的脸。他脑袋上的沙子落在池月的脖子里，令她觉得有点痒，但她没有挣扎，由着他亲热。

“池月，我很想你。”他贴着她的耳朵说。他的嘴唇冰冷，看来他是冻坏了。

池月轻轻抚着他的肩膀：“你干吗大晚上进沙漠，这么冲动……”

他没有任何防护措施，穿着薄薄的衣服，这根本就是来找死的。说起他的行为她心里全是气。

乔东阳却不以为然：“因为我想你了。如果今晚见不到你，我会疯的。”

“夸张。”池月睨了他一眼，心里酸酸甜甜的，“这个事，你想好怎么解决了吗？”

“明天再说，”乔东阳很累的样子，“我想睡一觉。”

“你怎么不紧张啊？”池月小声地问。

“我很久没有睡过好觉了，池月。”乔东阳打了个哈欠，声音平静得像是在诉说一件普通的事情。

可是池月知道，这话里满是他这些日子吃过的苦。

池月去打了水，拿了干净的毛巾，轻轻替他将脸擦干净，然后扶他上床，为他盖好被子。他安静地合上眼，好像睡着了。

四周寂静一片，池月肆无忌惮地打量他。看着他清瘦的脸庞，她突然看不下去了，眼眶一热，泪水突然就滑落下来。她抬手抹了抹脸，咬住下唇，不敢发出声音。

“池月，现在我一无所有，你还愿意跟我吗？”乔东阳突然问。

池月被他吓了一跳。她以为他睡着了，原来并没有。

“会。”池月沉默片刻，说话的声音里带着浓重的鼻音，“但我不希望你逃避。该怎么面对，就怎么面对，不论多久，我都会等你……逃避不是解决问题的办法。”

乔东阳慢慢地睁开眼，眼里有血丝，但目光很亮：“我的案子已经被解决了。事实不清、证据不足，不予起诉。需要看证明吗？”

池月瞪大眼睛，不敢相信。她太过惊喜，真是意外之极——足足有十秒，她没有反应，就那么傻傻地看着乔东阳。

“你这是什么表情，不高兴？”乔东阳不满意了。

“可是权队……”池月想到权少腾的话。不过她还没有说完，又想到权少腾的为人。权少腾那样的人会发一条似是而非的短信逗她也不奇怪。池月破涕为笑：“权队真是能把人吓死！”

不待乔东阳说话，她主动趴下去，抱住他，激动得找不到词来描述现在的心情：“太好了！乔东阳，太好了！都过去了，雨过天晴的感觉真好。”

乔东阳慢慢地抚摸她的后背，轻拍了两下：“这事没有过去。”

池月一愣，抬头：“嗯？”

“乔正元从我身上拿走的，我都得拿回来。”乔东阳的声音很平静，没有一丝戾气，但一字字冷得异常。

池月望着他，好半晌没有说话。

最近这一阵子，池月忙着月亮坞的事情，董珊也很少来消息和她交流。而且关于乔东阳的财产，别人不告诉池月，池月就从来不问，一是为了避嫌，二是家庭环境决定了她不会知道乔家内斗的残酷性和那一笔巨额财富的数额。

听乔东阳说起，池月这才问：“现在怎么样了？”

乔东阳看了她许久，说："我一无所有了，池月。"

一无所有？池月对乔家内部的事情不太理解，望着乔东阳没有作声。

"怕吗？"乔东阳抬手轻轻捋了一下她的头发，摸了摸她的耳垂，似笑非笑地说，"我记得有人说过的，她会养我。"

久远的画面就这么跳入池月的脑海。池月没想过一时戏言会有成真的一天。她因惊愕愣了一下，然后便笑了起来："我养啊。你应该吃不了多少，填饱肚子没问题。"

熟悉的笑声又荡在耳边，但此时乔东阳听来已不是缠绵的味道，而是酸楚。

乔东阳看了她许久："池月，我现在再来找你，是不是特无耻？"

"为什么这样说？"池月吃惊。

"一个什么都没有的男人没有资格睡在这里。"

"乔东阳，你能睡在这里，从来不是因为你曾经拥有过的那些。"池月突然捧住他的脸，压下唇，"其实没有了也好呢，往后我俩一起种树吧。农民伯伯最可爱。"

乔东阳的眼圈一红。他伸手将她拉入怀里："谢谢你，我的池小姐！"

第八章
男人的骄傲

池月很早就醒了。老家的房子没有窗户，房门一关，里面漆黑一片。房顶的几片亮瓦在黄沙的覆盖下，依稀透出几缕光线，将房间照得影影绰绰。

这是新的一天。房子还是那么小，墙脚的杂物堆在一起，还是昨日的模样，但今天又变得有点不一样了。

池月的唇角不自觉地扬起。她看了一眼身边的人。

两人昨天晚上的相见，如同梦照见了现实，令她意外、惊喜，然后平静。和乔东阳在一起，对她来说，那就是最好的人生。不管从此以后他一无所有，还是拥有很多，他就是他。他是穷、是富，都好。两个人都还年轻，有双手，每一天都可以重启人生。

池月的神经有些兴奋。所以她一醒来，就再难入睡。她不敢翻身，怕吵醒乔东阳，于是小心翼翼地起床，蹑手蹑脚地拎着衣服出去，准备下厨做早餐。

她一走出房门，就见于凤坐在客厅里，一动不动地看着她。池月愣了一下，混沌的脑子这才清醒过来。她心里想着自己是不是膨胀了——居然就这么把乔东阳带回屋睡了。

她的耳根莫名地发烫：“妈。”

于凤起得早，停在院门外的汽车已经告诉了她一切。

“小乔怎么样了？”

池月说：“妈，你别问了。我说了你也帮不上……”

“你是不是傻？他的车就停在外面。天一亮，满村的人就都知道他回来了，到时候他跑都跑不掉了。”于凤瞪着池月，恨恨地咬咬牙，飞快地转头拿出一个包，硬塞到池月的手上，“趁着天没亮开，你们赶紧跑吧。妈手上也没攒几个钱，都给你了……”

“妈！”池月又想笑，又想哭。

“拿着。”于凤拍拍她的手，“快去叫他。”

池月抱紧于凤，舍不得松开：“妈妈你真好。可是乔东阳不是逃出来的啊。”

“不是？”于凤愣了一下，脸上的阴云散开，取而代之的是惊喜，不，是狂喜，嘴唇疯狂上扬，“你是说，他没事了？”

“嘘！”池月示意于凤小声，然后点点头，“证据不足，不予起诉。”

“太好了！”于凤跺了一下脚，无法抑制快活的心情，搓着手在原地转了两圈，“我看那些人还有什么说的。他这一回来，什么事情都妥了，咱们的新房子就快了，俏俏妈也再不敢在我的面前嘴碎了。”

“妈……”池月的心里沉甸甸的。她不忍心告诉于凤真相，但又不能不说：“你管住嘴，别在外面乱说。这个项目一时半会儿，可能……嗯，没那么顺利。”

于凤的脸僵住：“没那么顺利是什么意思？”

池月无法告诉于凤乔家的恩怨，说了于凤也不会懂。池月只道：“有些手续上的东西，得费些时间去办理……”

手续？于凤眯起眼瞅池月，瞅着瞅着，大概从池月的表情里瞅出了点儿什么来，又拍了池月一下，骂了一声死孩子，再次把装钱的包塞给池月：“你是不是糊涂了？项目没法儿搞，这月亮坞是他能待的地方吗？赶紧的，让他拿着钱跑吧！要不然他非得被他们生吞活剥了不可。”

于凤的关心是实心实意的，但让乔东阳做逃兵，池月无法支持。

池月说：“我不会让他走的。他既然回来了，也不会就这样走。妈，不管发生什么，我都会和他一起面对。”

乔东阳在池月的床上睡了个饱觉。但这里到底不是自己的家，他的精神状态也不轻松，无法睡到自然醒，所以在池月离开房间的时候他就醒了。他躺在床上，闻着属于她的气息，心情渐渐平复，这才终于有了重新活回来的感觉。

池月进来的时候，与他黑沉沉的眸子对了个正着，被吓了一跳：“醒了？怎么不多睡一会儿？”

乔东阳看了她一眼：“睡不着了。”

“那起来洗把脸吃饭吧。”

“我还不太饿。”

“我都做好了。”

池月看着他沉静的面孔，心里沉了沉。她昨夜见到他，太突然、太兴奋，没有办法在那种巨大的喜悦状态下去感受更多，也没有发现他有什么不同。今天狂喜降温，回归理智，她马上发现乔东阳变了。变的不是他英俊的脸，而是他年轻的心。他再不像以前那般不可一世，面容添了沧桑世故，还有属于成熟男人的深沉。

池月突然有点心疼，慢慢地伸出手臂拥抱他，像抱住一个受了委屈的孩子：“多少吃一点儿吧，给我个面子。”

乔东阳听话地坐起来：“阿姨知道了吧？”

池月点点头：“我告诉她了。”

乔东阳没有再说话。

在池月家里，洗漱、使用卫生间都非常不便。以前乔东阳不习惯，即便强忍着不适，眉头也会轻微皱起。但今天，他简简单单地洗漱，再没有那个娇生惯养的乔先生的那一堆臭毛病。

池月看他穿得单薄，找了一件自己的衣服给他：“你先披上，早上冷。”

乔东阳看了她一眼：“不用，我一会儿去那边拿。”

他在月亮坞住了那么长的时间，生活用品都是齐备的。池月点点头，没有勉强他。

早餐是池月做的。清粥小菜，还有于凤煎的饼子，简单地摆在桌子上，冒着热气。乔东阳洗干净手，看到于凤的眼圈发红，歉意地向于凤招呼了一声，然后又问池月：“你姐呢？”

池月埋着头喝粥：“她最近病情反复，在房里吃。”

乔东阳唔了一声，没有再问。

这顿饭吃得很安静，三个人都沉默着。于凤本来有一肚子的话想说，但池月嘱咐过她，不许在乔东阳面前问东问西。因此她不得不压住好奇心，只偶尔冒出一句老岳母的关怀。

“小乔，多吃一点儿。”

“嗯，好的，谢谢阿姨。”

“这小咸菜是月月炒的，你尝尝。”

“好的，我自己来。”

客气的用餐气氛比沉默的气氛更可怕，乔东阳匆匆吃罢就下了桌：“池月，我去一趟村委会。”

池月拿着筷子的手微微一顿：“等一下，我陪你去。”

“不用，你慢慢吃。”乔东阳的目光深沉，“我能搞定。”

那天在村委会被众人拦截的遭遇，池月想想还后怕。连她都能被村民围攻，乔东阳去了，如果不能承诺重新启动项目，又会受到怎样的待遇？

池月很想陪他去，但是看他那样坚持，只能点头：“好，我一会儿再过去。”

池月看着他离开的背影，内心是坦然的。

他是乔东阳啊。

如果他连这种情况都不能应付，又怎么能成为那个传说中的天之骄子？

池月吃过饭，去看了看池雁，又回屋唤醒天狗，告诉了它乔东阳回来的好消息。

天狗眨着一双幽蓝的眼睛，天真又可爱："乔大人在哪里？"

"他去办事了。"

"好的，请你告诉乔大人，天狗很爱他。"

池月摸摸它的脑袋："乔大人也很爱你。"

"乔大人也很爱你，我也很爱你。"

这小家伙活学活用的本事特别强。池月低头将脸贴在它的脑袋上："你真乖。我也很爱你，天狗。"

"可是，你为什么把我休眠了 78 小时都没有理我呢？"

不是池月想休眠天狗，而是乔东阳不在的时候，天狗就像是一个情绪催动剂。池月看到它，就会控制不住焦虑。

"对不起，天狗。我保证，不会再休眠你了。"

"谢谢你！我终于不再是一只死狗了。"

扑哧！池月被它逗笑。可她没有想到，天狗还有后招儿。

"我果然不是你亲生的天狗……乔大人就从来不会这样对我。"

池月哭笑不得："所以你是乔大人亲生的了？"

"是的，我是乔大人亲生的。"

"……"

池月在家里待了两个小时，外面传来脚步声，有人匆匆从屋前奔过。她知道那些人是找乔东阳去的，但她没有出门，而是留在家里陪池雁。那天之后，池雁就变得格外敏感，一有风吹草动就被吓得瑟瑟发抖。

"月月，有好多人。"

池月轻轻拍着池雁："不要怕，是乔东阳回来了，他们去看他。"

池雁沉默了许久，然后问："猴子也来了吗？"

这些天，池雁都处于一种不太清醒的状态，从来没有提过猴子。池月没想到，一说起乔东阳，池雁就能马上想到猴子。

池月有些欣喜，也许池雁的情况没有自己想象的那么糟，姐姐只是被吓坏了。

"月月，猴子来了吗？"没有得到回答，池雁又问了一遍。

池月微笑着说："猴子还有工作要做……不过应该快回来了。"

"猴子说了会很快回来的。"池雁耷拉着眼皮，念叨着这一句。然后不论池月说什么，池雁都像没有听见，不再沟通。

中午的时候，乔东阳打来电话，问池月要不要过去吃饭。听到他的语气平静，池月悬了一上午的心终于落了下去："好啊！"

村委会一片安静。这倒是让池月有些意外："你是怎么说服那些人的？"

乔东阳在抽烟，办公桌上的烟灰缸里散乱地放着好几个烟头。他闻言，笑了一下，眼里漾着的是池月熟悉的散漫："他们不肯相信我没钱。"

池月捡起地上的纸，看了看，将它丢到垃圾篓里："什么意思？"

乔东阳搓了搓太阳穴，笑容有些古怪："做老实人真难。"

"不要大喘气，一句话说完。"

"我告诉他们实话，说我没有钱了，这个项目暂时只能烂在这里……然而他们不信。"乔东阳勾起唇角，"他们认为我是不想再投资，对月亮坞没有信心，所以他们不仅没有为难我，还说了很多好话。奇怪吧？"

在他的目光指引下，池月看到墙边堆放的东西。鸡蛋、土豆，各种吃的、喝的，乱七八糟地堆放在那里。

"全是他们送的？"

"嗯哼！"

"……"

想想那天她受的罪，乔东阳这待遇简直不可思议。

池月不解，回头就把这事告诉了邵之衡。

邵之衡笑着告诉她："瘦死的骆驼比马大。就算你告诉我乔东阳没钱，我也不会完全相信。更何况……长期处于深渊的人，但凡看到一点儿阳光，对他们来说都是救赎。现在除了相信乔东阳，他们还有什么办法？埋怨？痛恨？辱骂？那只会加速他们的失去。没有人想被放弃，月亮坞的人都不愿意。”

人生阅历丰富的人，看问题就是不一样。池月看了一眼办公桌对面的乔东阳，问邵之衡：“你相信他能东山再起吗？”

邵之衡说：“我没有办法回答这个问题。但是如果他愿意，我可以投资东阳科技。”

池月看着手机上的文字，双颊发烫。

邵之衡的眼光实在太锐利了。不用她开口，邵之衡就知道她找他聊天儿的用意。

池月吐出一口气，又深深地看了一眼对面的乔东阳。乔东阳正在打电话，不停地打电话，并没有陷入困境的窘迫感。反而是她，好像太过急切，显得用力过猛。

她平静了一下才回复道：“谢谢邵哥，我问问他。”

“好的。不过他肯定不会轻易同意。”

“为什么？”

“男人的骄傲。”

邵之衡没有猜错，乔东阳果然拒绝了这一提议。

不过理由不是因为男人的骄傲，而是乔东阳认为目前的东阳科技就是一头要吃肉的老虎，一般的人、一般的公司养不起。

虽然东阳科技的技术反哺了 Crown，带来了人工智能机器人的量产和盈利，但在研发前期，也只有 Crown 这样的公司、只有乔东阳自己，才有勇气花费那么多的资金，不计成本地搞研发，也只有那样的投入，才会有后来的成绩。

个中关节，池月了解得不多。而东阳科技的内部事务，她更是不知情。她听乔东阳这么一说，心里冰凉：“那怎么办呢？”

乔东阳扬起唇角，抬手掐了掐她的脸颊：“我们得承认，邵之衡是个有眼光的人。”

池月心下一喜：“你也这么认为？”

“他眼光独到，明白东阳科技是潜力股。”

“那我是不是也是有眼光的人？”

“嗯？”乔东阳一怔。

池月笑了起来：“因为我眼光独到，知道乔东阳才是潜力股。”

“对的。”乔东阳点点头。

这一瞬间，他的脸上闪现出了光彩，让池月仿佛看到了曾经的他——那位不可一世、出场自带BGM（背景音乐）的乔先生。

“我在东阳科技烧的钱，没有白烧。我们的每一个研发成果，一旦商用……”他自信地打了个响指，冷冷地哼了一声，“一旦商用，那就是聚宝盆。谈钱？俗气。东阳科技能为公司带来的名利和金钱，是乔正元这种货色想一辈子都想不明白的。”

池月对此半信半疑。不过介绍东阳科技时的乔东阳，是意气风发的。池月喜欢这样的他，喜欢听他狂傲地吹他的梦想。

她适时提出疑问：“所以现在万事俱备，就只缺钱了，是吗？”

乔东阳高举的那只手垂了下来：“会有的。”

“哪里来？”

“我一手做起来的Crown，会拱手让人吗？”

工作上的事情，池月能帮到他的不多。关于科技研发这个层面的东西，她也时常像是在听天书，但是她相信王雪芽的父亲对乔东阳的评价。乔东阳从来不是学渣，而是真正的科技新贵。在高科技领域，乔东阳的想法超前、专业过硬。最关键是，他不仅敢想，还敢做。

池月的眼睛里闪着崇拜的光：“我能帮你什么吗？”

“小傻瓜！”乔东阳敲了敲她的脑袋，突然伸出手臂，将她揽入怀里，又低下头，在她的额头上轻轻一吻，“不要操心男人的事，你家里的压力已经很大了。现在你要是有空儿呢，就跟着邵之衡卖卖产品。像郑西元这种傻货，你很久没有做他的生意了吧？该宰的时候，就狠狠地宰他。至于我……”

他的目光渐渐变得深邃：“你最不需要操心的人，就是我。”

池月从他的怀里抬起头，目光与他的目光在空中交汇。她说不出话来。

乔东阳淡淡一笑：“相信我，不会让你跟着我吃糠咽菜的。当初我能让Crown起死回生，现在就算没有乔氏集团，我也不会让东阳科技就这么死。”

池月乖乖点头：“可你不是说，当初创建东阳科技，研发人工智能，只是冲着败家去的吗？”

“对呀。”乔东阳再次笑开，漾在唇边的笑意，让他整个人明媚起来，十分好看，“我当初冲着败家去做事都能赚钱，现在冲着赚钱去，不得赚多得多的钱吗？”

扑哧一声，池月笑得连眼睛都眯了起来：“好有道理。那我等着你赚钱养我了？”

“没问题。不过现在……”乔东阳突然叹了一口气，“池小姐，咱们中午吃什么？”

有乔东阳在这里坐镇，村民的情绪明显好转。哪怕大家私底下仍然有各种不好的猜测，但正如邵之衡所说，他们除了把希望寄托在乔东阳的身上，别无他法。

困难就摆在面前，显而易见。乔东阳每天都很忙，池月安静地陪着他。他在电脑旁噼里啪啦地打字，她就默默地为他泡一杯咖啡。他需要什么资料，只要动动嘴，她就会帮他拿到面前。

给乔东阳做了这么久的助理，池月发现，只有这几天，她才像一个真正的助理。

两个人很默契，工作的时候，心无旁骛。

乔东阳很认真，池月也欣赏认真的乔东阳，只是偶尔会心疼。活了这么多年，乔东阳没有像今天这么努力过。从回来的那天开始，他好像总是在逼迫自己，尽量压缩衣食住行的时间，有时候忙起来连胡子都不刮。以前的他，衣食精致，而现在的他，粗茶淡饭。池月把这些都看在眼里，想方设法地照顾他的生活，不让他有后顾之忧。

这样平静的日子过了大半个月，池月再次陪乔东阳回到申城。

上次分别后，池月许久没有见过乔正崇和董珊。没想到这一见，池月发现他们的变化居然这么大。乔正崇原本半白的头发几乎全白，眼睑下垂，眼袋浮肿。他老了很多。董珊的状态也不比乔正崇好，脸色苍白、面容憔悴，那个优雅亲和的漂亮女士不见了。

池月礼貌地打招呼："乔叔叔好、董阿姨好。"

乔正崇点点头："小池，你和董阿姨去楼上看看电视，我和东子有话要说。"

池月看了董珊一眼，很懂事地笑了一下："好的。"

"什么事不能就这么说？"乔东阳拖住了池月的胳膊。

乔正崇的眸色一厉。他看着乔东阳没有说话。

气氛突然凝滞。

池月看了看这一家人，拍拍乔东阳的手："我正好和董阿姨说点儿事。"

乔东阳沉下脸，看了池月一眼，慢慢地松开手。

池月和董珊上楼的时候，客厅里的父子俩剑拔弩张地对视了许久，都没有说话。他们的样子，看上去像是一对仇人，而不是父子。

池月尴尬地陪着董珊聊天儿。她们都不在状态。

乔东阳和乔正崇的谈话没有进行太长时间，两人就发生了争执。楼下说话的声音越来越大。玻璃落地，发出清晰的碎裂声，在寂静的空间里，听来格外骇人。

池月和董珊对视一眼，没有说话。

乔正崇的骂声传来："你到底是不是我儿子？那么大的事，你瞒着我，一瞒就是这么多年……"

池月被乔正崇那歇斯底里的吼声吓了一跳。在她的印象中，乔正崇或许严厉、冷漠了一点儿，但不是那种轻易失去理智的人。乔东阳瞒了他什么？

池月下意识地看向董珊。只见董珊紧紧抿住嘴唇，定定地坐在那里，僵硬得像个木头人，本就苍白的脸上已经没有几分血色。

楼下的吼声越来越大，乔正崇毫无顾忌，嘶哑的嗓音里全是愤恨："如果我当年就知道，哪会像今天这样受制于人？你，还有她……你们合起伙来骗我。你们竟然都在骗我！

"只有我被蒙在鼓里，你们都知道，就我不知道。

"这么多年了，我现在才知道……乔正元看向我的眼光是什么意思。"

乔正崇很生气，可以说是暴怒，说话时竟然有些喘："乔东阳，如果你是我儿子，就告诉我实话……她究竟是被强奸，还是和乔瑞安通奸？"

这话如一锤击来，瞬间让董珊脸上的血色褪尽。而乔正崇像是陷入了某种绝望，声音大得已经完全背离了他的初衷，一句句都落入楼上两个人的耳朵里。

"别人骗我也就算了，你是我儿子，乔东阳，你是我儿子！我要是早知道，早就处理掉了，绝对不会等到今天。现在我这张脸都丢尽了啊！都丢尽了！你让我怎么见人？"

董珊的身子一晃。

池月看着董珊那空洞的双眼，叫了一声："董阿姨……"

董珊像是没有听见，不动、不说，就那么坐着。要不是她裙摆下的两条腿在微微发抖，会让人以为她没有反应。

同为女性，池月了解乔正崇的那些话对董珊的伤害。比起旁人的流言蜚语，爱人的言语更可怕。别人只是杀人，而乔正崇是诛心。

"董阿姨，你喝点儿水……"这种情况下，一切劝人的话都会显得拙劣又窘迫，但池月不得不说点儿什么、做点儿什么，哪怕能让董珊感觉到一点点的善意与温暖，池月也必须去做。

董珊望着池月，似乎想笑，但还没有笑开，眸光又沉了下去。池月以为董珊会哭、会流泪，可董珊只是安静地听着，直到楼下的硝烟散去，乔正崇让李妈来叫董珊回家。

"月月，我先走了。"董珊站起身，抱了抱池月的肩膀，目光游离。

池月点头，想说什么，又说不出口，只与董珊道了个别："嗯，下次见。你照顾好自己。"

董珊微微一笑，下楼去了。

池月站在楼道上，看着董珊小心翼翼地走到乔正崇的面前，不抬头、不说话，默默跟在他的身后走出大门，乖顺、卑小得好像灵魂已经离开了身体。

那一抹单薄的背影，池月在脑子里反复描画了很久，心里有点酸。当外面传来汽车发动的声音时，乔东阳来到了她的面前："没生气吧？"

池月失笑，摇了摇头："我怎么会生气？只是……董阿姨看上去不太好。"

"嗯。"乔东阳没有多说。

池月观察着他的表情。那些想说的话，她只能咽下去。

乔东阳的眸色沉了沉。他换了话题："我晚上有个应酬，你……"

"跟你去！"池月挑了挑眉，"你在哪儿，我就在哪儿。"

两人对视了几秒，乔东阳忍不住笑了："你什么时候变成无赖了？"

"嗯哼，跟你学的啊！谁让你这么无赖？"池月用惯了撒娇这一招儿，发现了它在男人面前的妙处，乐此不疲。她拖住乔东阳的胳膊："走吧、走吧，咱们上哪儿去应酬？对方是男的还是女的？反正我都可以上！"

乔东阳快被她气死了。

池月见他臭着脸，扬眉一笑："是不是被感动了？"

"是啊，池小姐，我感动死了。"

"那就走吧？"

乔东阳抬手揉她的脑袋："洗个澡，收拾一下。"

"看来是见很重要的人啦。"

池月没有想到有一天会再次去皇冠酒店的十五楼——郑西元和他的狐朋狗友聚会的地方，而且还是和乔东阳一起去。

这真是"有生之年系列"（感叹等待了很长时间或非常少见）了。她看到皇冠酒店的金字招牌闪烁在夜色里，内心是拒绝的。曾经多次来这里送货，对于十五楼的纸醉金迷，她知道。

乔东阳看她纠结的样子："让你在家，你不肯，现在又不想去了？"

池月挽住他的胳膊："不是不想，是不自在嘛。"

乔东阳轻轻拍了一下她的手背："没事，有我在。"

池月来过十五楼很多次，但从来没有进过包间。像这样散发着某种奢靡气息的地方，她不喜涉足。今天走进去，即便有乔东阳在身边，对她来说，也是一种心理挑战。

包间里的装修，她早就在外面瞄到过，但真正近距离看到那考究的装潢、奢华的摆设，还有这些衣冠楚楚的男女，还是让她对飘在空气里的金钱味感慨了一番。

一群人在喝酒聊天儿，但在乔东阳进来时，戛然而止。

“来、来、来，阿乔这边坐。”郑西元今天做东，热情地走过来招呼乔东阳和池月。

众人的视线随着他的走动，从乔东阳的身上移到池月的身上。他们的目光很是复杂。

他们应当都是认识乔东阳的，但郑西元还是慎重地做了介绍。

那一群人里，池月就认识一个——林盼。在他们进来前，林盼就坐在郑西元的身边。女人的感觉远远比男人来得敏锐，池月察觉到林盼的目光，下意识地看过去，果不其然，林盼也在看池月。两两相望，俱是一笑，疏离、客气。曾经在一个队里天天相见的两个人，如今像是初次见面。

池月不在意林盼是什么态度。此时的池月，面带微笑，坐在乔东阳的身边，甘心做一个布景。沙发上的男人和女人们，有的叼着烟，有的晃动着酒杯，表情都有些微妙。但池月看出来了，那并不是什么友好的眼神。

在几个月以前，这些人看到乔东阳，恐怕没有人敢不恭敬，但在几个月后的这个夜晚，情形就大不相同了。这大概是池月见过的乔东阳最不受重视的场合。在场的男士和女士，展露了友好的笑容，然后就各自扭头继续自己的话题，好像并不欢迎刚加入聚会的新朋友。

要是在以前，这简直不可想象。要知道，在乔正崇和乔东阳执掌乔氏集团的那个时候，这些人个个削尖脑袋想往前靠，恨不能和乔东阳扯上一星半点儿的关系。

郑西元看着这一幕，目光深沉。

当初千方百计求郑西元将自己介绍给乔东阳的人，是他们，现在恨不得和乔东阳撇清关系的人，也是他们。郑西元喝了点儿酒，看到这群天天说场面话的“朋友”，怎么看，怎么觉得碍眼。

“阿乔……”郑西元换了个位置，坐到乔东阳的身边，攀住乔东阳的肩膀，“我这儿存了不少好酒，来点儿？”

乔东阳很少喝酒，郑西元知道。可是今天哥儿几个聚在一起，大家都在喝，要和人家搞好关系，入乡随俗才是乔东阳最好的选择。郑西元今天叫乔东阳来，也是想通过自己的关系，让乔东阳多和这些场面上“吃得开”的人接触接触，这对乔东阳今后处理东阳科技的事情有帮助。

郑西元的人脉广。他做生意单凭一张嘴也能顺风顺水。但乔东阳和郑西元不同，乔东阳一门心思搞科技，非必要的应酬从不参与。只要乔东阳不肯，谁的账也不买。这些人里面，就有一些曾经邀请过乔东阳而被拒绝的。但是今天，乔东阳来了。郑西元知道，这是乔东阳在某种程度上的服软，对生活的妥协。

“不喝。”乔东阳并没有因为郑西元的引荐而对这些人有什么好感。

乔东阳曾经是天之骄子，即便走了背运，但骄傲还在。孔雀跌入鸡群，依旧是孔雀。

乔东阳看不起郑西元的这些“哥们儿”，就像他以前对郑西元也有同样的成见一样：“你不是说，让我来谈事吗？”

郑西元有点下不来台。心里有无数句脏话，简直让他憋到内伤。乔东阳是真的不懂还是装不懂，不知道喝酒吃饭也是谈正事吗？郑西元觉得，乔东阳以前能把 Crown 公司和东阳科技打理得蒸蒸日上，大把大把地赚钱，全靠乔正崇帮乔东阳把这些关节都理顺了，根本用不着乔东阳去应酬，这才造成了乔东阳这种不合时宜的性子。

郑西元在心里叹息着，脸上却笑开了：“边喝边谈嘛，时间还早，不急……”

“我的时间是很紧的。”乔东阳淡淡地扫了郑西元一眼，那意思就像是说“有屁快放”。

郑西元突然感觉脑壳痛。

四周那些揶揄的目光，乔东阳是看不见吗？还是他根本就毫无意识，还以为他是以前的乔东阳呢？

郑西元很想敲开乔东阳的脑袋：“阿乔，就喝一点点。今天哥们儿组局，给个面子……”

“我一会儿要开车。”

“代驾了解一下。”

“不喜欢。”

对乔东阳的死脑筋，郑西元突然无言以对。

房间里安静了一会儿。

在座的几个男人面面相觑，突然有人酸了起来：“郑总，你就不要勉强乔总了。人家乔总是什么人，做大买卖的，哪看得起我们几个？”

“那是、那是，乔总是商业怪才、科技新贵、时代精英，还有什么来着……哈哈，你我这种酒肉凡人怕是高攀不起。”

“乔总，占用你一分钟，你怕是得损失几十个亿吧？”

“什么一分钟？乔总一秒进账就几十个亿！”

“哎哟，我怎么听说，乔总从里面出来就……哎哟，喝酒、喝酒，不说这些丧气话。乔总年轻有为，早晚会东山再起的。”

他们一句比一句说得动听，听着是夸人，却字字扎心。池月的手紧紧地攥着，浑身的汗毛都竖了起来。她真想给这些王八蛋一人一记天马流星拳。

可是乔东阳只是笑笑，一言不发，无形中散发出来的气质，让他整个人都在发光。

最高级别的回敬——是漠视。

“今天我请客，大家能不能给个面子？”酸话听多了，郑西元有点生气。

郑西元和乔东阳的关系，很多人知道。过去是郑西元上赶着巴结乔东阳，现在乔东阳失势，郑西元还这副狗样子，大家就觉得郑西元有点自掉身价了。不过郑西元还是个很有势力的大咖（形容在某方面很有分量的人），他们不好得罪，赶紧打了个哈哈，换了话题。

郑西元也算是个有心人，为了能让乔东阳融入这个圈子，极力地找着话题，左左右右地攀谈着。可乔东阳兴致不高，基本不搭话，其他人也无意再结交现在被“乔家大当家”视为眼中钉的乔东阳。

于是包间里就形成了两个圈子：一个圈子以郑西元为中心，还有两三个相对和善的人，他们偶尔和乔东阳说上几句；另一个圈子就是那些怕与乔东阳接触从而得罪乔正元的人。

池月特地注意了一下，林盼处于两个圈子的中间，一直自顾自地喝着小酒，不和那些人交谈，也不参与郑西元和乔东阳的对话。

很快就有人组局，把牌桌摆好，邀大家玩儿牌。

以前郑西元的很多大生意就是在牌桌上谈好的。他当然一万个赞同，顺便拉乔东阳一起：“阿乔，走，玩儿一会儿。”

乔东阳眯了眯眼，没有说话。

郑西元见状，马上就阻止了乔东阳即将出口的拒绝：“不能喝酒，是要开车，我理解。但玩儿牌，总不影响开车吧？”

郑西元幽了一默，原想给乔东阳一个台阶下，但没想到有个不识趣的家伙马上意味深长地说：“玩儿牌不影响开车，但是会影响钱包啊。”

这种场合最怕的就是——气氛突然安静。

大家都看着那个人，然后看看乔东阳。

这个挑衅的家伙叫程祥，一个典型的“富二代”，家里有钱、人浑、不懂事，要不是靠着家里，这样的局没人愿意叫他。大家都觉得有点尴尬，毕竟那是乔东阳啊！就算乔东阳落魄了，也不至于玩儿不起牌。

“我们打得大。”程祥的脑子不通透。他看大家不说话，生怕别人听不懂，故意嘻嘻地笑着问旁边的人：“我那天晚上输了多少来着？”

气氛有点尴尬。

郑西元猛地推了一把桌子：“不打了、不打了。程少你够牛啊，我这池塘小，以后怕是请不起你了……”

郑西元的话音未落，乔东阳突然慢条斯理地从沙发上站起来：

“打啊，怎么不打？”

众人一怔，郑西元也愣愣地看乔东阳。

乔东阳的神色不变。他懒洋洋地说：“听程少这么一说，我突然就有了兴趣。”

程祥年轻气盛，早就看不惯乔东阳了，好不容易有机会踩乔东阳，便得寸进尺：“乔总输了不要哭哦。”

乔东阳的唇角上扬：“程少太不了解我了。”他突然转身，朝池月伸出了手：“会玩儿吗？”

“不会……”池月说。

“那太好了，”乔东阳勾唇一笑，“你来打。”

池月愣住，心说：我已经说不会了啊，大哥。

即便她不知道他们打多大，但那肯定不是小钱啊，能随便输吗？

乔东阳不以为意，把她按坐在牌桌旁的椅子上，然后坐在她的身边：“我教你，不怕。”

啧！这个男人怕是疯了。

“你怎么不自己打啊？”

…………

一个小时后。在乔东阳的指点下，池月竟赢了个盆满钵满。少说也有几千万。众人的脸色愈发难看。此时，只见乔东阳站起来，不无潇洒地说，这只是朋友之间娱乐，输赢只是筹码，和金钱没有关系。一句“只是筹码”说得云淡风轻，但乔东阳主动放弃的是几千万的“赌债”，这样的气度、胸襟、格局，赢得了众人的尊重。

“乔总，之前兄弟出言不逊……见谅。”

“大丈夫顶天立地，不计较一时得失。乔总是个爷们儿！往后有用得着兄弟的地方，尽管开口。”

有人带头，其他人也纷纷往前凑。几个人年纪都不大，说笑间就打成了一片。

乔东阳在大家的恭维声里，像是玩笑，又像是认真地说：“一定、一定！有钱大家一起赚。”

夏季的夜晚，气温很高。池月被折腾得一身是汗，钻入车里，待空调降下温来，这才舒服地叹了一口气。

“乔东阳，我越来越佩服你了。”

乔东阳开着车，漫不经心地笑：“怎么了？”

池月扭头看他：“其实我挺想不通，你是怎么赢的呢？别说程祥，连我都怀疑……你是不是出老千了？”

“我要是出老千，根本走不出那个房间！”

“那你是怎么赢的？”

乔东阳扬了扬唇角：“脑子是个好东西。”

“脑子我也有。”

“打牌和智商是有绝对关系的。”

池月不高兴地横了他一眼：“你是在夸自己，还是在损我？”

“两者皆有。”

“滚！”

池月笑骂着，内心愉悦。这自恋的乔东阳啊，久违了。

乔东阳瞥了她一眼：“这也不怪你，一般的女生不会观察和记牌，更不要说计算了。”

池月狐疑地问：“打个麻将而已，还要计算？”

“当然，计算能力至关重要。”乔东阳笑道，“举个例子，就说最后一把，我听的是二万。三万被我的对家碰了，一万被我杠了。上家手里有两个二万，但他基本不要万字，每次都把万字打掉。我判断上家做的是筒子清一色，下家明显在做七小对，再结合牌面上打掉的牌，他们手上大概留有什么牌，一目了然。我之所以能和不和，是因为三家都在做大。和牌的概率，我是75%，上家是50%，下家是35%。而程祥那个蠢货根本就没有听牌，手里拿了一张我根本不需要的万字不敢打，一辈子也和不了。你说，在赢牌的概率比他们高出这么多的情况下，我为什么不赌？”

池月听乔东阳分析牌局，像是在课堂上听数学老师讲题。她从没想过打个麻将居然还有这么多的道理：“我的天啊！乔东阳，去澳门、去拉斯维加斯！去吧，伙伴，去赢得一个未来。”

乔东阳赏给她一个白眼："不义之财，不可取。"

池月本来也只是开个玩笑，听他这么说，疑惑地问："所以你并不是为了笼络那些人才对警察说那只是筹码，而是……你本来就没想要钱？"

"别把我想得那么伟大。"乔东阳捏了捏方向盘，目光沉了下去，"我想的是如何把利益最大化……"

池月："我不懂。"

乔东阳朝她慢慢地扬起唇角，微笑着说："你很快就会懂的。"

车开到半路，乔东阳就接到郑西元的电话，说是约乔东阳吃夜宵。

池月以为乔东阳会拒绝，没想到乔东阳想都没想就爽快地同意了。

几个刚从派出所出来的兄弟都在。小酒一喝，几个年轻人有说有笑，一副相见恨晚的样子，与乔东阳掏心掏肺地攀谈起来。

众人喝得十分尽兴，饭局到深夜才散。

等回到家，看乔东阳红着脸，扯着领口，眉头紧紧蹙起，十分难受的样子，池月只能叹气："你不喜欢喝酒就不去啊，在皇冠酒店已经拒绝一次了，也不在乎再拒绝一次，何必大晚上去找罪受？"

乔东阳笑着坐在沙发上："就是因为在皇冠酒店已经拒绝过一次了，晚上才必须去。"

"为什么啊？我不懂。"

乔东阳幽幽一叹，声音突然低沉下来："池月，我也是一个为了达到目的不得不去迎合他人的人了。"

池月明白了。

乔东阳是天之骄子，不愿落入鸡群与其为伍。现在为了夺回属于自己的东西，他需要借助这些人的力量，但他的骄傲不允许他妥协得那么彻底。所以他迂回地表现了自己，然后等着别人来迎合。

他做了曾经不屑去做的事，交了曾经不屑交的朋友，应酬了曾经不愿应酬的人。

天快亮的时候，池月才勉强睡过去。整个晚上，她都在思考目前的处境，以及行得通的应对办法。虽然她入眠困难，但生物钟还是准时叫醒了她。

池月睁开眼，发现房间里只有自己。

乔东阳给她留了一条信息："看你睡得香甜，不忍打扰。我去公司了。你多睡一会儿，或者起来了就让李妈陪你到处去逛逛。要是想我了，就给我打电话，我回来接你。"

池月洗漱完下了楼。

李妈已经准备好了早餐，房子也被打理得窗明几净，花园里的鲜花怒放着，让人感觉温馨、舒适。

"早，李妈。"

"池小姐，早！"

吃过早饭，池月想跟李妈一道去菜市场买菜。但临出门前，池月接到乔东阳的电话。

"池月，你今天自己安排，我去一趟医院。"

"怎么了？"池月吃惊。

乔东阳没有马上回答。

电话里有风声，还有他浅浅的呼吸声。过了好一会儿，他说："她……服用了过量的安眠药，被送医院洗胃了。"

池月被吓了一跳，几乎瞬间想到董珊那张苍白的脸和一双了无生趣的眼睛："你定位给我，我也去。"

医院。

金灿灿的阳光从窗户透入，乔正崇坐在过道的椅子上，双眼无神地望着天花板，连乔东阳走到面前，乔正崇也没有反应。

乔东阳坐下来："为什么不进去？"

在路上，乔东阳就得到消息，董珊已经被抢救回来了，没有生命危险。

"我没想明白。"乔正崇搓了搓脑袋，忍受着那钝痛的折磨，"今天早上我走的时候她还好好的。她像往常一样，帮我准备了衣服、做了早饭，陪我吃完，又把我送到门口，甚至还对我笑了笑……我想不通，怎么她突然自杀了呢？”

乔东阳望着乔正崇，不说话。

乔正崇也不在意乔东阳是否回答，自顾自地说：“东子，你说，我们要不要报警？我左思右想，觉得这事不对。你说，会不会是他们……为了乔瑞安的案子杀人灭口，给你小妈下药了？”

乔东阳皱了皱眉：“罪案剧看多了吗？”

“我是认真的。”

“你可以试试看，如果不怕丢人的话。”

一句“丢人”，就把乔正崇打回了原形，乔正崇脸上的光彩突然黯了下去。什么都可以，断断不能再丢人了。可是乔正崇想了无数种可能，唯独不愿意相信董珊会自杀。

“她有什么想不通的呢？家里家外不用她做事。她每天有大把的时间买衣服、买包包，去美容院做脸、做指甲，没有生活压力，想买什么就买什么，比年轻女孩儿活得更滋润。我对她……我对她也还可以吧？就算我为那件事说了她几句，但是我……我说她几句怎么了？我是她丈夫，心里不舒服，不对她说对谁说？”

乔正崇越说越觉得自己委屈，也越发觉得董珊不懂事。

“这些年，我可没有亏待过她。当初嫁进来给你做后妈，是她心甘情愿的，我没逼她，也是她承诺的，要把你当亲儿子对待，自己去结扎表明决心。结果你看……她把关系处成什么样了？”乔正崇数落着董珊的不是。

看乔东阳的脸沉了下来，乔正崇又梗了一下脖子：“她简直不可理喻！我没怪她，她倒跟我来劲了。你说，她是准备用这招儿来吓唬我吗？”

乔东阳的眉头皱起。乔东阳提醒乔正崇：“如果不是你临时回去拿文件，她已经没了。”

人家连命都不想要了，还会想到吓唬谁？

乔正崇愕然地看着乔东阳，明知道乔东阳说的是真相，但就是不肯相信。

“莫名其妙，她真是莫名其妙！”

乔正崇喃喃自语着，背后的门突然开了。

一个护士小姐走了出来：“16床的病人醒了。”

董珊挂着点滴，虚弱地躺在床上，面色苍白如纸。她看到乔正崇，没有像以前那样温柔地微笑，只有默默无声。

乔正崇站着看她。过了好一会儿，乔正崇叹了一口气：“你这是怎么了，有什么想不开的？”

董珊皱了皱眉头，没有发出声音。

乔正崇拉过一把椅子坐到董珊的身边。看着这个陪了他将近20年的女人，鼻子有点酸，但他又拉不下脸来说好听的话。于是他看了看床头柜上的花束：“我买给你的，看看，喜不喜欢？”

换作以前，董珊肯定激动得不知所措，可今天她没有反应，只牵了牵嘴角，像是想说什么，最终一个字都没说。

乔正崇有点尴尬：“不喜欢？”乔正崇拿过花束，捧到董珊的面前，“你闻一闻，香不香？”

董珊将双眼一眯，像看怪物一样地看着乔正崇，突然猛力挥手，将花束推开。乔正崇拿得不稳，那束原本束好的花就那么跌落在病床上，散成一片。

乔正崇看看花，不可置信地问：“你不喜欢？”

董珊咽了咽唾沫：“我从来没有喜欢过……百合花。我过敏。”她的嗓子沙哑，说出的话像是从齿缝里挤出来的：“百合花是……东子的妈妈喜欢的。”

乔正崇愣了愣，就那么看着董珊，似乎反应不过来。那是东子妈喜欢的吗？不是董珊？原来是他弄混了。

董珊看着乔正崇的表情，慢慢地合上眼。已快20年过去了，他还能记得前妻的喜好，也算是痴情了。董珊没有责怪乔正崇，只是轻轻一笑：“你们走吧，我想休息一会儿。”

董珊在医院住了三天就坚持出院。她没有再回到她与乔正崇的那个家，而是拖着病体搬去了她的那所小房子。池月在医院陪了董珊两天，等董珊出院时，池月又陪董珊回了那个小家。

乔正崇在家没有等到董珊，打来电话，低声炮似的轰董珊："你究竟是什么意思？一把年纪了，让孩子们看笑话是不是？"

他是那种典型的"夫为天"的沟通方式，把妻子当成自己领地的一个下属，而非平等位置的伴侣。董珊跟他生活了将近20年，知道他的脾气，但她死过一次，看淡了。

"我没什么意思，就想一个人待着。"

"一个人待着？哼，听你这口气，是嫌弃我？"

"不。我只是想找回自己，做真正的自己。"

乔正崇冷笑："敢情你嫁入乔家这些年，做的都不是真正的自己？是我亏待了你，还是你嫁给我委屈自己了？"

他一句比一句问得狠。

董珊的心突突地跳。这许多年，她从无与乔正崇面对面强硬对抗的勇气："我不委屈，一切都是我咎由自取，怪不得任何人，也不怪任何人。"

"这么说，是我对你不好啦？"

董珊哑口无言。

严格意义上来说，乔正崇没有对她特别不好。正如他所说，给吃、给穿、给钱花，物质上从没亏待过她，可她要的不是这些。人的情感奇妙而复杂，不会因为一件大事突然心死，而是无数次失望攒下后，累积成无可挽回的结局。

"正崇，以前的那个董珊死了，已服药死了。"董珊平静地诉说着这个已改变的现实，然后诚恳地告诉他，"我没有照顾好东子，也不应该给你们父子俩添堵。可我的力量太小了。我不是东子的妈妈，把心掏给他，他也未必多看一眼。我无能为力了，现在能做的，就是平平静静地生活，不给你们添麻烦，就这样到老、到死，去寻找一些被命运耽误的人生……"

"被命运耽误的人生？"乔正崇反问，然后冷笑道，"董珊，我最受不了你的这些酸臭文艺的说辞。你就告诉我，究竟被耽误什么了，我帮你找。”

董珊笑了起来。

乔正崇是学工科的，她是学美术的。婚前，他说喜欢她身上的那种文艺温柔的气质，有她待在身边，就像又有了一个家，而现在，他说这是他最受不了的。

董珊缓缓地说：“我想画画。”

乔正崇被她的说法逗笑了：“这就是你离开家的理由？乔家是没地方给你画画了吗？”

董珊的眼泪已经含不住。她揉了揉眼眶：“是的，乔家没有可以画画的地方。”

“你到底想说什么？”乔正崇吼了起来。

“正崇，我们不是一路的人。就像你永远不会明白乔家为什么没有可以画画的地方一样，我也不明白为什么你的心那么硬、那么冷。20年的时间，我焐一块石头也该焐暖了。”

“你需要什么？需要什么地方？”

“那是心，是平静，是活下去的力量。”

乔正崇完全不懂董珊在说什么，女性的这些文艺的说辞在他看来都是矫情。

“就这样吧。”董珊叹息一声，“最近你也忙，我就不打扰你了。等你有空了，我们去民政局把婚离了。这样，你我都解脱。”

“离婚？你说你要跟我离婚？”

乔正崇几近失控地吼叫起来，震得董珊的耳朵发麻。池月坐得那么靠边，都能听到手机里传来的乔正崇的咆哮声。

“董珊，你再给我说一遍，说清楚！”

董珊吸了一口气，淡淡地说：“是的，乔正崇，我要跟你离婚。”

“你疯了？”

“我很清醒。正崇，我什么都没有……我的人生过得一塌糊涂。

我现在想要找回自己，请你尊重我的选择，好不好？我不想伤害谁。我……只是活得无趣，想换个活法。”

“董珊，究竟为什么？”

“你能明白那种永远看不到希望的心情吗？黑暗没有止境，就好像天永远不会亮。”

“不用再找借口了。你们女人除了一哭二闹三上吊，就没有别的招儿可以威胁男人了是吧？行，离婚就离婚。下周一，咱们民政局门口见。”

董珊胸口的郁气一松。她说：“好。”

“你真离？”

“下周一见。”董珊挂了电话。

董珊呆呆地看着手机许久，好一会儿情绪才平复下来。她转头看着池月微笑：“月月，让你见笑了。”

池月弯起唇角：“董阿姨，你好美！”

那天之后，池月常去董珊的小房子，偶尔乔东阳也会在那里吃饭。乔东阳和董珊的关系有明显的缓和。

董珊很快就恢复过来。屋子被她打扫得窗明几净，小雏菊、康乃馨、金钱草、黑法师……观花的、赏叶的，各种花草点缀着房子，清爽简单。阳光照进来，满屋芳香，温馨舒适。

董珊支了个画架在阳台上。她坐在画架前，满脸温柔地望着池月笑。

董珊与乔正崇还没有离婚，因为乔正崇失约了。他说忙，董珊也就不再催促。

他们闹离婚，在双方亲戚中又掀起了一轮风波。大多数人认为董珊是典型的白狼眼，当初她嫁给乔正崇，从麻雀变凤凰，现在看乔正崇倒霉了就闹离婚，还能分得一笔财产。那些人的话说得很难听。迫于无奈，董珊发了一个“只要离婚，愿意净身出户”的消息给乔正崇，表示自己不要乔家的一分钱。

然而董珊这么做并没有什么用。大家换了一个方式诟病她，说她找好了下家，这才迫不及待地离开乔正崇，不然没钱她怎么生活？她一个没有生存能力的废物，没有男人，怎么有胆子净身出户？

池月亲眼见证了董珊从自杀，到离婚，再到被污言缠身的全过程。甚至池月跟着乔东阳去公司，也能从一些无关人士的嘴里听到对董珊的鄙夷之词。那些剥皮抽筋的话阴损又恶毒，让人听得连毛孔里都能渗出不寒而栗的恐惧。

来自普通人的恶意堪比刽子手的刀。

好在董珊学会了沉默。她把自己关在那个小房子里，每天画画，不见人。

池月知晓董珊的心思，很少去打扰董珊。

这些日子，池月是乔东阳的全职助理。

池月在学校时，没有学习过相关专业，但社会是很好的老师。短短半个月，她跟着乔东阳经历了很多。从多家企业试图趁火打劫，想低价收购东阳科技，到东阳科技向银行贷款遭拒，她亲眼见证了乔东阳这一步步的艰难。

那天晚上乔东阳在皇冠酒店的牌没有白打，几个“牌友”知道乔东阳的近况都表了态，要尽全力帮乔东阳解决燃眉之急。他们商量了几个可行的方案，但资金仍有缺口。最后，一个在银行工作的哥们儿表示，为乔东阳做抵押贷款。

池月看到了希望。只要银行肯贷款，跨过眼前这道坎儿，东阳科技马上就可以打个翻身仗。

第二天，池月带齐资料陪乔东阳去了银行。

那个哥们儿叫耿介，人如其名，是很耿直的一个人。耿介年纪轻轻就坐上了主任的位置，家世背景也好，跟郑西元混了好多年，对乔东阳和东阳科技也有一定的信任。

耿介在办公室亲自接待了乔东阳：“资料都带来了吧？”

“带来了。”池月起身，双手奉上资料。

这些贷款材料是早就备齐了的，装在一个文件袋里。不过资料很厚，耿介要把它看完也得花些时间。

“你们先坐一会儿，玩儿玩儿手机。”耿介说话很直率。他擦了擦眼镜，开始看资料。

时间过得很慢。等耿介抬起头微笑时，池月才舒了一口气。

“我看过了，资质符合我们银行的贷款规定。”耿介让人把贷款合同拿过来，递到乔东阳的面前，“你们先看看，要是没什么问题，就在上面签字……”

耿介的话音未落，一个银行工作人员推门进来。

“耿主任！”

事出紧急，那个女职员连说话的声音都变了调，“行长说，东阳科技的贷款不能批。”

耿介的脸色一变：“什么意思？上午开会不是讨论过了吗？”

女职员看看乔东阳，为难地朝耿介挤眼睛：“现在出了点儿问题。行长说，暂缓一下。”

耿介的性子直。他马上拨了电话给行长。

耿介在乔东阳的面前丢了面子，语气不太好。但不知道那边说了什么，耿介听完，瞄了乔东阳一眼，声音软了下来：“知道了，我会跟他解释的。”

办公室里一片安静。

耿介骂了一句脏话，有点撮火：“你大伯，就是乔正元，把东阳科技给告了。”

乔东阳闻言，脸色微沉。然后乔东阳笑了笑：“明白了，你不用为难，我先告辞了。”

“乔总……唉！”耿介似是想说什么，但没把话说出口，又重重地叹气，“银行有银行的难处。规章制度在那里，不论是我，还是行长，都不敢破这个口子。”

“我知道。”乔东阳轻笑，拍拍耿介的胳膊，“我先走了，改天约。”

“我送你们。”耿介跟着乔东阳和池月走出门，承诺道，“放心，等官司有了结果，银行这边马上放贷。”

乔东阳点点头，没有多说。

室外骄阳似火。乔东阳的腿长，步子大。池月穿着一双细跟鞋，小跑着才能跟上他的步伐。但是她没有说话，也不去问他，只沉默地相随。

自从东阳科技陷入资金困境以来，他们尝够冷暖、看够白眼。今天，他们眼看就可以拿到银行贷款，为东阳科技注入血液，盘活它，而乔正元一纸诉状把东阳科技告上了法庭。

东阳科技没有上市，是一家以研发为主的科技公司。在乔东阳和乔正崇执掌乔氏集团的时候，乔氏的资本就是东阳科技最大的靠山。乔东阳那时候大笔烧钱，滋养了东阳科技的研发，而东阳科技研发的成果再反哺乔氏企业，各取所需，早已在乔氏集团内部形成了一个良好的生态环境。

如今乔正元代表乔氏集团，断了东阳科技的粮草，状告乔东阳非法侵占乔氏集团的财产，并主张东阳科技的归属权。他认为东阳科技是乔氏下属企业，理应归乔氏所有，而非乔东阳的个人私产。然而内部的人都知道，东阳科技的前身只是一个实验室。从某种意义上说，它只是乔东阳的一个“玩具”，是乔东阳回国的时候，为了对抗他的父亲，用自己的钱注册的全资公司。

最早的东阳科技，算上乔东阳自己，一共只有五个人，其中四个是在校大学生。五个人闹着玩儿似的，搞的就是人工智能研发。他们玩儿的是情怀，小打小闹，不为钱，研发花费的资金也是乔东阳自己的私房钱。

东阳科技真正与乔氏集团有关系，是乔东阳接手 Crown 公司后。那时，东阳科技的人工智能技术处于行业领先水平，有无数企业希望与东阳科技合作，是乔东阳愿意让 Crown 公司“近水楼台先得月”才选择了它，并一举为 Crown 创下了数千亿的营收。但不管两者之间有过怎样的藕断丝连的关系，东阳科技的权属都是很清晰的——它属于乔东阳。

官司还没有开始，这件事就闹得沸沸扬扬。池月知道，这场官司不论输赢，对东阳科技来说都是致命的打击。一个正因权属问题被起诉的公司，不仅银行不敢贷款，也没有任何一家公司敢来接盘。

乔正元这是要赶尽杀绝啊！

东阳科技有官司在身，银行不肯贷款，好几个项目只能被迫中止。公司拿不出钱，发工资都困难，员工有意见，心态也快崩了。大家都要养家糊口，有房贷、车贷，有些人还要养孩子，谁敢不拿薪水白给公司干活儿？每天乔东阳一睁开眼就有人要钱。他的体重一天天地下降。

为了渡过难关，乔东阳变卖了两套个人房产，挪出一些活钱周转。但这些只是杯水车薪，支撑不了多久。

临下班时，侯助理带着财务进了乔东阳的办公室。

“乔先生，”侯助理把报表放在乔东阳的桌子上，“咱们手头的钱，最多还能撑一个月。”不待乔东阳说话，侯助理又补充道，“我问过王律师，这场官司打下来至少得大半年。而且那边肯定会想方设法地拖时间……”

乔东阳说：“不管怎么说，工资必须保证。”

财务一脸“巧妇难为无米之炊”的尴尬：“可是这些都需要马上结算。”

乔东阳搓了搓额头，翻看了一下报表，签了字，然后抬起头，看向侯助理：“资金的事，我会想办法。安抚员工的情绪，这事交给你了，猴子。”

侯助理点头：“我尽力。”

池月刚回办公室，前台就来了电话，说有人找她。池月以为是王雪芽耐不住性子又从父母的看管中跑出来找她了，便匆匆下楼，结果发现是龚家武。

这家伙又黑了些，拎着些土特产，见到池月直把东西往她的手里塞。

“龚家武，你干吗啊？”池月当然不肯收，两个人推来辞去。

龚家武脸红脖子粗地说：“哎哟，你就收下吧。这是嫂子让我带来的。她手术后身体恢复得很好，想感谢你和乔先生……”

池月看了看龚家武手里的东西，这些得值些钱。她连忙推了回去：“心意到了就行，你替我谢谢嫂子。这些东西拿回去给嫂子补身子吧。”

“不行、不行。”龚家武吭哧着说，“我今儿是带着任务来的呢。我们不是同学吗？村里人都知道咱们熟，就托我……那个，托我来问问，乔先生什么时候回月亮坞？咱们那个项目还搞不搞了？”

龚家武眼里的渴望像一团火焰，燃烧着池月的心。这种光芒，池月熟悉。她曾经为月亮坞做的梦，也带着这样的光芒，一模一样。沙漠里住久了，太过渴望绿水青山……

“他会尽快。”池月说，“现在有些难处，大家理解一下。”

龚家武的脸皱成了苦瓜：“不瞒你说，再这么下去，好多人就过不下去了。”

“以前没有月亮坞的改造项目，大家不是都过下来了？”

“那不一样……”

龚家武撇了好几次嘴，反复说“不一样”，但又说不出个所以然。

然而池月却明白。有一句话说：“我本可以忍受黑暗，如果我从不曾见过太阳。”在经过了短暂的幸福后，他们有了憧憬和希望，已经无法再回归原来的生活。

池月的头有点痛。她觉得，从某种意义上来说，如果项目不能继续，那么就是她……害了他们。

“你回去吧，我们会尽力的。”

“我不回去了。”龚家武说完，看到池月沉下脸，又嘿嘿一笑，“我在申城一个工地上搬砖，赚点儿生活费。我嫂子没法儿干活儿，家里就我一个男人，那么多张嘴要吃饭，不能不干啊。”

池月的心里一酸。她拍了拍龚家武的胳膊："像个男人。"

龚家武："嘿嘿，你也是。"

池月："……"

乔东阳没和池月一起吃中午饭，说是乔正崇约了他见面。

入夜的时候，乔东阳才回来。池月正趴在沙发上刷剧，看乔东阳脸色不太好，马上暂停，过去给他拿拖鞋："你们说什么了？事情不顺利吗？"

"嗯。"乔东阳看了她一眼。

灯光在他的身上铺了一层暖色，可他漆黑的眸子看上去却像两颗嵌在冰上的黑曜石，寒气逼人。

"太热了，我先去洗个澡。"他说。

"没事，咱们慢慢来。"

"嗯。"

乔东阳拍了拍她的手背，那冰冷的触感让池月的心里微微一沉。这可是夏天，外面热得冒火，乔东阳从室外回来，居然手心发凉，五根指头像冰棍儿似的。

池月默默地看着他去浴室。这件事仿佛陷入一种僵局，无从破解。

池月纠结了很久。等两个人躺到床上，她才轻轻贴过去，靠在乔东阳的肩膀上："他们怎么说？"

她用的是"他们"，不是"他"。

乔东阳低头看她，迟疑了一会儿，说："他们给了我两个选择。"

池月静静地看着乔东阳，等他的下文。

乔东阳沉默了许久才再次开口，说得很吃力："一是接受超低价并购，二是……与林家联姻。"

这是乔正崇和董珊闹离婚后，乔东阳第一次见乔正崇。乔正崇的身体不好，情绪也不好，一副饱受打击的样子，整个人丧失了斗志，不再是那个翻手为云、覆手为雨的乔董了。

乔正崇对乔东阳说：

“别再折腾了。人这一辈子，都是命。

“卖掉东阳科技，这些钱，足够你安安稳稳地活一辈子。

“事业做得再大、钱挣得再多，又怎样？你还是不会满足。

“不要跟我谈梦想！梦想，就是用来骗自己的。少年无知痴说梦，老来只见鬓间白。”

乔正崇好像一夕之间看破红尘，一边叫乔东阳放弃，一边又给乔东阳指了一条“逃跑”的路。

“如果你一定要保住东阳科技，那就娶林盼。娶了林盼，一切问题迎刃而解。资金、人脉，林家都不缺。我不逼你，你自己想清楚。这种机会不常有。要不是林盼那丫头以死相逼，老林也不会这个时候来蹚浑水，得罪你大伯和你奶奶……”

透过床灯氤氲的光，池月看着乔东阳，微微一笑：“你是怎么拒绝的？”

乔东阳偏过头来，不可思议地看着她：“你怎么知道我拒绝了？”

池月笑得很娇俏：“你要是没有拒绝，今天晚上就该睡在林盼的身边了吧？你只要点个头，人家不把你吃掉，难道留着过年吗？”

乔东阳一声低笑，面部表情松缓下来。他伸出胳膊将池月搂进怀里，低头吻了吻她的鬓发：“月光光，你真是我的开心果儿。”

池月抿着嘴笑，再次问他：“觉得开心了呀？那你告诉我，你是怎么拒绝他们的？”

乔东阳抿唇不语。

池月用手指轻轻地在他的肩膀上戳了戳：“我想听嘛。”

她这小小的撒娇，磨得乔东阳的心一软。他屈指刮了刮她的鼻头：“我说，不行，我老婆会不高兴的。”

“啊？就这么简单？”

“不然呢？”

“好吧，英雄！”池月朝他竖了个大拇指，突然又沉下眉，“你为什么也叫我‘月光光’了？我觉得这个绰号不吉利。当初王雪芽叫我‘月光光’，我就穷得叮当响。我这好不容易发个大财，赚了一个亿吧，东阳科技居然垮了，发不出钱。”

乔东阳拍了一下她的额头：“东阳科技没有垮，不会垮。你也不会一直‘光’下去。放心吧，你的一个亿还在，我给你算利息。”

“真的？”池月马上双眼生光，但仅一秒那光就又黯了下去，“算了吧，我能收回本金就谢天谢地了。”

“对我这么没信心？”

“我可不想你去给人家做上门女婿！”

乔东阳笑着将她拉过来，让她趴在自己的身上：“亲爱的池小姐，你的脑子里在想什么？”

“在想我该给自己取个什么绰号。要不叫月有钱？月生利？月生息？还有月什么……”

“月老、月饼、月嫂、月黑风高……”

“滚！”池月翻到一边，把自己裹在被子里哼唧，“我还是去做梦吧，梦里什么都有。”

乔东阳看了她许久，慢慢地将胳膊横过去揽她入怀：“梦还是要做的，咱们一起。”

他们的梦，一个上天，一个在地；一个要让月亮坞山清水秀，一个要飞出太阳系。年轻，就是敢想。在这个功利的社会，这样的梦想说出去会让人笑掉大牙。但池月知道，在某种意义上，她和乔东阳是一样的人，肯做梦、敢追梦、一直在努力。

与普通人的生活做对比，乔东阳当然不缺钱，不是广义上的贫穷。就东阳科技的现状来说，危机四伏，他是真的穷。一个企业没钱，比一个家庭没钱更加可怕。家庭穷，最低的追求是温饱；企业穷，却不是一衣一饭就能活下去的。

东阳科技每况愈下，公司里的气氛一天比一天凝重。几个月的时间里，乔东阳陆陆续续卖掉了他私人名下的七套房产，还是堵不住东阳科技巨大的资金漏洞。因为他们做的都是烧钱的项目，每一个项目说出来都能吓蒙一批人，可是这些项目取得的成果，将来对国家、对社会、对全人类，会有极其重大的意义。

任重而道远，迫于无奈，乔东阳只能按项目的紧要程度，暂停了一些排序较低的项目。到最后，只剩下几个航天领域的重要研发项目，主要是围绕特种机器人。

这种特种机器人，又称为空间机器人，应用于太空，协助人类进行太空作业，完成一些人类无法完成的工作。目前，世界上已有的空间机器人的智能程度、抗干扰能力、能量的消耗等都有待加强，没有真正做到"高智能"的地步。东阳科技这几个硕果仅存的实验室，主要的研发方向就是特种机器人，针对如何解决能量消耗，提高空间机器人的寿命，机器人在空间运动的自主导航，以及精准完成多样化的太空任务……这一系列的问题，正在打攻坚战。这些都是全世界正在攻关的核心技术，东阳科技一旦成功，将会给航天事业的发展带来技术性的变革。

池月觉得乔东阳正在做的事简直太伟大了。

可是在听说乔东阳把名下闲置的房产全部低于市场价出售后，乔正崇气得又一次打来电话劝乔东阳："放手吧，你不要把自己折腾到一无所有。"

其实没有东阳科技，乔东阳也会是个有钱人。乔东阳这辈子都不会像寻常人那样操心衣食住行。但乔正崇看乔东阳这么折腾，真怕乔东阳把家底都玩儿没，更遭乔老太太嫌弃，到时候真会落得个一无所有。

"乔东阳，你会后悔的！"

乔东阳说："我只后悔当初对房产没兴趣，房子买少了。"

"你想气死我？"

"放心吧！卖房、卖车、卖血，我都不会让东阳倒下去。"

"没说让它倒下去，你可以卖给别人……"

“那它还是东阳科技吗？”

“乔东阳，你到底图个什么？”

“东阳是我，我就是东阳。你说呢？”

申城已入秋。黄叶飘落，园子里的银杏叶在地上铺了一层金黄的颜色，煞是好看。乔东阳站在窗边，看着这个他当初亲自选址、设计的大别墅，眯起眼，吸了一口烟：“池月，下个月陪我住公司吧？”

池月端着咖啡走近他，站在他的背后：“好。”

乔东阳笑了笑，转头看她：“不问为什么？”

池月无所谓地笑：“哪来那么多为什么？你是我的老板。你说住公司，我就住公司；你说住桥洞，我就陪你住桥洞。”

乔东阳伸手轻轻捏她的脸：“如果你说我是你老公，我会更开心一点儿。”

“老公。”池月莞尔一笑，叫得毫不含糊。

乔东阳的黑眸里浮出一丝笑意。他将咖啡从她的手上拿下来放在茶几上，轻轻拥她入怀：“我不会让你住桥洞。但现在……池小姐，恐怕你得跟着我吃些苦头，怕不怕？”

“不怕。”池月从他的怀里抬头，笑容皎如明月，“乔先生，我吃过的苦比你咽下的大米都多，你还问我怕不怕？说吧，准备干什么？”

“我准备把这幢房子卖掉。”

乔东阳慢慢地松开她，对着阳台的方向狠狠吸了一口烟，吐出，正准备将烟头掐灭，池月就被呛得咳嗽起来。她用手扇着房间里的烟味儿：“乔东阳，你最近烟抽得有点狠，跟肺有仇吗？”

乔东阳赶紧开窗，牵着她走出房间：“以后不抽了。”

池月不解地看过去。

他莞尔：“戒了！”

“我又没怪你，只是想让你少抽一点儿。”

“不抽了！”乔东阳叹息一声，“借烟消愁愁更愁，还浪费钱。”

池月的心里一塞。

她陪乔东阳过了几个月艰难的日子，但从来没有像这一刻那么心酸过。一个众人皆知的天之骄子，有一天竟会介意香烟的价钱。

池月突然有点沮丧："你告诉我，现在最好的解决办法是什么。"

乔东阳冷笑："早日开庭！"

乔东阳已经等几个月了。乔正元想方设法地拖延时间，一会儿有新的证人，一会儿有新的证据，一会儿需要重新鉴定……乔正元钻法律的空子，反反复复地折腾，无非就是想拖死东阳科技。说到底，东阳科技有实力得到借贷和融资的机会，但因为权属问题，正在走法律流程。有哪个公司、哪家银行会随便把钱砸向一个权属不清的公司？乔正元真是太阴了。

"我相信法律是公平的，"池月握住乔东阳的手，给他打气，"但这个过程太漫长了，我们还有没有别的办法？"

"有。"乔东阳淡淡地说，"其一，白菜价出售东阳科技；其二，有不怕被拖累的银行借贷给我们；其三，找公司债权融资……"

乔东阳讲了很多。池月听完，说："要不，考虑一下邵之衡？"

乔东阳看着她："如果我愿意出让东阳科技，又何必等到今天？"

池月叹气："如果他愿意借钱给东阳科技，收取利息呢？"

乔东阳问她："他是个傻子吗？"

池月没有说话。

一周后，乔东阳以低于市场价的价格卖掉了正在居住的大别墅。

这套房子是他常住的，池月每次跟他一起来申城都住在这里。经过了这些风雨，她对这套房子越发住出了感情。搬家的那天，她看着一箱箱打包整齐的私人物品被运上车，看到房子离他们越来越远，双眼有些模糊。

“没事，”乔东阳目光平静，“我会把它再买回来的。”

他会买回来？这样的地段，这样独一无二的建筑，这样的城中别墅，现在他以两个多亿卖掉，得花多少钱才能买回来？至少池月认为这个钱数是天文数字。她一辈子都不敢有此想。有那么一瞬，她突然明白了乔正崇为什么会那么不理解乔东阳。不仅是乔正崇，她相信这个世界上大部分的人不能理解乔东阳。

乔东阳的梦想虚无缥缈，《星空行者》甚至是可笑的，可乔东阳放弃一切，为此倾尽全力。

池月苦笑了一下。

乔东阳敏感地回头：“你也认为我很傻，对不对？”

“不。”池月目光温柔，“我突然想到航天城的观星台。”

“嗯？”乔东阳疑惑地看着她。

“乔东阳，你仰望星空的样子好帅、好迷人！”

乔东阳把他的私人物品全部搬到郊区的一间小民居里。这间房子是他很早以前买来钓鱼的，主体是木质结构，屋后有一个原生态的池塘，四周有一片很大的花园和菜地。那时他刚回国，性格乖张、冲动。他想一出是一出，一时兴起就想去郊区做个与世无争的“隐世高人”。可买下房子后他没来两次，就因受不了这里的蚊蝇虫蚁再也不来了。

这里久不住人，花园荒废着，池塘也没有人管理，菜地里更是长满了荒草。

这里离主城区较远，房价低，这个房子值不了多少钱，此时，却成了乔东阳的避风港。搬家工人把东西一件件搬进屋里，李妈帮着他们整理了大半天。黄昏的时候，三人把东西都收拾好了。李妈舒了一口气，含着眼泪走了。

黄昏的秋阳下，乔东阳看着池月：“对不起，池月。”

一个男人如果不能给心爱的女人一个安稳的家，对他来说，无疑是失败的。乔东阳的骄傲在这一天被踩在了脚下。他对她的女人，内心满是愧疚。

可池月非常兴奋。她站在荒草地上张开双臂："我很喜欢这里呀。乔东阳，我觉得我们可以把它改造成一个休闲农家乐，等回头吃不起饭了，可以此谋生。"

乔东阳失笑，皱着眉看她："你真的不介意？"

"我开心都还来不及好不好？"池月眼睛水汪汪的，俏脸上满是笑意，连眼角都笑弯了："市区的空气污浊，PM2.5（细颗粒物，大气污染物）都快爆表了，哪有这里舒服？现在不是都提倡生态人居环境吗？这里再合适不过了。"

乔东阳静静地看着她，突然伸手把她揽入怀里，紧紧地抱住。

"不会太久、不会太久。"

"哎呀，你这个人。"池月挣扎了一下，笑容满面地抬手捏他的脸，"你不觉得这里很好吗？你看，夕阳就挂在木屋的顶上，池塘的浮萍绿油油地铺了一片，水葫芦纠缠着油草……原谅我，一个来自沙漠的孩子，太喜欢这里了。我想好了，池塘里肯定有生态鱼，在菜园子里再种点儿蔬菜，我们就能实现蔬菜自由了，再种些花……天啊！这是什么神仙日子！"

乔东阳看她眉飞色舞的样子，笑着拧了拧她的鼻子："你可真有出息！"

他一度以为女孩子要的是珠宝、首饰、别墅、汽车、皮包、化妆品……那些可以向世界炫耀的宝贝。尤其池月这么漂亮的女孩子，也只有世间上最昂贵的东西才配得上她。可此刻的她站在田野里，笑得像个快乐而又餍足的孩子。

乔东阳也有些恍惚，原来岁月静好就是这样的感觉？其实卖掉东阳科技，他们后半生也可以锦衣玉食，他也可以给池月普通女孩得不到的富贵荣华。可他不愿意，池月也知道他不愿意。

520 光年的梦想、人工智能和航天之路……面前有一座座高峰，他还没有来得及征服，怎肯半途而废？

次日上午，池月陪乔东阳去了东阳科技的一个实验室。

实验室离公司有一段距离，独占一幢楼，很清净。在东阳科技，这样的实验室大大小小有几十个。东阳科技陷入资金危机后，大部分实验室暂停了工作，只有严教授带头的这个实验室，乔东阳最为看重，也是乔东阳卖车卖房也要保住的。

“严老师。”在实验室门口，乔东阳就碰到严教授。

严教授五十多岁，精神矍铄。他走起路来大步流星，一看就是坚持锻炼、自制力很强的那种人。

看到乔东阳，严教授推了推眼镜，又瞄了一眼乔东阳背后的池月，点点头，转身往里走：“我们进去说。”

实验室一共几十号人，其中一大半是严教授的学生，有几个还在读。乔东阳选人才，只看本事，不重背景，这也是大多数人愿意跟着乔东阳干的原因。

“开个短会。”严教授把几个团队骨干叫到会议室。

大家都熟，不用介绍。人一到齐，严教授就开始介绍项目进展。

“我们实验室的两个项目，目前都很顺利。”严教授是个饱学之士，一副学者风范。做学术的人，一般不太在意那些人情世故，上来就说正事，不拍老板马屁。严教授甚至把乔东阳当成空气，精力全部在那一堆参数上：“我们基于空间机器人技术的现状，做出了一套适应不同操作模式的系统，将机器人轨迹进行了优化，点位运动、能量消耗、性能跟踪、算法等，各项都更加高效，请看大屏幕。”

关于航天的知识，池月为了参加《星空行者》节目的选拔，系统地学习过一段时间，但是空间机器人于她来说还是像天书一般，就像小学数学和高数之间的距离。听严教授讲话，她突然发现自己是个文盲。

乔东阳聚精会神地听着，不插话，但在严教授讲完后，会与严教授探讨，并提出意见。

几个关键问题敲定，严教授满面红光地说：“我们很快就可以进入实验阶段。只是……”严教授望着乔东阳，为难地开口，“我们可能需要采购虚拟仿真实验室设备，需要在三维场景中装配与操作。”

采购设备要钱。提到钱，严教授说不下去了。众人也垂了眼，不吭声。大家都是搞科技的人，又不得不为金钱折腰。

乔东阳看了看大家：“没问题。老严，你把需要的设备报给猴子，我优先给你们解决。”

严教授的眼睛一亮：“好。”

乔东阳对实验室的支持是不遗余力的。乔东阳的重视直接带动了实验室的发展，严教授很感激乔东阳。但是等严教授做完会议总结，乔东阳却敲了敲桌子，换了话题：“今天大家都在这里，老严，我说一个重要的事情。”

屋子里一下子安静了。

乔东阳微微眯着眼，好像即将出口的话很难启齿。他的情绪传递给会议室的人，大家都莫名紧张，就连池月也攥紧了手里的笔。

“公司资金吃紧，想必大家都知道。”乔东阳说，“过去的几个月，我停了很多研发项目，为什么没有停掉咱们的这个实验室？因为这对我、对公司都很重要。”

众人噤声屏气地望着乔东阳。

乔东阳说得格外艰难：“空间机器人的重要性不言而喻，哪怕砸锅卖铁，我都会坚持下去。我希望你们和我一条心。所以如果有一天面临资金问题，我无法拿出事先承诺的奖金，大家要宽限我一些时间……回头我一定会补偿大家。”

钱是个敏感的话题，提到它，人的考量就会不同。

乔东阳感觉到了众人的情绪变化，笑了一下：“大家放心，基本的生活我会给大家保障好，你们只要专心工作……”

“乔总……”严教授左边的一个年轻人突然打断了乔东阳的话。那个年轻人看了看旁边的同伴，语气有点不好：“公司不容易，我们都理解，但乔总也要体谅我们的不容易。现在生活节奏这么快，吃穿住行，哪一样不要紧？不瞒你说，我要还房贷、车贷，要养孩子、孝敬父母……单这几项就压得我喘不过气。要是收入减少，我怕没法儿好好工作的。”

“曹诺！”严教授一声厉喝。他有点生气，黑着脸训人：“我们做学术为的是什么？为了钱吗？你当初的理想、追求呢？你到我们实验室的时候，我是怎么告诉你的？”

曹诺低下头，不敢说话了。

这里的人，没有不敬畏严教授的。

严教授瞪了曹诺一眼，搬出些道理，又说了几句，然后扫视了一圈默不作声的众人：“我在这儿表个态，如果公司有困难，我不要钱。”

会议室里突然安静下来，大家你看我、我看你，一点儿声音都没有。

严教授满脸严肃地说：“东阳科技给我们的待遇怎样，大家心里有数。这两年，你们有房、有钱，比别人少奋斗多少年？我不知道你们是怎么想的，但我个人对物质的要求不高。以前东阳科技给我的钱，我媳妇儿都攒着，足够我们一家老小好几年吃喝不愁。我就不信攻关不下来……”

“老严……”

乔东阳想说什么，被严教授阻止了：“这是我个人的意思，你不用表态。”然后，严教授转头看向另外几个人：“你们几个，表个态吧。”

大家沉默，没有人出来说话。

乔东阳的唇角扬了扬，严教授的目光渐渐冰冷。

过了好久，终于有人响应：“我认同严教授的话。这个项目我们已经做了两年，付出了那么多的心血和时间，没道理中途放弃。如果公司资金确实有困难，我愿意……延后拿钱。”

“就当是做贡献了。”其他人也跟上。

“对、对、对！生命在于奋斗，单单为钱，我们的意义在哪里？”

“走上这条路，是因为热爱，为了用科技改变人类。”

"科技报国！"

有人带头激起热血，大家像誓师一样，纷纷表示要和公司一条心。

会议结束后，严教授带乔东阳去了实验室，演示了手头正在研发的空间机器人系统。乔东阳拿出笔记本电脑，把自己的想法一一讲给严教授。这位满脸皱纹的老教授，越听越激动，越听越兴奋："我不会看走眼的。东阳，在你的带领下，我们必定能做出影响世界的科技壮举。"

"严老师，是我在你的带领下。"

"我老了，未来属于你们年轻人。"严教授长叹，"你是这么多年来我带过的最有潜力的学生。东阳，不要妥协，你一定会成功，好好干！"

电脑上的代码、程序，池月看不懂。他们讨论的内容，她也听得一头雾水。但听着那些陌生的东西，她兴奋莫名，就像潜藏着的热血被调动了起来。除了月亮坞，她从来没有觉得什么事情这么有意义。在这里，她完整地了解到了《星空行者》的计划。

人类至今无法冲出太阳系，乔东阳的520光年梦想，就只是笑话，但谁能说未来的未来不能实现呢？这个实验室的研发方向，就是推动太空技术。

池月望着20多岁的乔东阳和60多岁的严教授，还有严教授的一众弟子，老中青三代科学家，一颗共同的心强烈地跳动起来。此时，她才真正理解，为什么乔东阳卖房子卖得义无反顾。精神上的需求，可以战胜物质上的需求。池月在这群人的身上，找到了与利己主义者完全不同的生存状态。

从实验室出来，乔东阳隐忍了许久的火气终于发泄出来："曹诺这厮有点丧良心。要不是看在老严的面子上，我就叫他滚蛋了。"

池月认真地想了想："曹诺虽然功利了一点儿，但那也是人之常情。我们不能要求每个人都是不图回报的圣人……"

"什么圣人？"乔东阳哼了一声，"这些人，我从来没有亏待过。

曹诺在实验室一年半，你知道他拿了多少钱吗？回头让天狗发一份他的薪水和奖金情况给你。”乔东阳的唇角扬起，目光冷冰冰的，“你看完会骂娘的。”

“这样啊……好吧。”池月挽住乔东阳的胳膊，“那咱就不用生气了。人才嘛，有才的人，总是有怪癖，也许他就恰好非常爱钱呢？”

“我管他爱什么东西。这厮过河拆桥，没有担当。要不是因为老严，看我让不让他滚蛋。”

乔东阳自有乔东阳的骄傲。他这个一辈子没为钱发过愁的人，最近被钱逼得差点儿抑郁，说话也不留情面。

“池月，我没有对不起任何人。我唯一对不住的人，只有你。”

“我？”池月愣了愣，“你有什么对不住我的？”

“一个亿。”乔东阳摸了摸她的脸，“我欠你一个亿，还欠你很多承诺没有兑现。”

“说得这么严肃干什么？”池月不以为意地笑着，“不是公司困难吗？人家严老都能带头奉献了，我是你的女朋友，还能计较这个？”

“傻子！”乔东阳笑着看她，无奈地拍拍她的脸，“还是以前那个钻钱眼儿里的池小姐会比较让人有赚钱的动力。”

池月道：“你这是有受虐倾向？”

“我只喜欢被你虐。”乔东阳笑着说，“没关系，实在不行，我还能以身抵债。”

池月睨了他一眼：“你不说，我还真没想起来——我是你的债主啊。乔东阳！你整个人都是我的了，我还用得着小心翼翼地怕人挖墙脚？哈，有这笔债，我就是一个开挖掘机的人，怕什么锄头？”

“哈哈哈！”乔东阳开怀大笑，“池小姐，你怎么这么可爱呢？”

“我是认真的，乔先生。”

“好吧，认真一点儿。”乔东阳屈指刮了刮她的鼻子，“最近我也有危机感，有一个开挖掘机的人，正在向我逼近。”

“嗯？”

邵之衡约乔东阳吃饭，没有约池月，但她还是厚着脸皮去了。

乔东阳嘴里的这个“开挖掘机的邵之衡”，是个儒雅而精明的商人。吃饭的时候，邵之衡还带上了自己的计划书和意向合同，一看就有合作的诚意。

“乔先生可以先看看我的想法，再回答我，你愿不愿意合作。”

乔东阳没有去翻桌子上的合同，淡淡一笑：“我不同意。”

乔东阳的反应出人意料。

邵之衡愣了愣，轻笑一声：“为什么不看看合同再说？”他想了想，怕乔东阳有什么误会，又耐心地说：“我本人不搞科技项目，对东阳科技的技术没有窃取心，只是单纯地看好乔先生的潜力。我是个商人，乔先生不必误会……”

乔东阳看着邵之衡：“如果邵总只是出于人情，那就不必了。东阳科技的困难是什么，邵总很清楚。这个时候愿意砸钱的人，不是痴，就是傻。邵总既不痴，也不傻，又是个商人，那你能赚回什么呢？”

池月的脊背一僵。她抬起头，看看乔东阳，又看看邵之衡，眼珠微转，无辜地撇嘴。

乔东阳抽出一张纸巾，擦了擦唇角：“邵总用不着为了人情来救济我……还有，我知道邵总很有实力，但如果你想以一己之力介入东阳科技，我怕你会心有余而力不足。”

乔东阳说得缓慢。最后这句话一出，邵之衡笑了：“乔先生说个数来听听，看会不会吓到我？”

乔东阳敛住神色，盯住邵之衡，不似玩笑，认认真真地说了一个数字，然后说：“这只是一个实验室所需。邵总真的愿意拿这么多的钱出来做风险投资？”

邵之衡的眉头皱了皱，显然乔东阳说的数字超过了他的估算：“是有点吓住我了。”

乔东阳笑开了：“邵总没必要蹚浑水。”

“坦诚！”邵之衡赞许地看着乔东阳，“我再考虑考虑。”

一般而言，人家说“考虑”，那可不是犹豫，而是变相的拒绝之意，在找台阶下。乔东阳以前不通人情世故，最近已经明白这些套路了。

“好的，那邵总慢慢考虑。”

第九章

只许成功，不许失败

乔东阳和池月走出餐厅去取车。他问她要去哪里——是办公室，还是郊外木屋。

郊外的房子还没有完全收拾好，但池月喜欢那里。

“如果你明天没有什么重要的事，我们就去郊外吧。”

“好。”乔东阳依她。

两个人开开心心地上了车。

车刚驶上大街，乔东阳就看到隔壁的一家私人医院的门口走出一对男女。

乔东阳的面色一变。他一脚踩在刹车上，差点儿没把池月吓死。

“怎么了？”池月的身子惯性地向前扑，“乔东阳？”

乔东阳的面色十分难看。他根本就没有听到她的话。

池月奇怪地看了看他，又顺着他的视线看向那家私人医院的大门，一眼就认出乔正崇。乔正崇扶着一个穿孕妇裙的年轻女人，动作小心翼翼，过街的时候还特地把那个女人护在怀里，像呵护什么宝贝，一副老夫少妻的恩爱样子。

池月震惊地转过头，不知道乔东阳准备怎么办。乔东阳收回视线，重新踩油门，将车稳稳地驶入车流。回家的路上，他一言不发，不知道在想什么。

当天晚上，乔东阳给乔正崇打电话，开门见山地问：“你和那个女人什么关系？”

长久的沉默后，乔正崇没有否认：“她怀孕了。”

晴天霹雳！乔东阳许久没有说话。

乔正崇叹息：“东子，我这么做也是为了你。现在你大伯把持乔氏，你奶奶不喜欢你，咱们已经没有指望了。如果她能为乔家生个孙子，按照你爷爷的遗嘱，就可以分得一份财产……”

乔爷爷把乔氏家产托付给乔东阳，让乔东阳一个人继承全部的家业，只给其他子孙留下了房产和一笔可供生存的资金。这事看上去是乔爷爷对乔东阳极其宠爱，可仔细想想，乔爷爷的这个安排为乔东阳招来了多少灾祸？怀璧其罪啊。

而且这个爷爷还为乔东阳的继承权设置了非常苛刻的条件，一旦乔东阳不符合继承条件，就将完全失去分割家产的机会。然后乔爷爷留下的那一笔丰厚的家产，将由他的遗孀——乔奶奶做主分配。如果到时候乔奶奶已不在人世，则按照孙辈男丁的人数来算，家产均分，孙辈男丁一人一份。

这是一份极其诡异的遗嘱。对于乔东阳，人人称羡。可当初乔东阳知道这份遗嘱的时候，若非确定爷爷在世时的确很疼爱自己，差点儿就怀疑爷爷是诚心要整死自己。这不是捧杀再棒打，又是什么？

“东子，我知道你一时难以接受这个事实。咱们什么时候见个面吧，我当面给你解释。”乔正崇语重心长地说，“你的性子太倔。你不肯卖东阳科技、不肯接受林家……我能怎么办？我是你爹！我不帮你，谁帮你？”

帮谁？乔东阳脸上的肌肉怪异地抽搐了一下：“我宁愿你不是我爹。”

“这就是我不把这件事告诉你的原因。你太固执了，不通情理。你怎么不想想，我这也是没有办法的办法？除了生个孩子，我有别的办法吗？”

乔东阳冷笑。

乔正崇将声音拔高：“我劝你不要再折腾了，你不听。你以为你是天才？你想过没有，你的天才是怎么来的？那是因为你是我乔正崇的儿子，是乔家的孙子。要不然你是什么天才，你是什么天才？”

乔东阳唇角的笑更冷了。他是什么天才？他的论文、他的设计、他的项目，都是他一个个字、一行行代码写出来的。业内都认为他是科技新星，但他的父亲说，他是靠家族的地位、靠金钱。

乔东阳缓缓地说：“原来在心里，你一直是这么想的。”

“东子，我们不犟这个，就分析形势吧。你大伯就算没有了乔瑞安，也还有乔瑞贤，你三叔有乔显庭，而咱们家到时候什么都没有。你说，我能有什么办法？”

“嗬！”乔东阳望着窗外湛蓝的天空，“你会改变决定吗？”

乔正崇陷入沉默，好久才出声：“这个孩子，我要定了。”

乔东阳的声音凉凉的：“是为了那个女人，还是为了乔家的家产？”

“我是为了你。”乔正崇的声音不由自主地弱了下来，“东子，你放心，我已经和她谈好，写了合同。等孩子生下来，我补偿她一笔钱，她远走高飞，跟咱们家没关系……”

“女人在你的眼里就是生育工具？这个女人是、董珊是……还有我妈，也是吗？你准备怎么向董珊交代？”

又是一阵沉默，然后乔正崇说：“你以为我没有为董珊考虑吗？我这么做，恰恰是想到了她。你有没有想过她已经多大了？一把年纪，没个孩子，你跟她又不亲，她有多渴望一个孩子？我想好了，这个孩子生下来就让她来抚养，让她从小看着长大，就当亲儿子了。”

乔正崇是为了董珊，准备和别的女人生孩子？

乔东阳冷笑：“如果不是个儿子呢？”

“不是儿子就不会生下来。”

“然后继续找别人来生？或者干脆把那个女人养起来慢慢生？”

乔东阳反问，却不等乔正崇回答，直接挂断了电话。

池月在门口站了许久。看乔东阳挂了电话，望着窗边发呆，她这才慢慢走近，将手覆在他的手上："怎么了？"

乔东阳淡淡地嘲讽道："我爹要给乔家添丁了。"他深吸一口气，突然问她："你很久没有去她那儿了吧？"

她？池月蒙了片刻才反应过来他说的是谁："怎么啦？"

乔东阳的眉头蹙起："抽个空，你去陪陪她吧。"

池月笑了一下："要不我们请她过来玩儿吧？咱们这儿多好玩儿呀……"

"不要！"乔东阳的语速很快，"不要让她来。"

"为什么呀？"

他既然关心董珊，又为什么要排斥？当时池月不懂，可是第二天，当她走入董珊的屋子时，突然明白了。乔东阳不愿意让董珊看到他住在郊外农村，在他看来，那是破落户的样子。

池月去看了董珊。董珊还住在那里，日子过得很宁静。池月一进门，就被她的小画室吸引了过去。

画室的门没有关，大大的落地窗前放着董珊的画架。画的主体是一个妙龄少女的背影。湛蓝的天空，雨中的小巷，青石板铺成的路，少女亭亭玉立，撑着伞，隔着雨雾，看着前方的一个男人。而那个男人在画上呈现得很小。他一身西服，提着一个公文包，一看就是个成熟男人……

"家里没有收拾，让你见笑了。"董珊把画室的门掩上，回头问池月，"喝点儿什么？"

"不用麻烦……就一杯温水吧。"

"好的，稍等。"

池月没有仔细研究画的机会，但知道画家的画，展现的是画家的心思。池月觉得那幅画里的男女，一定是董珊借此进行某种情绪的宣泄。

"你今天怎么想到过来看我？"董珊把水杯放在池月的面前，然后坐在一旁，微笑着看池月。

池月抿了抿嘴，低头喝了一口水：“是乔东阳让我来看你的。”

董珊一愣，然后笑开，摇了摇头：“你这孩子。”

“知道你不信，但我说的是真的。”池月为乔东阳找了个理由，“最近他太忙了，没时间过来，特地委派我来陪陪你。他这个人吧，嘴坏心软，其实他还是很关心你的。”

董珊的神色有些黯然：“他最近过得很不好吧？”

两个人对视好半晌，池月点了点头：“人生嘛，起起落落，这样活得才精彩。我和乔东阳都是想得开的人，遇上什么事，就解决什么事……”

“他连房子都卖了，住哪里？”董珊问。

池月笑着答道：“没有全卖，他还有间小别墅呢。我们现在就住他的小别墅。”

“是郊区农村钓鱼的那个吗？”

董珊对乔东阳的一切了如指掌。这种了解，如果不是因为对对方特别关心，又能是因为什么呢？

池月抿嘴一笑：“董姨，你不用担心，我们过得特别好。‘有情饮水饱’，听过没有？”

董珊不吭声，起身去了卧室，回来的时候递给池月一张银行卡：“密码是东子的生日。”

“董姨……”池月抬头望着董珊，很诧异。

“这是我的私房钱。”董珊一叹，“说来惭愧，我嫁到乔家这些年，没有工作，也……没有自己赚钱。但我花钱节省，东子他爹给我的零花钱，我存了不少。你都拿去吧，反正是乔家的钱。”

“董姨……这不合适。”

这是董珊的家底了。如今她一把年纪，没有工作，以后靠什么生活？

池月推开董珊的胳膊，拉她坐下：“乔东阳会有办法的，你别操心他。我今天过来，只是看看你……要是拿你的钱，我这算什么。快，收起来。”

董珊察觉了池月的心思：“我最近找了一份工作。”

池月怔住：“什么工作？”

“一个幼儿美术培训班，教孩子画画。”董珊说到这个，脸上漾出了一抹温柔的神色，那干干净净的脸上全是母性的光芒，“工资不高，但足够养活我自己。我对物质没有太高的要求。所以……”她低头，把掌心那张握得温热的银行卡再次放在池月的掌心，紧紧地握住池月的手，“这笔钱我用不着，或者就当是我对东阳科技的投资，好吗？”

池月暗暗叹息。

在董珊的心里，乔东阳就是她的儿子吧？只可惜，乔正崇正一厢情愿地想“帮她”生个儿子，认为她会接受他和别的女人生的孩子，可以将孩子从小养大，培养出感情……

池月一直认为，乔正崇对女性的价值可能存在误解。

董珊的银行卡是给乔东阳的，池月不能代替乔东阳做决定，便特地发了信息给他：“大乔哥，要不要来接我一下？”

乔东阳说：“来。”

池月给他发了一个亲吻动作的动图，附上一句：“早点儿，来吃饭。”

乔东阳没有回答。

池月知道他默认了，于是转头笑眯眯地告诉董珊：“乔东阳要过来吃晚饭。”

本来池月这么做是想让董珊开心一下，不承想就为了这句话，董珊开始忙碌起来——打扫卫生、买菜、煲汤、烤蛋糕……忙得不亦乐乎。

“董姨，你不用忙活。乔东阳又不是什么大人物。咱们吃什么，他就吃什么，将就一下就行了……”

“他可比大人物难伺候多了。”董珊呵呵地笑，那嗔怪的语气里却有一种说不出来的温暖。

池月仔细一想，那是亲妈说亲儿没错了。

池月不禁唏嘘，由着董珊去。

董珊有一双巧手，会画画，但在厨艺上真没什么天赋，菜做得一般，蛋糕烤得一言难尽。乔东阳来的时候，董珊正弯着腰站在烤箱前，研究烤蛋糕失败的问题出在哪里。

池月把乔东阳让进来。

他看到董珊束着头发、系着围裙的样子，眉头皱了皱："走吧。"

池月拉着他的袖子："不是说好吃晚饭吗？"

乔东阳还没说话，董珊就转过头来。她看着他颇不自在地说："蛋糕没有烤好……菜还是可以吃的。你吃点儿再走吧？"

这餐饭气氛依旧尴尬。但乔东阳对董珊的态度有明显的变化，在董珊询问的时候，他会马上回答，不再像以前那般不理不睬。尽管他的态度也没有多热络，但对董珊来说，她已很欣慰。

董珊感激地看着池月，认为这些是池月的功劳。

吃过饭，池月把银行卡递给乔东阳："董姨给的……"

乔东阳眉头皱得更紧："我还不差这个钱。你还给她，让她留着防老。"

池月乖乖地将卡交还董珊。

董珊有点失望。但乔东阳不要，她不敢像对池月那样劝，只能攥着卡，闷不作声地把他俩送到门口。

池月以为今天的努力又白费了，没想到乔东阳突然回头对董珊说："今天的菜很好吃。"

董珊用了好几秒才消化了这句话，一瞬间，脸上绽放出光彩："好吃你就、你就经常来。想吃什么，我给你做。"

乔东阳道："好。"

池月朝董珊挤了挤眼睛："拜拜，董姨。改天我种的菜可以吃了，请你去家里。"

"好、好、好。你们慢点儿啊，路上开车注意点儿，看好红绿灯，遵守交通规则啊！"

董珊伸长脖子往外望。池月已经走到楼下了，还看到董珊掩在窗户后的脸。池月不敢去想，若董珊知道乔正崇的事会怎么想。

池月问乔东阳："你说，你爸真的要留下那个孩子吗？"

乔东阳不作声。

池月继续说："如果你爸真的有了新的生活、新的感情，就和董姨离婚好了，放她一条生路，各自安好吧。"

乔东阳看池月一眼："他是不会离婚的。"

“为什么？不！凭什么？”

“因为他是乔正崇。”

秘密这种东西，一旦被人知道，就不再是秘密。乔正崇和董珊结婚多年，两个人的圈子有一定的重合度。没用多久，乔正崇有了女人，那女人还怀上了孩子的事情，就传到了董珊的耳朵里。

出乎池月的意料，董珊什么也没说。董珊只是再次要求乔正崇去办理离婚手续，并委婉地表示，这样可以给他未出生的孩子一个健全的家庭。而乔正崇的反应正如乔东阳所说的。

乔正崇不同意离婚，甚至大发雷霆。他认为自己所做的，都是为了乔东阳和董珊，是自己为他们做出了牺牲。

池月听到这个消息，专门买了一个烧烤架放在小院里，准备邀请董珊过来吃饭，烤烧烤，散散心。

第二天，池月还没来得及给董珊打电话，家里就来了一个不速之客。

邵之衡停下车，拎着渔具走过来：“乔东阳呢？”

“邵哥？”池月感到很意外。

邵之衡挽起袖口：“你这是什么表情，不欢迎我？”

池月赶忙解释：“不是，就是觉得有点奇怪。”

邵之衡轻笑：“乔东阳说这里可以钓鱼，我来试试。我已经好多年不钓了，不知道技术还在不在。”

池月在家里准备烧烤的食材，偶尔去池塘边溜达一圈，看他们有没有钓到鱼，能不能用来烧烤。她来来去去的次数多了，邵之衡就免不了笑话她：“你怎么像只兔子似的跑来跑去，怕我把你的男朋友推到池塘里喂鱼？”

池月一本正经地说：“瞎说什么大实话。”

池塘边，乔东阳和邵之衡一左一右坐在两张躺椅上，罩着遮阳伞，戴着渔夫帽，看上去十分悠闲，说话的声音也懒洋洋的。

“乔总，我考虑过了，决定投资东阳科技。”邵之衡说。

“我也想好了，决定接受你的投资。”

“怎么突然想通了？”

“你是池月信得过的人。”

邵之衡笑了起来：“这是我们之间的生意，不要把女人扯进来作为考虑的因素。”

“你一定要我说你是最适合的投资人？”

“可你拒绝过我。”

“我为什么拒绝你，你心里没数？”

邵之衡看着乔东阳：“你不应该没有这个自信。”

乔东阳把鱼竿拉起来，是空竿。然后他上好鱼饵，又将鱼竿甩下去：“我知道你喜欢池月，她也不排斥你。对我来说，你是个威胁，所以我并不愿意你靠近她。”

“可是她不爱我。”邵之衡笑了，“这样你放心了？”

乔东阳望过去，目光深邃：“20% 的股权，吃得下吗？”

邵之衡皱了一下眉头：“20%，我可以，但对你来说会不会不够周转？”

“我会再想办法。”乔东阳望着湖水，“我能接受你，就能接受别人。”

这是乔东阳的妥协，也是乔东阳的精明。

因为男人之间不可描述的骄傲，邵之衡在这件事情上，绝对不会做小人而让池月瞧不上，因此邵之衡是很安全的投资者。而且即便邵之衡的资本注入东阳科技，东阳科技仍然牢牢地把控在乔东阳自己的手上。

“官司有胜算吗？我有相关方面的朋友，要不要给你介绍？”

邵之衡投了这么多的钱，当然也担心风险。他是个商人，投资东阳科技，并不像乔东阳认为的那样完全看在池月的分儿上，而是他对东阳科技做过全面的了解，认为乔东阳的科技公司有潜力。邵之衡在这个时候注资，就像进股市抄底一样，虽然有风险，但赚了就金钵满盆，还能让乔东阳欠他一个人情，何乐而不为？

“不用了，”乔东阳眯起眼，“我可以搞定。”

邵之衡看着这个比自己小了将近十岁的年轻人，目光平静：“我相信我的眼光。”

乔东阳转过头：“你不会失望。”

官司旷日持久，乔正元想尽一切办法拖延。他知道自己有极大的可能会输，但只要官司拖延的时间足够久，一审完了还有二审，二审完了还有终审……耗上一年两载，东阳科技无法融资贷款，到时候，他再找个套牌公司低价收购，乔东阳就“入土为安”了。

乔正元的算盘打得精，但他没有想到居然有人胆大包天，投资了权属不清的东阳科技。除了邵之衡的衡天实业认股 20% 外，郑西元的昊光传媒，还有乔东阳在牌局上赢回来的三个朋友——纪逸凡、齐骅、吴凯，各自代表自己的公司认购了 5% 的股权，硬生生把东阳科技盘活了。

乔正元得到消息，气急败坏，在办公室大发雷霆。当天下午，衡天实业、昊光传媒，还有另外三家公司，都收到了乔氏集团的律师函。乔氏集团以乔东阳无权代表东阳科技接受长期股权投资为由，要求几家公司马上解除与东阳科技的合作，否则就是侵犯乔氏集团的权益，几家公司都将作为被告被送上法庭。

这是一种施压。做生意的人难免会惹上官司，但如非必要，没有人愿意官司缠身。乔正元认为他们会妥协。可是衡天、昊光等几家公司都顶住了压力，拒绝乔氏集团的无理要求，愿意通过法律途径来解决。

商场如战场，风云变幻。媒体对这件事用了非常夸张的语气进行了报道，闹得尽人皆知。为此，几个投资伙伴在皇冠酒店又聚了一次，按郑西元的说法，是庆贺。

“孤胆英雄，有没有这个感觉？”郑西元喝了点儿小酒，话说得就有点飘，还有点小得意，“凭我小小昊光，也敢和乔氏一决高下，爽啊！这辈子都没这么爽过，我都膨胀了……阿乔，你都不知道，乔氏那个法务代表被我气得嘴都歪了。哈哈哈！”

乔东阳瞥了郑西元一眼：“他的嘴本来就是歪的。”

“是吗？”郑西元愣了一下，“不管了、不管了，来，喝酒。”

邵之衡、纪逸凡、齐骅、吴凯几个人都来了。有意思的是，除了乔东阳和吴凯，另外几个都是单身狗（对单身人士的幽默称呼，常用来自嘲），算是小有成就、心性很大、志向很大、不愿意被婚姻套牢的有为青年。

一聊开，大家的话题就多了。乔东阳告诉他们东阳科技的研发方向，一套套专业理论说出来，唬得他们一愣一愣的，纷纷认为自己的投资特别有意义——除了邵之衡。

邵之衡一直没说话。他不抽烟、少量饮酒、言行有度、风度翩翩、极其自制，与郑西元这几个朋友一比较，显得老成持重多了。

等几个人吹够了牛，邵之衡才慢吞吞地说："容我插一句话。"

"邵哥，有什么要指点兄弟们的？"有人问道。

邵之衡微微一笑："不是指点，我是想问乔总，项目是好项目，可是能商用吗？"

只有商用才能赚钱，要不然只是理想，对商人来说，那就是耍流氓。

乔东阳看了邵之衡一眼："那就得看邵总对我有没有信心了。"

邵之衡笑了笑："我当然是有信心的。"

"我怎么觉得你这话说得言不由衷？"

"哪有，我只是过于严肃。"

"那你轻松一点儿。"

邵之衡抬了抬眉："轻松不了啊，我可是把全部身家都砸到东阳科技了。"

"我懂。只许成功，不许失败。"乔东阳说，"我不是个纯精神领域的科学家，东阳科技的研发成果都可以进入商用和民用领域。空间机器人虽然不能用于商业领域，但为了研发空间机器人所做的科技革新可以。比如我们的钙钛矿太阳能电池，转换率可以提高到45%，使用寿命可以提高整整50倍之多——这是钱的问题吗？不是！而是改变世界的能源需求。"

乔东阳说的，这里的人大都不懂，但男人对这些东西都能产生兴趣，一个个听得很入神。

"所以需要多久能赚个金钵满盆？"邵之衡提出疑问。

乔东阳的眉梢扬了扬："赚钱是第二个阶段的事情。"

"也就是说，第一个阶段，只能烧钱。"

“不投入，哪来的发展？”

乔东阳和邵之衡的出发点，从根本上来说就是不一样的。在邵之衡看来，乔东阳的态度还是纯粹的科学家的态度，只为把东西研发出来，并没有考虑更多的因素，比如如何使产品利益最大化，把投入的钱成倍地赚回来。

池月看他们你一言我一语，越讨论越严肃，叹了一口气，起身去卫生间。她刚把门推开，一个人就蹦到了她的面前。

“哇！你们已经开始了呀。不好意思，我来迟了。”

池月被吓了一跳：“小乌鸦，你怎么……”

“我怎么会来对吧？”王雪芽用食指点池月的额头，“你个没良心的，吃饭也不知道邀请我，是不是把我丢到九霄云外去了？”

池月哭笑不得，直接拉着王雪芽去卫生间，边走边聊：“是啊，当然是了。喂，这位小姐，你是谁，走错地方了吧？”

“重色轻友、喜新厌旧。”王雪芽嗔了池月一句，然后神神秘秘地笑，“我本来想给你一个惊喜的，现在看你反正也不关心，就直接告诉你吧。”

王雪芽盯住池月，眼睛亮晶晶的：“池小姐，我被东阳科技正式录用了。从明天开始，我就是你的同事了。”

池月听得发蒙：“你是认真的？你到东阳科技？哪个部门？”

“呵、呵呵、呵呵呵！”王雪芽斜着眼看池月，“说出来吓死你——实验室！”

池月确实被吓住了。

实验室可不是谁都能进的呀！王雪芽的航天知识虽然扎实，但那毕竟不是她的专业，哪个教授会带她？

池月想了想，想到王雪芽那个航天泰斗的爹，突然明白了：“王叔同意你来？”

王雪芽哈哈一笑：“猜对了！我爹把我拜托给了严伯伯，我到实验室就跟着严伯伯学习。”

这些日子，王雪芽的父母希望她在家休养，可她耐不住寂寞，想了各种办法说服了老父亲，最终求来了一个与航天领域沾边的职业——实验室的实习生。

“快说！我厉不厉害？”王雪芽一脸兴奋。

池月抬手拍王雪芽的脑袋：“可把你厉害坏了。这么大的事，你居然瞒着我。”

“人家想给你一个惊喜嘛。”

“是啊，好惊喜，嗖的一下，人就蹿到我面前了。”

“哈哈哈！”王雪芽笑不可抑，“是郑哥叫我过来吃饭的。”

“他？”池月微微一怔，“你是不是跟他好上了？”

“哎呀，你想什么呢？”王雪芽扳开池月搭过来的手，“没有啦。他只是告诉我，你们在这里吃饭，一群老爷们儿，就你一个女的，问我要不要来陪你。”

“他主动告诉你？你俩什么时候又联系上的？”

“还不是为了你吗？”王雪芽把声音压低，“我很担心你啊。但我有时候问你是不是心情不好，你回答得很敷衍，而且总不说实话……我不想让你心烦，就找郑哥侧面了解了一些……”

这几个月池月确实忽视了王雪芽，但不是敷衍、不是不说，只是不想向王雪芽倾倒负能量垃圾。

王雪芽装出还在生气的样子：“你说，你是不是变了，不喜欢我了？”

“唉！”池月揽住王雪芽的肩膀，“大概这就是传说中的重色轻友吧。我改！我改还不行吗？”

一群年轻人在一起，自然有说不完的话题，只不过大多数的话题池月插不上嘴。好在王雪芽来了，老友相见，两个人都有一种别后重聚的欢乐，于是吃了点儿东西就躲到沙发上去“单聊”了。

池月观察了好一会儿，没有发现王雪芽和郑西元之间有什么超出友谊的暧昧。王雪芽似乎真的从往事里走了出来，放过了郑西元，也放过了自己。

池月总算放下了心。事过境迁，大家都好。

乔东阳按照严教授的要求，购买了三维仿真实验设备。设备还没有被运过来，但实验室这边已经炸开了锅。大家努力了这么久，就等收获了，一个个兴高采烈，为系统做最后的调节，为实验设备的到来做好各方面的准备工作。因此，这两天大家泡实验室的时间比较多。

池月天天都能见到王雪芽。小姐妹能见面聊个天儿，让池月觉得有了生活感。

池月发现实验室这个工作环境很适合王雪芽。这里的人事简单，学术氛围浓郁，没有复杂的同事关系，又可以让王雪芽沉醉于她喜欢的航天知识。而且有严教授的帮助和监督，王雪芽的进步很快，幸福指数很高。

怪不得王雪芽的父母会同意王雪芽来这里，这里确实是锻炼人的好地方。

实验设备从国外运回来，需要一段漫长的时间，但实验室里的人已经有点迫不及待了。池月也翘首以待。侯助理更是在她的碎碎念里，每天去催问采购行程。

为了缓和紧张的气氛，侯助理写了一个计划，准备趁着中秋节热闹一下，搞个公司团建。东阳科技沉寂了这么久，需要一个活动提提神。大家都很兴奋，纷纷出谋划策。对侯助理的安排，乔东阳也默认了。

公司里张灯结彩，喜气洋洋。

就在大家准备欢度中秋的时候，乔瑞安的案子要开庭了。

这个案子是重案一号在查。这些日子，权少腾和丁一凡找过乔东阳两三次，但除了老生常谈的询问，没有透露案件相关的细节和信息。大家都认为庭审怕是会遥遥无期。这冷不丁就接到开庭的通知，大家没有一点儿心理准备。

这天下午，权少腾来了公司，带着两个陌生人来找池月。

权少腾借用了一个小办公室，亲自跟池月谈，让她同意池雁出庭做证。

池月对此其实心里不太愿意。池雁有病，身体没有康复。池月不能想象池雁站在证人席上接受询问是个什么样子，甚至不敢保证池雁会不会当时就疯掉。

“权队，不好意思，不是我不肯，而是我姐的情况，你是知道的。池雁不是完全民事行为能力人，不适合出庭……”

“不，她是限制民事行为能力人，有专业鉴定的。要不然，她的证据将不被采信。”

池月哑然。

“不要犹豫了。”权少腾说，“为了乔东阳、为了让伤害你姐姐的人得到惩罚……你为什么不肯？”

池月不说话。

权少腾便继续说：“正直的人，不惧邪恶。多一个证人，多一份力量。你不希望乔瑞安得到应有的惩罚？”

“我想。可……我不想池雁受到二次伤害。”池月一再强调，“她现在很脆弱，也许二次伤害会让她这辈子都恢复不了。”

权少腾说：“为了保证受害者的隐私，这个案子法院不公开审理。”

“不公开审理？”

“除了案件当事人，不会有无关人士出现在法庭，庭审内容也不会公布。”

池月抬手轻轻地拢了拢衣服，给自己一个犹豫的时间。

“池月，这是我们无数人努力的结果。如果让罪犯逍遥法外，你甘心吗？”

“我妈不会同意，”池月说，“她很固执，我说不动她。”

权少腾笑了一下：“你只要提一句，池雁同意出庭做证才能重判乔瑞安、洗清乔东阳，你妈就没什么不肯同意的。放心吧，你妈比你想得开。比起已经不健康的大女儿，你妈更关心健康的小女儿的未来。只有小女儿好了，才有机会照顾她和大女儿。”

池月抿了抿唇：“让我想想。”

乔东阳没有陪池月回月亮坞，但是安排了侯助理同行。有侯助理带着池雁，会比乔东阳更有用。

这些日子，池雁一直不曾走出房门。于凤每天守着她，送吃送喝，内心早已疲惫不堪。池月和侯助理突然回来，最高兴的人是于凤，然后才是乍然见到侯助理，目光中露出不太确定的惊喜的池雁。

“猴子……你为什么才来啊？你说好会快点儿来找我的。我等了你那么久，你为什么才来啊？”池雁哽咽地出声，用一双惊惧的眼看着侯助理，嘴角向下一扯，眼泪差点儿滚出来。

侯助理油嘴滑舌惯了，自诩有一万种可以哄人的方法，从来没有想过，有一天会找不到语言来表达，翻来覆去就那么两句话：“燕子，我太忙了。对不起啊，你能原谅我吗？”

“原谅！你是我最最要好的朋友。”

池月看姐姐这样，走过去抱了抱姐姐：“你瘦了。妈妈说，你不肯好好吃饭？”

池雁瘦得像一根干柴，脸上的肉没了，眼窝陷了下去，一双眼睛显得格外大：“月月不在家，猴子也不来，我不想吃饭。”

侯助理说：“以后不许这样了，要听月月的话，知道吗？”

“知道了。”池雁是真的很听侯助理的话，乖乖地出了房门，乖乖地穿上袜子，还不停催促于凤给他做好吃的。

于凤来叫大家吃饭的时候，侯助理扶着池雁，突然发现池雁的裆部湿了一块：“这是怎么弄的？尿裤子了？”

池雁的脑子不好，有时候连羞涩都比常人来得慢半拍。她思考了一下，低头瞅着，然后摇头：“不知道……我是不会尿裤子的。”

“是不是喝水的时候洒了？”

池雁摇头，浑然不知。

侯助理无奈地叹息：“不能穿湿裤子，去换一条吧。”

池雁却不肯去，拉着侯助理的袖子问：“猴子，你是不是又要走了？”

“我不走。”侯助理笑着坐在凳子上，“明天，我还要带你一起走呢。”

“真的？”

“真的。”

“骗人是小狗。”

“我保证！”侯助理举起指头。

池雁也马上伸出指头：“拉钩。”

“拉钩！”

“哇！我太开心了！”

池雁的快乐，任谁都能看得出。她整个人舒展着，像一朵突然盛开的花，让人不忍心告诉她残酷的事情——出庭做证。

一家人围坐在桌前吃饭。这是最适合谈事情的时间，可池月好几次想张嘴，话都说不出口。最后，池月一直憋到吃完饭，等于凤去厨房洗碗，才跟进厨房，一边帮忙，一边硬着头皮跟于凤说了这件事。

不出池月所料，于凤这个岁数的人是不愿意去丢人的。于凤不仅不同意，还对池月大发雷霆，气得都红了眼圈。要不是顾及有侯助理在外面，池月有理由相信，于凤会亲手宰了自己。

于凤骂人的时候，池月就不吭声，让于凤骂。等于凤骂够了，池月再慢慢跟于凤讲道理。

最后，于凤的怒火平息了，只提出一个要求：“我跟你们一起去。”

池月还没有吭声，于凤的眼睛就已经湿润了：“我陪着你姐。要是她不听话，我还能叫住她。我还要亲眼看着，要看着那个人渣下地狱。”

乔瑞安的案子，开庭时间在中秋节后，中间隔着一个假期。池月准备陪于凤和池雁把中秋佳节过好。

郊区的小院被于凤打理了出来，土地、房舍齐整了许多。几人种下了树苗、花草苗、菜秧，心里满满是农民伯伯盼丰收的愉悦。

中秋那天，池月邀请了董珊过来吃月饼，董珊没有来。乔正崇给乔东阳打了一个电话，希望一起过节，被乔东阳拒绝了。

于凤做了月饼，在院子里摆了一个香案，祭拜先祖。乔东阳在国外长大，对这种事觉得很新奇，一一配合，完全成了池家的准女婿。忽略那些糟心事，对他们来说，这是一个愉快的中秋。

晚上，乔东阳回到卧室，特地交代池月：“这两天你关照好池雁的情绪。开庭那天，我让猴子陪着你们一起去。”

连乔东阳都发现侯助理对池雁的意义不同了吗？池月点头：“好。”

开庭的那天，池月和乔东阳起了个大早，吃过早饭就开车带着池雁和于凤进城。大家都不说话，气氛异常沉重。池雁也感觉到了，怯怯地看看妈妈、看看池月，不敢吭声。

法院门外，好几台摄像机在等候。一旦有人经过，就有记者上前询问，不论能不能得到回答，他们都不肯放过一点机会。乔氏兄弟阋墙，从去年持续到今年，堪比年度大戏。这样的热点，正是网民感兴趣的，也是媒体抢夺的新闻资源，因此他们比当事人来得还要早，严阵以待。

池雁远远地看到侯助理："猴子！这里、这里！"

她这一跑，就引起了骚动。

侯助理赶忙上前拉住池雁，往后看了一眼，然后冲她摇头。对于池雁的特殊情况，在准备提起公诉的时候，法院就了解过，并进行过证人资质的核实，因此特地派了个女检察官来协助。

女检察官对池雁说："跟我来吧，这边。"

为了保障证人证言的真实性，池雁不可以旁听案件审理，证人之间必须隔离质证。

女检察官一脸微笑，很有亲和力。可池雁低着头，紧张得迈不开步："猴子，我怕……"

侯助理的内心很沉重。他拍了拍池雁的肩："一会儿你出庭的时候就能看到我。"

"真的吗？"

"真的。勇敢一点儿，你可以的。"侯助理瞄向耐心等待的女检察官，对池雁说，"这位姐姐是很好的人，你跟着她。她让你怎么做，你就怎么做。明白吗？"

"哦……"池雁眼睛里的惶恐清晰可见，但面前都是她信得过的亲人，她要听话去做。

临走时，池雁又特地交代："猴子，你一会儿坐近一点儿，我就可以看到你了。"

"嗯，我坐到离你最近的地方。"侯助理朝池雁摆了摆手。他一个大老爷们儿，眼里差点儿没含住泪。

池雁跟着女检察官走了。

池月的内心忐忑不安，她不停地瞄着池雁离开的方向。

乔东阳轻抚了一下池月的肩膀：“你也进去吧。”

“嗯，我去了。放心，我们会赢的。”

今天池月也要作为证人出庭。当年池雁被侮辱，池月是唯一的目击者。不过池月是利害关系人，法庭对池月的证词是否采信，还不一定。

审判庭的气氛很压抑。乔正崇、乔瑞贤、乔正江、乔显庭，还有乔家的两个姑娘乔雪、乔昕……除了乔奶奶和乔正元，其他人都在。他们坐在旁听席第二排靠左边的位置，乔正崇一个人坐在中间。侯助理默默地带着于凤坐到右边。

“东子哥，你怎么来得这样迟……”乔昕是乔家三叔乔正江的小女儿，今年刚满 18 岁，天真烂漫。像很多小姑娘那样，她对这个英俊的东子哥哥充满崇拜，看到他进来，连忙打招呼。

可是乔昕的话还没说完，乔瑞贤就笑了起来：“你东子哥住郊外，进城太远，当然迟了。”

乔昕瞪了乔瑞贤一眼，继续问乔东阳：“东子哥，住郊区好玩儿吗？我周末去你那里玩儿好不好？”

乔东阳还没说话，乔瑞贤奚落的话又传了过来：“乔昕，你是不是傻？那里是农村，蛇虫鼠蚁一窝窝地往外爬，你去了吃得消？”

乔昕被蛇鼠虫蚁吓住，但她不喜欢这个大伯家的二哥：“关你什么事，要你管？！”

“好心当成驴肝肺。爱去不去，谁爱管你？”乔瑞贤瞥了乔东阳一眼，冷笑道，“只怕你东子哥穷得揭不开锅，不敢招待你。”

“乔瑞贤，你是不是神经病啊……”

“乔昕！”乔正江喝止女儿，“怎么和二哥讲话呢？”

兄妹俩正吵嚷，法警过来了：“家属请安静。”

乔昕朝乔瑞贤做了个鬼脸，乔瑞贤冷哼一声，闭了嘴，而乔东阳从头到尾一言不发。

庭审开始。审判长、陪审员、书记员、公诉人、辩护人陆续入庭就座，一派肃穆，鸦雀无声。

书记员起立，面对审判长："报告审判长，公诉人、辩护人已到庭，被告人乔瑞安已提到羁押室候审，有关诉讼参与人已在庭外等候，各项庭前准备工作就绪，可以开庭！"

审判长重重地敲击了一下法槌，传被告人乔瑞安到庭。

乔瑞安被法警带入被告席。警械未去，手铐在身，但乔瑞安似乎不以为然，看了一眼旁听席上的亲人，懒洋洋地坐下。

事过多年，这是乔东阳再一次见到乔瑞安。乔瑞安是乔家长孙，年纪比乔东阳大了将近一轮，和他的亲兄弟乔瑞贤长得不太像，一看就是那种老成持重的稳当人，但仔细看会发现他的眼睛里总有戾气。

乔东阳当时年纪小，冲动，脑子里不装事。现在他再看乔瑞安，突然觉得权少腾的话是对的。他的这个大哥就是典型的反社会型人格，冷血、残暴。乔瑞安骨子里就是狠戾的人，是天生的罪犯。

想到奶奶对乔瑞安的偏疼偏宠，乔东阳笑了笑。乔瑞安似乎感觉到了什么，朝乔东阳的方向望了过来。两个人对视，空气里流动着莫名的敌意。

审判长对乔瑞安例行询问其姓名、性别、年龄、籍贯等个人信息，并对审判人员是否需要回避的问题进行核实，然后进入庭审环节。

往事被一桩桩剥露出来。旁听席上，一点儿声音都没有。

董珊第一个出庭做证。她化了淡妆，穿了一件雅致的改良款旗袍，外面套着一件米色风衣。在这个寂静无声的法庭，她一出场，就夺走无数人的目光。半老徐娘，还美得这样惊艳，可想而知当年的她是怎样的美貌，乔瑞安又为何而动心。人的第一印象很大程度上会影响主观判断，董珊今天的打扮极有说服力。这样的她，凭什么不能让乔瑞安生出邪念？

董珊的美，衬托着乔瑞安的猥琐。

这让坐在旁听席上的乔正崇如坐针毡，睁不开眼。为什么他当初会怀疑董珊是和乔瑞安有奸情呢？不对，其实他从来都没有怀疑过。他一直笃定董珊爱他，他怀疑的是自己。董珊还那么漂亮，而他渐渐老去。再想想当年的乔瑞安年轻体壮，他控制不住妒火，或者说，是一种因年老而对事物失去掌控力的无能的宣泄。

乔正崇一眨不眨地望着董珊。可董珊连一眼都没有看他，目光连短暂的停留都没有。

审判长问："证人，是否知晓自己的权利和义务？是否知道做伪证的法律后果？"

"知道。"董珊安静地看着审判长。

公诉人、辩护人反复询问当年的事情，董珊徐徐说出，脸色淡淡的，声音淡淡的。然后，她在残酷的回忆里笑了："审判长，我的话说完了。"

辩护人："你和乔东阳是什么关系？"

董珊沉默了一下，说："继母子。"

"继母子"三个字在这个时刻显得格外沉重。董珊为了乔东阳做了结扎，一生都不会有自己的孩子。乔正崇却为了利益，去和别的女人有了一个尚未出生的小孩儿。命运的讽刺，全在董珊的微笑里。

辩护人："审判长，基于证人和利害关系人的母子关系，我认为证人的证词不足以采信。"

乔瑞安的辩护律师是一个拥有多年刑事案件经验的老律师，言辞犀利。他提请审判长注意，董珊完全会因利害关系做伪证。一旦乔瑞安有罪，乔东阳就是既得利益者，那么董珊一样是既得利益者。

"马上就没有关系了。"董珊淡淡地说，"我和乔正崇已经分居大半年，夫妻关系早已破裂。我正准备向法院起诉离婚。而我和乔东阳……"董珊停顿一下，"我们的关系一直不好。乔东阳这个人，狂妄自大、目中无人。他从来没有尊重过我这个继母，我们也没有连续相处超过一周，并无感情基础，说仇人谈不上，但绝对不是亲人。他恨我，我也不喜欢他。我认为辩护律师的话相当可笑。"

"那你为什么要帮他？"

"我不是帮他，而是想让当年伤害我的人受到法律的制裁。"

乔正崇闭上眼。直到董珊离开证人席，有那么一刻，他感觉到有什么东西，渐渐离他远去。

“池月！”

听到喊声，池月站起来，在法警的指引下，进入庭审现场。

通过一条光线昏暗的长长的通道，进入灯光大炽的审判庭，池月用了好几秒才适应光线，然后看向被告席。乔瑞安就坐在那里，上身后仰，给人一种浑不在意的慵懒感。他在用这种姿态，努力证明自己是个无辜的人。

池月盯着他看，用了好久，他的五官才慢慢地在她的眼前变得清晰。

是他！乔瑞安，就是那个恶之源，她的噩梦就因他而起。现在，她六年多的噩梦的制造者，就坐在那里，懒洋洋地看着她。她甚至从他的眼睛里解读出了有恃无恐。

进入质证环节，公诉人提交了证据。这个环节主要是乔瑞安对池雁的犯罪行为构成，同时，对证人提供的证词进行核实质证。

辩护律师毫无意外地质疑了池月的身份，并将池月与案件事实的关系，以及与被告人、受害人的关系，进行了详细的罗列，想降低审判人员对池月的证词采信的概率。

“审判长，我有个问题，想询问证人。”

审判长同意。

辩护律师起身，望着池月：“你说亲眼看到我的当事人乔瑞安侵犯了你的姐姐池雁，是不是？”

池月：“是。”

辩护律师：“你在现场？”

池月：“是。”

辩护律师点点头：“这几张照片里，有一张是我的当事人六年前的照片。请你从里面找出，哪一张最接近当年的他？”

辩护律师把十张照片同时推到池月的面前。法庭用投影仪同步展示出了照片的内容。

这些照片上的人都是乔瑞安，但是发型、衣着、神态、气质都不一样，不清楚照片是用电脑合成的，还是乔瑞安本人在不同时期照的。

池月冷笑："我挑不出来。"

辩护律师拔高声音："你对六年前的乔瑞安根本没有认知概念，为什么一眼就认出他是侵犯你姐姐的凶手？"

池月不看他，淡然地反驳："我打印十张你家的猫的同款照片出来，让你挑出你家的猫在你的床单上拉屎的那一天是什么表情，你行不行？"说完，她看向审判长："审判长，辩护律师在混淆视听。照片上的人都是乔瑞安，要问我哪一个是六年前的他，这十分可笑。不说六年，如果辩护律师能说出十个月前乔瑞安做某件事的时候，穿的是什么衣服、理的是什么发型，当天的心情如何、表情怎样、体重是多少，那我就认可他的询问方式。"

审判长："辩护律师注意询问方式。"

"是！"辩护律师又问池月，"证人，你亲眼看见我的当事人侵犯你的姐姐，可不可以请你详细叙述一下当时的情况？"

详细叙述，就是一个剥开伤口的过程。池月知道辩护律师的职责，他是站在嫌疑人一方的。可立场的问题，让辩护律师此刻的面目变得十分可憎。

"可以。"池月在来之前已经做好了心理准备，并不忌讳说出那段经历，"在那天之前，我从不知道这个世界有那么多的掠夺、侵犯和恶意，那时的我热爱生活、爱好和平。在那天之后，我的眼睛终于能看到事物的反面，也'荣幸'地见到了各种各样的人性之恶——凌辱、嘲笑、鄙视、践踏、势利、不屑、轻慢、摧毁……这一切都来源于那个晚上，所以我不会忘记。"

这是池月第一次在人前完整叙述她的那段遭遇，连乔东阳也是第一次听到。

"事情发生在我上高一的那一年。我是住校生，同学一般是周末回家，而我常常是月末回家，或者干脆不回家。我家里的条件不好。父亲在我刚出生的那一天，得知我是个女儿，而不是他顶着超生被罚款的压力期盼了十个月的大儿子时，就拎上行李南下打工去了。我不知道他长什么样子，没见过他，家里也没有他的照片。我妈说，他后来回过一次家，留下了1000块钱，和我妈办了离婚证。当然，两个孩子都归我妈。”

辩护律师：“我打断一下，请证人只说重点。”

池月：“这就是重点。”

戗了他一句，池月没有听到审判长的阻止，便继续道：“我和姐姐从小相依为命。她为了供我读书，念到高二就辍学了。她告诉我，她想去南边找爸爸，想问他一句为什么。可我知道，她辍学的根本原因是我。因为我们家供不起两个孩子读书，而我的成绩比姐姐的好，她放弃了自己。”

辩护律师脸上又出现不耐烦的神情：“反对！审判长，证人说这些与案件无关的生活琐事，是为了博取同情，是道德绑架。”

池月抬了抬下巴：“我说的这些不是无关紧要，因为它对接下来发生的事情有着至关重要的影响。”

庭上沉寂了片刻。审判长肃然危坐：“证人可以继续。”

池月说：“高一下学期，快要期末考试了，姐姐突然打电话到学校，说她回家了。她在外面打工很辛苦，厂里不给放假，一年才能回来一次。为了省钱，每次她都不敢选在春运期间回来。我们一年没见，我特地从学校匆匆赶回去……

“审判长手上有资料，可以看到，我的家在吉丘一个叫月亮坞的偏远村庄，但我是在吉丘县城念书，因为只有县城才有中学。六年前，那里的交通还不像现在这么发达。我从县城乘坐一天只开两趟的公交车，只能坐到万里镇，然后步行20多里路回家……

“那天，我早早向学校请了假，吃过午饭就出发。可是公交车半路抛锚，等我到达万里镇的时候，天已经黑了。”

黑暗的荒漠里没有灯，狂风刮着她的脸，如针扎一般疼痛。她一个人走在荒无人烟的沙漠里，道路早已被风沙掩盖，在夜晚尤其看不清楚。她靠着路边的胡杨指引方向，飞似的往家跑。

“我很害怕，有时候看到胡杨树的影子，会惊恐地以为那是一个人站在路边；有时候听到自己的脚步声，也会产生幻听，觉得背后有人跟着我；风呜呜作响，像有人在哭，可是我回头，什么也没有，只有风声……”

一个未满16岁的女孩子独自走夜路，天气情况又恶劣。旁听席上的乔东阳喉头哽了一下。那时的他在干什么？他在肆意妄为、飞扬跋扈，打电动、玩儿游戏，根本就不会想到，他未来的媳妇儿正在千里之外的沙漠里拔足狂奔，惊恐万状。

池月继续说：“那时候，我惧怕黑暗，但这种恐惧大多与妖魔鬼怪有关，只怕黑暗里会突然出来一只厉鬼。直到后来，我才知道，人比鬼可怕多了。快到月亮坞的时候，我跑得浑身是汗、脚软腿软。可是想着很快就到家了，可以看到姐姐，我很开心，用尽了力气奔跑……然后，在村外沙丘边的那棵歪脖子胡杨树下，碰上了那三个魔鬼……”

她的目光像刀子一样剜向乔瑞安。

嗡的一声，从旁听席上传来一阵嘈杂声。

乔家的几个人低声议论着，大概的意思是说，池月为了诬蔑乔瑞安，是不是准备编出她被轮奸的戏码。

“肃静！”审判长击响法槌。

旁听席安静了，可是众人的目光却齐刷刷地望向了乔东阳。这一切池月看到了。她觉得十分可笑！明明是女性被欺负了，人们在意的不是她被伤害的事实，而是她的男人有没有被戴绿帽子，关注的也永远是那腌脏之下有没有一些香艳的故事。

“我没有被轮奸，让你们失望了。”池月直视着乔家人，“因为我有一个从小相依为命的姐姐。她熟悉我回家的路，担心我的安全，拿着手电出来找我了。我姐姐听到我的声音，一边大声叫喊，一边朝我跑了过来。她很害怕，叫声很响！可惜，没有人来帮忙……沙漠里的风太大了，入夜，家家户户都闭了门，任你怎么喊也听不见，连狗都没有叫唤。姐姐冲了过来，可我们两个人打不过三个大男人……”

大家都望着池月。

池月盯着乔瑞安，目光仿佛淬了毒：“姐姐求他们，求他们放过我……她跪下来……”

庭上没有声音。这个空间仿佛变成了一片死寂之地，不，是坟场。在那个故事里的歪脖子树下，埋葬着池雁的灵魂。

眼泪从腮边慢慢滑下，池月没有去拭，而是伸手指向乔瑞安：“是他！他指挥两个跟班堵住我的嘴巴，把我绑在歪脖子树上，笑着说，要让我全程观看……他说这样才够刺激！”

辩护律师回头望了乔瑞安一眼，目光复杂。

池月看见了辩护律师的这个动作，冷哼了一声，盯着他说：“你说，我该不该认识他、能不能忘记他长的是什么样？”

辩护律师被她盯得头皮发麻：“当天晚上，有没有月亮？”

池月一怔：“没有。”

辩护律师：“那你是怎么看清他的长相的？”

池月：“姐姐过来的时候，有手电筒。”

辩护律师不看她，而是看向审判长：“手电筒的光线怎么样，众所周知。证人能够看清，并且在事过多年后，一眼认出我的当事人……请问，你是如何做到的？”

池月微怔。

事实上，当时她看到的乔瑞安的脸确实模糊，六年后，要让她准确回忆他的长相的确有难度。可一看到他的照片，她就知道是他，是那个人。她对乔瑞安的脸敏感到了一种变态的程度，以至于她第一次在皇冠酒店看到乔东阳时也曾有过类似的错觉，产生生理性的反感。这种情绪她很难描述，但是存在，并且不适合在法庭上争论。

“你这是强词夺理，我就是看清他了。”

控方律师：“审判长，辩护律师的质疑毫无依据。他凭什么断定证人无法看清？”

审判长：“辩护人，你辩护的时候注意措辞，不能用一些无法证实的猜测质疑证人。谁主张，谁举证。如果你认为证人在手电筒光线下不能看清嫌疑人的长相，应该拿出证据。”

辩护律师看了一眼审判长，再看看池月，轻咳了一下：“好吧，我还有一个问题。”

审判长：“继续。”

辩护律师对池月说：“我有个疑问。你长得这么漂亮，如果我的当事人真是如你所说的穷凶极恶之徒，为什么他没有侵犯你？”

这个问题很尖刻，这是律师的狡黠之处。如果池月要证明乔瑞安的恶行，就得承认自己也被侵犯了，否则自己说的话就站不住脚。三个男人，两个女人，凭什么乔瑞安就放过了她。

池月突然想笑。这个乔瑞安为了洗白自己，看来连律师都骗啊。

“是的，我是幸运儿，侥幸躲过一劫。但不是因为乔瑞安良心发现放过我，而是我姐的前男友——我们同村的杜家小五哥杜明宇来了。他本来和我姐约好了时间见面，但没有等到我姐，便出来寻找，在沙丘上叫我姐的名字……”她沉默了一下，“他们三个听到男人的声音，㞞了，跑了。而我姐看到跑过来的杜明宇，当场崩溃了。”

一个久远的故事，在池月并不太长的讲述中，仿佛就发生在在座众人的眼前，画面感强烈到就连乔家人再看向乔瑞安时，眼神都有了变化。

“有一段时间，我姐几乎丧失了思考能力和记忆。对这段经历，她时而想起，就恐惧到，尖叫像个疯子；时而忘记，就像孩子似的傻乐。在她想起的时候，就是我们全家陷入地狱的时候。她会不吃、不喝、不睡、疯狂叫嚷，我们家成了村里的笑话……在她忘记的时候，她会很开心，傻傻地开心。

“她跟我说，姥姥告诉过她，月亮湖的水有多清、山有多秀。她说我们的村子绿树成荫、牛羊成群，田野里开着不知名的小花，香味飘得很远；说她很喜欢躺在草地上，听鸟儿在林中低语，看小孩儿在湖边戏水……她会幻想自己是故事书里的那个快乐的小女孩儿，每天清晨吃过妈妈做的早饭，背上书包，唱着歌去学校……这个时候的她，很快乐、很快乐，没有伤害、没有痛苦。”

所以池月想给池雁一个青山绿水的月亮坞，一个池雁梦想中的快活童年。

“我姐姐不是一个完全健全的人，说话不那么周全，但她很善良、单纯，不会说谎话。而且她受不得刺激。”池月说到这里，突然转过身朝审判长、陪审员、辩护律师一一鞠躬，“我不能在这儿旁听，只想恳请你们，麻烦你们温和地询问她，请不要用过分的语言刺激她。谢谢，谢谢你们。”

接下来轮到被告人答辩。之前，检察官宣读完起诉书后，乔瑞安已经有过一次答辩。乔瑞安对起诉书中指控的犯罪行为矢口否认，并且表示在一些案件发生的时间节点，他不在犯罪现场。公诉人同时出示了与乔瑞安的同案共犯的证词。那个人是在犯其他案子的时候被抓住的，并供出了乔瑞安。

乔瑞安只是笑，咬死不认。这些案子发生的时间，距今都很远，物证找不到。乔瑞安正是抓住这一点，对每个人证的证词都用“与自己有私人恩怨”为由进行还击。

现在，对于池月的证词，他的反应也如出一辙：“我该说的已经说完了。我和这几位受害人、证人之间的恩怨，以及前因后果，也讲得很清楚。剩下的就交给法官大人去判定。我相信，法律一定会还我一个清白。”

池月盯住乔瑞安。

乔瑞安看过来，不经意地挑挑眉，望着她笑：“希望池小姐这种人，也要为做假证付出代价！”

池月回视：“乔瑞安，你会不得好死的。”

乔瑞安：“法官大人，她藐视法庭，口出恶言，当庭诅咒我！”

池月讽刺地一笑：“希望你在听到死刑判决的时候，还能保持这样从容的表情。”

审判长将法槌重重一敲：“请双方都克制情绪，不要做对本案无关的论述。证人，你还有什么需要补充的吗？”

池月冷冷地看向乔瑞安，回答道：“没有了。”

有了池月的预防针，当池雁站上证人席的时候，很多人对她有了情感上的倾斜和同情。池雁还是十分害怕，一言一行都透着畏惧。不管侯助理和池月在开庭前给池雁做了多少工作，池雁仍然无法坦然面对。

池雁偷偷瞄着侯助理和于凤，不敢面对审判长、公诉人、辩护人的眼光。当凶手的脸再次出现在她的面前时，她也不是出声指认，而是……瑟瑟发抖。好在事前辅导起了一定的作用，她尽管害怕，情绪还算稳定。她低垂着脑袋，用极为细小的声音，叙述了那天晚上发生的事情。

池雁所说的与池月讲述的基本一致，只不过主角变成了池雁自己……

控辩双方的律师都早早做过功课。辩护人提出，池雁不具备完全民事行为能力，属于无民事行为能力人，她的证词不能作为证据和判定案件的参考。控方则有条不紊地给回应，出示了权威鉴定结果，表示池雁是限制民事行为能力人，可以进行与她的智力和精神健康状况相适应的民事活动，并做出清晰的表述。

又一次，双方当庭争执。

池雁不懂他们在说什么，只拿眼不停地瞅侯助理。

“猴子！”

池雁的行为，有时不可控。但是如果她在法庭上失态，会影响法官对她的精神状态的判断。侯助理一急，拼命朝她眨眼睛，示意她安静。

池雁听话地点头，然后突然指着乔瑞安：“猴子，就是这个人……就是他，他欺负我。”

在池雁迷茫的世界里，可以控制天猫、天狗，还能变出零食、玩具的猴子，是一个无所不能的大英雄。就像动画片中哆啦 A 梦之于大雄，猴子每时每刻都会保护她。她迫不及待地想要把伤害她的坏人指给猴子，这只是一种本能的行为。

可是看到池雁这副滑稽的样子，乔瑞安肆无忌惮地笑了起来。

“这就是你们用来证明我犯罪的证人？对不起，我知道嘲笑一个疯子有失风度，但我实在忍不住了，因为这一切太可笑。如果连一个疯子都可以随便指认别人，那这个世界还要法律干什么？”乔瑞安的那只被乔东阳戳瞎后重新整形并安装上人工眼球的眼睛，眨着一片灰白的冷光，看上去有点狰狞，像极了池雁噩梦里的魔鬼。

池雁一下子呆住了。记忆里的声音与眼前这个人的声音高度重合，把她带回了那个没有月亮、没有星星的沙漠中的夜晚。胡杨树被风吹得弯下了腰，她的月月睁着惊恐的双眼被绑在树上拼命地挣扎、呜咽，双手已经磨出了血……

而她，她在哪里？她不确定自己还在不在。那一声声的呜咽，是她的恐惧，也是胡杨的悲呼。

“饶了我吧……饶了我……求求你们……饶了我……”池雁突然哭了出来，抱着双臂，身子软了下去。呜咽声从喉管里发出来，像动物在低低地鸣叫，一声接一声，她抽泣着。她说着些碎叨的话，不够完整，让人听不清，但任何人都能看出她的崩溃。

最后，审判长只能让人把池雁带出去。

上午的庭审还算顺利，虽然池雁在法庭上情绪失控，但没出什么大的纰漏，这就算解决了大问题。侯助理边走边安慰池雁，很快她就有了笑声。

为了配合侯助理，不让池雁有心理负担，几个人离开的时候一直有说有笑。

由于涉案人数众多，被告人乔瑞安又涉及多项罪名，而且案情跨越三省数地，时间跨度有八年之久，案件复杂，因此庭审一共进行了四天半，累计三十多个小时。

这是重案一号今年的重头案件，从调查取证，到固定证据材料，卷宗堆起来比一个成年男人都高，单是审查和逮捕意见书就达十几万字。检察院对此案件也极为重视，公诉案件审查报告书用了五万多字，就连起诉书都写了近万字。

法槌落下，铁证如山。果然如权少腾所说，这个案件被办成了一个铁案。

庭审结束的当天，法院对案件进行了公开宣判。乔瑞安罪行累累，性质恶劣，危害极大，令社会震惊。各大媒体对此案件进行了详细的报道，其中细节的部分各有出入，甚至有一些捕风捉影的地方，但是结果一致——被告人乔瑞安犯故意伤害罪、故意杀人罪、强奸罪，数罪并罚，一审被判处死刑，立即执行。

一审判决后，乔瑞安当庭表示不服，表示要上诉，不承认所做的一切恶行。不得不说，乔瑞安这个人的心理素质极好，在那样的情况下，还在咬牙硬杠。

王律师说，除非有新的证据，或者事情逆转，不然乔瑞安上诉，除了拖延执行的时间，不会改变结果。而且有了这个案子的判决垫底，接下来在乔东阳和乔正元、东阳科技和乔氏集团间的民事官司中，还有在乔东阳对乔家财产的申诉和认定上，乔东阳都会比较有利，法律判决会往乔东阳的方向倾斜。

命运的齿轮转动着，一切都在往好的方向发展。池月于小木屋边的菜地里撒下的种子也发了芽，小芽在一个个整齐的土窝里泛着青葱的绿意，嫩嫩的，喜得人心都醉了。

这期间，乔奶奶带着乔家的三姑六婆来了一次，找乔东阳，让他手下留情，放过他大哥一次。结果她们被乔东阳戗了回去，饭也没吃着。池月听说乔奶奶被气得回去就病了。

人类的感情并不共通。池月心疼乔东阳有这么一群亲人。

池月以为等候终审的过程会持续很久，没有想到，半个月不到，事情就出现了转折。

乔瑞安招供了。

乔瑞安在看守所不知道经历了什么。突然承认了他所犯的罪行，然后像只疯狗一样，咬上了他的亲生父亲。

乔瑞安说，这一切都是乔正元指使的。乔正元的目的，从一开始就是乔家的家产。乔正元对乔爷爷的遗嘱不满，想方设法要让乔东阳失去继承权。乔正元为此计划了很久，包括乔瑞安的眼睛瞎了以后，乔正元劝乔瑞安装傻隐忍，等待时机；包括乔瑞安犯案后，乔正元让人买通同案犯，并用他们的父母、亲人相威胁，不许他们供出乔瑞安……

乔瑞安说，自己只是从犯。他还说，这是自首，而且供出乔正元，自己还有立功的表现，应该从轻处罚。

池月听到这个消息，直接愣住了。乔瑞安是一个怎样奇葩的存在？堂兄弟互撕也就算了，金钱的魅力从古至今一直如此，但亲生儿子这么咬父亲，这是临死前的孤注一掷？乔瑞安为了活命，把亲爹卖了。

当天，警察从乔氏集团的办公室带走了乔正元。这件事闹得满城风雨，令本来就紧张的乔氏内部更加人心惶惶，公司股价一跌再跌。

有人黑了，有人自然就被洗白。乔家人以前说起乔东阳，一口一句败家子，而乔正元执掌乔家不过短短几个月，资产严重缩水不说，公司里也是人事混乱，业务一团乱麻。

搞阴谋诡计，乔正元是一把好手，但论管理能力，他真不如乔正崇。就在大家以为乔正崇会重回乔氏集团的时候，乔奶奶做出了一个惊人的决定。她主持召开了一个家庭会议，准备按照乔爷爷的遗嘱，执行第二套分配方案。财产由符合继承资格的遗嘱继承人——她的两个孙子，即乔瑞贤、乔显庭继承，而乔氏集团的权柄，由她的小儿子乔正江执掌。

谁也没想到，老大和老二斗来斗去，得利的却是老三。召开家庭会议的时候，没有人通知乔东阳。乔东阳笑称，自己已经被奶奶开除了“族籍”。在对池月说这句话的时候，乔东阳一脸笑意，一副浑不在意的样子。不过乔正崇按捺不住了。

乔正崇看出乔奶奶是想把财产一次分配清楚，“落地为安”。因此他不得不做出反击。因为一旦按乔奶奶的分配方式执行遗嘱，他将一无所有。于是他没有客气，在家庭会议的当天，不仅带去了一个律师团，还带去了他的“小情人”孔馨沁。孔馨沁的肚子已经挺得老高，一眼就能看出是个正在待产的孕妇。

说起来，乔爷爷其实也是个偏心眼儿的，重男轻女，在遗嘱上，男孙有继承权，女孙没有。现在，孔馨沁肚子里的孩子是男是女无法判断，也不能判断。

律师的观点有两个：一是，在孔馨沁怀孕期间做出财产分配，不合理，因为可能会有另一个孙子；二是，律师认为按照乔爷爷的遗嘱，乔东阳不仅应当拥有财产继承权，甚至是乔家唯一的继承人。在乔东阳就乔氏财产之事起诉到法院，且判决还没有下来时，乔奶奶就做出这个决定，过于心急了。

其实乔奶奶安的是什么心，明眼人都看得出来。带上律师和“小情人”，也是乔正崇没有办法的办法。于是好好的一个家庭会议，大家闹得鸡飞狗跳。

这场闹剧最直接的后果，就是乔氏集团风波不断。乔正江入主乔氏集团，一开始就不太顺利。经过乔正崇、乔正元兄弟俩的内部争权，公司的人事关系极其复杂。大家无法一条心，工作拖延，互相推诿扯皮，频繁出错。上上下下皆如此，整个公司如一盘散沙。

乔奶奶上火了。她在公司的威信还在，一怒之下她亲自坐镇。这样一来，乔正江慢慢稳住了局势。不过乔奶奶年纪大了，不能凡事亲力亲为。这个时候她才发现，找一个合格的继承人，比找一个喜欢的继承人重要多了。于是她开始有意识地培养乔正江和乔显庭父子。

十月底的最后一个周末，实验设备到了。乔东阳满脸喜气地去接机器。所有人都到实验室去等待，池月也跟了去，看到了史诗级的科幻画面。在那个如异时空的实验场里，她戴着 VR 眼镜，“经历”了一场 3D 版的太空之旅。

这个仿真实验室，池月和王雪芽都很熟悉——在吉丘的航天城，她们曾经进入过仿真太空舱学习和模拟训练。二者的内部构造有类似之处，但材质不同，设备也不同。

漆黑的宇宙中，日月星辰分布其间，飞船掠过之处，逼真得宛如现场。这和游戏厅里的模拟太空舱完全是两个概念。后者是游戏，一眼就知道是假的，而前者……沉浸于其中，会让人忘记时间、忘记自我。

池月见到了真正的空间机器人。

实验进行了几轮都非常成功，可接下来就意味着需要投入更多的钱。

东阳科技的官司漫长而烦琐，公司发展缓慢又艰辛。乔东阳有科技、有人才，就是没有钱。他带着这么大的一个公司，人人要吃饭。大家每天睁开眼睛，要的就是钱。

池月亲耳听到乔东阳几次打电话给王律师，催问案子的进度。另一方面，乔东阳开始妥协，寻找除了 Crown 公司以外的智能机器人的合作伙伴，可是谈了几家都不顺利。

一晃，一个月过去，申城的天气开始透凉了。

立冬这天晚上，池月回到郊区的小木屋，从自家地里摘了些新鲜蔬菜，钻入厨房，准备做一顿丰盛的晚餐。米刚下锅，她就听到外面有汽车的声音。

池月推开窗户，将脑袋钻出来看了一眼。邵之衡从车上下来，手里拎了一个公文包，不像是来钓鱼的样子。池月迎出门去。

这天的风有些凉，郊区的气温比城里更低。池月把小院的门一推开，就灌入了一股冷气。

"邵哥来了？"

邵之衡笑着说："来了、来了。小院子规整得不错啊！听说你们家天天开 party（派对），也没说请我。"

池月说："哪有啊，就是几个朋友。他们闲，没事就过来种菜玩儿，图个乐。哪像邵哥是个大忙人，没时间往我们这寒门陋室跑……"

邵之衡哈哈一笑，指了指她："你这么说就生分了啊，笑话我呢？我忙什么？是你们年轻人搞活动，怕我有代沟，加入不了。"

"瞎说什么啊，邵哥你风华正茂呢。"

三十来岁的年纪，正是男人的黄金时期，确实是风华正茂。要不是怕乔东阳不高兴，池月还想加上一句"一表人才"呢。

邵之衡笑了笑，受用了。

进了屋，池月去泡茶，乔东阳请邵之衡入座，拿过茶几上的香烟："抽吗？"

邵之衡接过烟。两个男人互看了一眼，没说话。

池月觉得这一眼意味深长："你俩有什么事瞒着我？"

邵之衡轻轻一笑，摆摆手，对乔东阳说："东阳科技的未来，你有什么打算？"

邵之衡是东阳科技目前最大的一个投资人，有过问的权利。

这是邵之衡第一次询问。乔东阳一本正经地做了回答，把自己的计划和构想原原本本地告诉了邵之衡。

"目前已经有几家公司对我们的新能源技术和产品很有意向，相信不出半年，东阳科技就可以实现产能转换。技术、资金、设备、原料……现在我们投入的这些金钱，最后都会转化盈利，实现转换过程的良性循环。放心吧，这个困境只是暂时的。"

乔东阳说得笃定而自信。为了让邵之衡信服，乔东阳打开了笔记本电脑，数据配上资料，再结合近乎完美的精彩解说，邵之衡相信，就乔东阳这半小时的谈话内容，已经可以拿到融资了。只是在邵之衡看来，乔东阳太过骄傲。这是优点，有时候也是缺点。

邵之衡一边听，一边频频点头。等乔东阳说完，邵之衡问："可是这半年呢？这半年公司要怎么运转，你想好了吗？资金不足的问题，你准备怎么办？"

乔东阳刚才告诉邵之衡，不出半年就可以转亏为盈。但是半年对一个公司来说，是一段漫长的时间。尤其东阳科技这样的研发公司，每一天要面临的就是人力、设备、信息、原料等需要烧钱的项目。不说半年没钱，三个月没钱就足够把一家公司拖死。

乔东阳沉默片刻："我会想办法。"

邵之衡取出一张名片，递到乔东阳的面前："这家公司你熟悉吧？世界首屈一指的科技公司。与他们合作，用不了半年，东阳科技马上就可以打一个漂亮的翻身仗。"

"合作？"乔东阳的眼皮微沉，"你指的合作是……"

"我是科技盲，具体的内容你亲自和他们谈。我认为无非两种：一是产品，二是技术。"

技术当然是不能随便共享的，那可是东阳科技花了大量人力、物力，耗时两年，凝聚着所有人心力的成果，哪能轻易给人？这个连想都不用想。

乔东阳的眉头紧皱："邵总，你大概没明白空间机器人是做什么用的……"

"我明白。"邵之衡笑了起来，指了指天上，"我小时候也是个航天迷呢，也想过要上天摘星星的。"

乔东阳跟着笑了起来，然后脸色缓缓沉下来。

乔东阳慢慢把那张名片推了回去："邵总，我不能接受这家公司的任何一种合作方式。"

邵之衡一愣："我以为你会说考虑一下。"

乔东阳摇摇头："我明白你是个生意人，但是我不一样。"乔东阳自嘲地一笑，双眼黑亮深邃，"我不是个纯粹的商人，也不是真正意义上的科学家。我的原则可能和大多数人的不一样。钱，我要赚，但不能越过底线。要不然东阳科技为什么会走到今天？"

邵之衡不动声色地看了乔东阳片刻："我能问问这是为什么吗？"

乔东阳望向那张烫金的名片："空间机器人技术，东阳科技不和国外公司合作。"

邵之衡的眉头皱得更紧了："我国公司与国外公司合作是司空见惯的事情，你这又不是首例。再说了，技术分享、合作，共赢，也是未来的大趋势。融入世界，与世界融合、与世界互补，这才是一个开放型企业应该做的正确的决策。东阳科技不可能故步自封吧？"

"抱歉！"乔东阳淡淡一笑，"邵总的观点我不能苟同。直到今天，我依旧认为，开放只是一个模糊的概念，合作共赢也只能在一个模糊的区域内进行。一旦涉及更高的利益，这些都是空谈。如果只是其他领域的合作，我可以与世界互补，但空间领域绝对不行。"

邵之衡狐疑地问："有什么不同？"

乔东阳说："空间领域，谁走在前面，谁就有碾压性的优势。你说呢？"

两个人都是聪明人，有些问题不用说得太深，几句提点，邵之衡就明白了问题的关键所在。

邵之衡点点头，表示明白，但是新的问题又来了："东阳科技是非官方性质的科研公司，既然你早知道不能实现价值转换，为什么要做？而且还要坚持去做顶住压力去做？"

乔东阳沉默。这个问题，大概除了池月，没有任何人能理解他。梦想？对未来的投资？让科技走在世界前列，占据技术优势？其实几个方面都有一点儿。但缺少了核心的价值观的沟通，乔东阳无法和邵之衡细说。

"不能说完全不能实现价值转换。我早就说过，研发空间机器人所采用的技术，很快就能实现转换。我们可以找到合作伙伴，将其应用到商业领域去。但是唯一一点，这个技术转换，必须由我们东阳科技来实施。邵总明白吗？"

"不让技术外流？"

"也可以这么说。"

"这个我懂，但是……"邵之衡叹了一口气，"老问题，剩下的半年，东阳科技要怎么撑过去？还有，半年之后，你确定能做到盈利？"

"我能。"乔东阳的眼里升起灼人的光，"相信我，不会让你的钱打水漂儿的。"

邵之衡突然失笑："乔东阳，你是我见过的最倔强、最有个性的企业家……"

乔东阳笑了笑："我一直希望我不是企业家，而是科学家。"

科学家就像漂泊在宇宙里的宇航员，探索的是一个未知的领域。未知，就是冒险。会不会血本无归，谁知道呢？邵之衡看着乔东阳的眼睛，好久没有说话。

池月在厨房里忙碌着，听到外面客厅里的动静，走出来。邵之衡已经拎着包准备离开了，前后不到一个小时，来匆匆，去匆匆。她有些奇怪邵之衡此行的目的，但没有询问，只是笑着挽留邵之衡吃饭。

邵之衡笑说：“改天吧。等你们再开 party 的时候，记得叫上我。我来感受感受你们年轻人的气氛。”

池月只能说好，把邵之衡送到停在门口的汽车旁。

临走的时候，邵之衡叫住她：“无人超市的账目发到你的邮箱了，你有空的时候记得看一眼，回复我。”

池月只能再次说好。

邵之衡的目光更深了。他看看站在池月背后不远处的乔东阳，张了张嘴，似乎想说什么，最终只是一叹：“回吧，不用送了。”

这次池月送于凤和池雁回月亮坞，乔东阳跟了回去。

于凤做了一桌丰盛的午餐，准备一家人开心地吃顿饭。可是村里人看到他们，消息传出去，不一会儿池家就拥进了一群邻居。大家七嘴八舌，就围绕一个问题——月亮坞项目。

池月看着这群影响自己一家午餐的人，心情十分复杂。她不愿意乔东阳被这些人催命似的询问，很想把他们都赶出去，可乔东阳比她淡定。

“半年。”乔东阳给出了肯定的答复，这令池月猝不及防。

池月递了一个眼神给乔东阳，示意不要轻易承诺时间。

他牵过她的手，毫不在意地笑：“池月是月亮坞的女儿，我就是月亮坞的女婿。所以大家放心，月亮坞项目肯定会继续下去。”

村民们的热情瞬间被点燃，不停地追问更多的细节。

乔东阳只是笑：“我现在不能说太多。总之大家要是信得过我乔东阳，就都先回去。我家也没有煮那么多的饭，要不然就请大家一起吃了。”

大家哄堂大笑，然后说说笑笑地走了。

池月被乔东阳吓住了：“乔东阳，你疯了？怎么可以这样答应他们！”

像他这样不留余地地许下承诺，到时候村民情绪反弹，会比现在更让人头痛。

乔东阳笑着轻拍一下她的手：“吃饭吧，一会儿凉了。”

午饭后，李晋从航天城开车过来接乔东阳。

池月把乔东阳送到车边："确定不需要我跟你去吗？"

乔东阳说："你好不容易回来一趟，别跟着我东奔西跑了，在家陪陪妈妈和姐姐，我很快就回来。"

"好。"池月微笑，"你路上注意安全。"

乔东阳张开手臂抱了抱她："乖，进去吧。"

池月没有进去，站在路边看着乔东阳的车远去。午后的阳光炽烈如火，她慢慢地眯起眼，却完全没有想到，乔东阳此行的目的，是卖掉航天城。

航天城——这座乔东阳一时"发烧"搞起来的科技城，是坐落在沙漠腹地的一颗"科技明珠"，占地五千多亩，投资达到数百亿。航天城建成伊始，就曾经在乔氏集团引起过轩然大波，气得乔正崇拍桌子、摔椅子、血压上升。在东阳科技陷入经济危机后，航天城的工作人员少了很多，但短暂的沉寂，并没有湮灭这颗"科技明珠"独特的魅力。此时，夜幕降临，它仍光华熠熠。

航天城，是乔东阳的梦想的启航点。如果他要飞，那么这里就是他展翅的地方。

他的太空梦，在航天城建成的那一刻才真正有了根基。在他的规划里，航天城就是他的"航母"，是他奔赴太空的踏脚石……

此刻，工作人员正在接待远来的客人。

来的人不止一批，他们或几人，或十几人，或几十人，散落在航天城的各个地方，如同前来参观的游客。他们或听取报告，或观看影像资料，各有各的想法，却无一例外地被航天城的科技规模和未来感所震撼。

"大概只有乔东阳才能弄出这样的航天城吧？"

"大胆、新颖，想法非常超前……"

"看到航天城，就像看到乔东阳。"

"是，他像个疯子！"

“一个有疯狂想法的疯子！”

一行人在工作人员的带领下，参观了航天城的各个角落，了解了情况，围坐在科技馆的休息椅上，谈论乔东阳的“科技帝国”构思，畅想他的未来之旅，以及他在航天事业上创造的商机，当然，还有他如今身处的困境。

很不幸，乔东阳走进去的时候，听到的正是他们谈论他如今落魄的样子。

乔东阳说：“谢谢大家夸奖！很荣幸，我在你们嘴里一直都很帅！”

众人略显尴尬。

乔东阳找了一个位置坐下来，正对着面前的这群人。

在来的路上，李晋已经给乔东阳介绍过。这一群人，为首的是个老外，公司叫誉兴，是个中外合资的科技公司，算是东阳科技的竞争对手。李晋说，对航天城流露出最大兴趣的人就是这个老外。

乔东阳看了一圈，用目光扫过这个家伙，看到了这个家伙身边的女人——林盼。

目光一沉，乔东阳没有说话。

“乔先生到了。”林盼微微一笑，然后伸手向她身边的老外示意了一下：“我先为各位介绍一下，这位是誉兴公司的 Davis 先生……”

在众人眼中，林盼懂礼知节，是一个热情健谈的女孩子，而且她说话张弛有度，很有说服力。她今天陪誉兴公司一起来航天城，然而措辞又十分微妙，分明是向着乔东阳的。当着乔东阳的面，林盼再一次为航天城镀了一层金，听得 Davis 惊叹不已，不停朝乔东阳竖大拇指。

Davis 很实在，不吝于表达自己对航天城的喜爱，但说到价格就犹豫了：“得到一颗美丽的‘科技明珠’，是一件非常非常美妙的事情。但我得回去和父亲商量，这个价格，我没有审批权。乔先生，很抱歉。”

不等 Davis 的话音落下，乔东阳点点头，站起身：“等你们商议好了，我们再联系。”

乔东阳不多说，示意李晋留下来招呼客人，自己转身就走。

Davis 摊手：“乔？”

乔东阳连头也不回。

Davis 愣了愣，无奈地笑了起来：“傲慢的男人，很可爱！”

“Davis。”林盼的中英文切换自如。她招了招手，把 Davis 单独叫到一边。

林盼问：“我们是朋友吧？”

“是。”

“我会不会骗你？”

Davis 摇头：“当然不会。”

“那么我告诉你，你想要收购航天城，一定要尽快，而且最好不要存有议价的侥幸心理。你不了解乔东阳。如果不是东阳科技陷入经济困境，你想要这座航天城？双倍的价格都不可能。这是乔东阳的宝贝。”

“Anna（林盼的英文名），你是不是喜欢他？”

林盼笑着反问：“这样的男人，谁不喜欢？”

“那我呢？”

“我们已经过去了，和平分手，你忘了？”

“Oh，no（哦，不）！和平分手的只是你。Anna，你对我真狠心。”Davis 站在窗边看着这个航天城，像看着一个梦境里的美丽世界，“不过航天城我是十分喜爱的。Anna，你和乔东阳也是朋友，去帮我找他谈谈。我非常热爱它，但价格能不能……”

“不能。”林盼瞪了 Davis 一眼，“你拿到的价格是他当初投入的三分之一，得到的是他全部的心血。Davis，我警告你，不要太贪心，要不然你什么都得不到。”

Davis 再次摊手：“包括你吗？”

“我？不贪心你也得不到。”

“为什么？ Anna，给我个理由。”

“我们这里有一句话，叫作‘好马不吃回头草’。懂不懂？”

“好马不吃回头草？不懂，为什么不吃？马饿了不吃草，不就死掉了吗？”

林盼瞪了Davis一眼，转身走了。

乔东阳站在观星台上。此时天已经黑透，观星台的美妙夜景尽在眼前，特殊材质的镜面始终明亮，常看常新。在航天城里，每一个角落都极有未来感，观星台也不例外。置身其间，如在苍穹，仿佛一抬头就能靠近宇宙。

乔东阳一个人想了很多，甚至想到了那天晚上，他和池月在观星台上说的话，每一句都清晰得好像发生在昨天。他教她用天文望远镜看星星，看她在满天繁星下的笑脸……他们互相嫌弃、互相拆台，潜意识里想靠近，又不知不觉地竖起满身的刺。最初的心动是在哪里发生的，乔东阳并不清楚，但是观星台和观星台上的池月，曾让他的心狠狠地跳动过。

“你果然在这里。”乔东阳的背后传来了林盼的声音。

林盼调侃道：“乔先生一个人在这看星星、看月亮，思考人生和理想吗？”

乔东阳转过身：“林盼，你还没玩儿够吗？”

林盼笑着走近他：“不管你心里怎么想我，但我一直在用行动向你道歉，为我父母当初对你造成的伤害进行弥补……”

“有两个问题，请林小姐务必明白。”乔东阳简单明了地说，“第一，你父母做的事，没有对我造成过任何伤害；第二，如果我知道誉兴和你有这层关系，我今天不会见Davis。”

林盼的脸色一变：“乔东阳，我没有得罪过你。”

乔东阳点头：“我不想欠你人情，还不上！”

“你错了。”林盼坦然地说，“你不欠我人情，欠我人情的人是Davis。他迷恋航天城的一切，今天来吉丘也是他拜托我的。就像当初的你一样，有些人会为了个人喜好不计一切代价，很巧，Davis也是这样的人。他喜欢航天城，听到你要将它脱手的风声，马上就找到我。”

乔东阳的目光凉凉的。他抿着唇，不说话。

林盼笑了一下："我当初在航天城参加《星空行者》，他每期都看。从那个时候开始，他就疯狂地喜欢上这个未来世界。他认为他找到了自己的梦。他说，只有这里才能寄托他的梦想……哦，很不巧，这一点仍然和你一样。他也是航天发烧友。"

乔东阳哼笑："就这么简单？"

"不简单。"林盼说，"我想，我对你还是有一定了解的。航天城是你的心血，你并不希望把它交到一个不了解它的人的手上。诚如你所说，跟你联系的公司很多，但请你相信我，Davis 是最合适的一个。他喜欢航天城，发自内心的喜欢。他会珍惜它。"

乔东阳挑了挑眉："你是来帮他做说客的？"

林盼摇头："他是希望你能在价格上再退让一步，这是明显的趁火打劫，我不赞同，不会帮他这么做。然后，我还会尽力说服他接受你的价格。因为这个航天城……"也有过她的梦。林盼把即将出口的话，生生地咽回去。她仰起脖子，望向天际："如果你真的要卖掉它，我希望它能找到一个好主人。"

谈了整整两天，Davis 没有签合同。

这个世界上，像乔东阳那样想干什么就可以干什么的人毕竟是少数。Davis 喜欢航天城，可他还没有越过他的父母随便做出一个重大决定的魄力和能力。即便林盼使出了十二分的努力去怂恿，这个金额还是太大，不是普通的玩儿票性质，Davis 不敢。Davis 临走时，带上了航天城的资料，说回去和父亲谈。

林盼也跟着 Davis 走了。

接下来的两天，乔东阳又见了另外几批前来"参观"航天城的客人。在国内，这样智能的航天城，无疑是首屈一指的科技新星，想要的人很多，但综合比较，乔东阳发现，Davis 确实是最合适的人。

大部分的人，要么奔着占便宜的心思，要么图个稀奇新鲜，并不真心热爱航天。

第三天早上，Davis 来了电话。他向乔东阳表示，已经和父亲商量过了，父亲很支持他的决定，只是希望乔东阳能在原有价格的基础上，再降五个点。

“不了！”乔东阳干脆地拒绝。

黄金卖出白菜价，那买回去的人，就会真把它当成大白菜。

既然不合适，那乔东阳就不急着将航天城出手。

乔东阳安排好航天城的事情，开车直奔月亮坞。

第十章
只要不死就能活

几天不见，乔东阳恨不能马上飞到池月的身边。他一路风尘仆仆，刚在池月家门口把车停下，就看到那里已经停着一辆车。

乔东阳扫了那辆车一眼，推门进去："池月！"

二黄在吠，吠了几声后，认出是乔东阳，又摇着尾巴亲热地贴上来。

乔东阳拍拍狗头："池月呢？"

他在问一只狗？池月出门就听到他的话，忍不住乐："狗子乔终于和二黄建立起特殊交流渠道了？"

乔东阳哼笑："谁在家里？"

池月回头向房门看了一眼："郑哥。"

郑西元就坐在客厅里，面前的茶水正冒着热气，显然他刚来不久。

郑西元看到乔东阳，笑得连眼角都起了褶子："路上不好走吧？从航天城过来的？"

这人明知故问。乔东阳望了郑西元一眼："你来这做什么？"

郑西元打了个哈哈：“我就是来看看……看看你们。”

乔东阳黑着脸：“我们有什么可看的？”

池月笑着拿起桌上的合同，递给乔东阳：“郑哥带合同来找我签约。你来得正好，快帮我参谋参谋！”

乔东阳随手翻了一下合同，发现池月已经签字了：“这还问我干什么？”乔东阳将合同放回茶几上，“你自己拿主意就好。”

池月怕乔东阳生气，一脸是笑地说：“不好，万一郑哥把我卖了呢？”

“哪能呢？”郑西元看了看乔东阳，心里发毛，“这不刚签不到十分钟吗？还是热的。阿乔，你帮池月参谋一下，有意见就提。咱们当场提，当场改。”

乔东阳懒洋洋地坐下：“我没意见。”

郑西元沉默了片刻，说：“阿乔，你别怪哥们儿多嘴。池月的人气和机会是多少女孩儿连羡慕都羡慕不来的，能珍惜的时候就得珍惜呀。现在做什么都不容易，干什么能赚那么多的钱呢？让她卖一辈子成人保健品？还是做空姐？或者做你的助理，天天陪着你蹉跎人生？”

蹉跎？乔东阳看了郑西元一眼。

郑西元继续说：“说实话，现在这世道，最不缺的就是漂亮女孩儿。池月是好看，是有人气基础，但新人层出不穷。若不把握机会，用不了多久，可能就没人知道池月是谁了。”郑西元说着，又看了看池月，一本正经地保证，“我会为池月安排最好的经纪人、最好的资源，会帮她把好关。那些乱七八糟的事情，保证不会牵扯上她……”

“你能保证？”乔东阳拿眼剜他，“你连你自己都保证不了。”

这就尴尬了！郑西元摸了摸鼻子：“我没有你想的那么坏……”

“没那么坏就不坏了？”

郑西元吐出一口气：“好吧、好吧，我不是个好人行了吧？没错，我是有私心。我看好池月，看好她有前途。昊光这两年发展得不好，旗下的艺人要么跳槽了，要么不温不火，看着闹心……唯一一个可以撑得起门面的张相君，又……”说到张相君，郑西元长叹一声，“这个女人就喜欢炒作，热度是有，可作品呢？拿不出手。”

“这不是正合你的意吗？你当初的名句是什么？有流量就有热钱，有钱不赚王八蛋！”

郑西元看着乔东阳，笑得直喘。

池月接过话：“我没想那么远。就目前来说，我觉得郑哥给的待遇很好，比我做任何工作都来钱。乔东阳，我想试试。”

乔东阳嗯了一声。这个女人向来有主意，不是他想阻止就有用的。两人的视线在空中交接。乔东阳低头拿起桌上的合同，认真地翻看。

没有人说话，只有他用手指捻着纸边翻动的沙沙声。

郑西元觉得气氛有些压抑，浑身不舒服，笑着说：“那个……阿乔，你慢慢看，我出去抽支烟。”

郑西元找不到存在感，出去吹风了。

时间就这样慢慢地流逝。

乔东阳看合同的时间格外漫长。池月默默掏出手机，看看新闻，看看群聊，偶尔抬头看看他。一种如时间停滞般的寂静几乎将她淹没。

终于，乔东阳看完了：“郑西元给了你一份普通艺人签不到的宽松合同。”

池月琢磨不透乔东阳的反应：“你不反对吗？”

“只要你愿意做，我就不反对。”

“哦！”池月哂笑，“可你看起来口不对心呢？”

乔东阳哼了一声，片刻后又低声问她：“池月，这真的是你期待的职业吗？”

池月慢吞吞地嗯了一声：“我的好奇心很重。没有做过的事情，我就非常想尝试一下。郑西元说，我先参加一些综艺铺垫铺垫，在观众面前露露脸。对于综艺我不陌生，想来不难。至于以后……再看吧，一辈子还长着呢！”

乔东阳点点头：“那月亮坞呢？”

池月一怔。

乔东阳笑着问：“如果我马上就可以重新投入月亮坞项目，你还会做这样一份职业规划吗？”

池月笑说：“乔东阳，咱们不要假设。人生就是这样，走到哪个山头唱哪首歌。就现在的我来说，这是一个千载难逢的好机会。郑西元说得没错，多少女孩子连羡慕我都羡慕不来呢。我只要轻松往前迈上一步，就可以达成她们的梦想……”

“你自己决定。”乔东阳有些苦涩地说。

池月一动不动地看了他片刻，凑过去用嘴唇碰了碰他的脸：“去航天城累着了吗？”

“怎么这么问？”

“你的精神很差。”

“开车跑了这么远的路，我有点累。”

池月敏感地发现他回避了什么，直直地望着他：“就这样？你去航天城做什么了？”

“池月！”乔东阳终究无法面对她的目光，“我准备把航天城卖掉，价钱已经谈拢了。”

池月一惊，这个冲击比他当初卖自住房来得更为猛烈。

房子是乔东阳的家，而航天城是他的命啊！没有航天城，他的梦想往哪里依托？就算未来他有能力再建一个航天城，可有些东西已不能复制。

“我知道东阳科技缺少资金，但我们还可以再想别的办法嘛。上次邵哥不是表示过，可以追加投资吗？这一时半会儿，我觉得还用不着卖航天城。咱们再坚持一下，法院就判下来了……”

“不是。”乔东阳沉了沉眼皮，“东阳科技短时间内没有问题，但是月亮坞……”他的声音渐渐沉重，“池月，如果一定要在我们两个人的梦想里选择一个，我宁愿选你的——月亮坞。”

池月一怔：“乔东阳，你想卖掉航天城建月亮坞？”

乔东阳笑了笑，眼睛黑亮而有神：“事有轻重缓急。我的星空计划，你也说过那是一个不可能马上实现的梦，还得靠儿子、孙子……子子孙孙往下传才能实现。连有钱都做不到的事，那就不用急。但月亮坞不一样……”

他微微眯起眼，望向院子里的那株胡杨。

胡杨的叶子黄了，有几根枯萎的枝条挂在上面，枯叶在凌厉的风中瑟瑟发抖。

乔东阳低下头，用双手紧紧包住池月的手："月亮坞不缺技术，只缺资金。池月，我不想让你等。当然，咱们的航天城很值钱，卖掉它，目前的困局都可以解……"

池月心底有一口浊气怎么都吐不出来。

在她和郑西元的商谈中，有一个没有写入合同的对赌协议。她签约昊光，并承诺在五年内为昊光实现一定数额的收益，郑西元则再向东阳科技追加投资。这份对赌协议各取所需，郑西元看准池月能为昊光带来利益，合理置换，这也是他说服他爹和昊光股东向东阳科技追加投资的筹码。

卖掉自己，换来可以挽救东阳科技的资金，池月觉得这没有什么不合理，甚至觉得自己占了大便宜。她是心甘情愿地签这个约的。唯有一点她没想到：在她想卖掉自己帮乔东阳完成他的梦想时，乔东阳会卖掉航天城——为了她的梦想。

"可以不卖航天城吗？"池月一边问，一边将身子热乎乎地贴过去。

乔东阳身体一僵："我已经答应 Davis 了，做人不能没有信用。"

"如果你是为了东阳科技，我不会阻止你，可你不是。乔东阳，月亮坞也是一个久远的计划，也可以让我们的子子孙孙来完成，不用急在一时。"池月望着他，言辞恳切，"你舍不得航天城，我舍不得观星台。乔东阳，你都忘了吗？那是你的梦想。"

"先谈生存，再谈梦想。"

屋外，风把胡杨的枯枝吹得沙沙作响。

屋内，静寂片刻，池月轻轻拉住乔东阳的衣袖："乔东阳，你跟我来。"

入冬的沙漠在大部分人的眼里是可怕的。沙砾灼人，热浪翻天，人走进去就像掉入一个无边的海洋，随时有被淹没的危险。但池月从小在这里长大，在她的眼里，沙漠有各种各样的美。

天快黑了，霞光落入沙丘的背面，将沙丘的棱角染成一条金黄的线。池月和乔东阳手牵着手，走在无人的沙漠里，像是进入了一个奇异的玄幻世界——有远古洪荒的苍凉，又有空旷悠远的梦幻，仿佛这才是天和地最初的样子。

池月站在沙丘上，长发翻飞：“你知道吗？冬天的沙漠是最美的，这个季节是我们这最好的旅游季节。”

乔东阳笑着问：“是哪个不怕死的敢到这里来旅游？”

“你不是就来了吗？”

“所以我怎敢辜负这一片美好的土地呢？”

“谁让你辜负了？”池月横了他一眼，笑道，“这世界上的事，不一定非要用极端的办法来处理。终点就在那里，路不止一条。”

乔东阳许久不吭声。

池月继续说：“就算是为了我，再给航天城一个机会，好吗？”

“池月，你不明白……”

“半年。”池月轻声打断他的话。她一字一顿，清晰而坚定地说：“半年后，如果我们还没能解决这些问题，你再卖掉它。到时候，我不再反对你，好吗？”

乔东阳不说话。

池月笑着把头发一甩：“如果你不好拒绝那个 Davis，我来。你就跟他说，你的女朋友不高兴，因为航天城是我俩定情的地方，卖了它，我就要和你分手。”

池月的这个说法，让乔东阳笑了起来：“你终于肯承认那个时候就看上我了？”

“我呸！不是你那个时候看上我了吗？”

“那你是什么时候看上我的？”

池月扬眉一笑：“我想，大概是得知你看上我的时候吧。”

“你可真是半点儿不吃亏。”乔东阳半笑半嗔地睨了她一眼，将大手拍下来罩住她的脑门儿，轻轻一按，无声地叹息，“我被你打败了。”

池月喜得眉眼生花：“不卖了是吗？”

乔东阳喟叹道：“给你、我、航天城、东阳科技半年时间，如果半年后，我还没有能力渡过难关，那航天城就真的没有留下的必要了。与其让航天城砸在我的手上，不如把它转让给更有能力的人。”

“好。”这一次，池月没有反对，“我们一起努力，半年可以做很多事。”

池月签约昊光的事，很快在网上发酵，讨论热度居高不下，一度冲上热搜话题榜。池月回申城的第一天，昊光就派了车来接她，待遇堪比一线明星，排场和声势都很大。

东阳科技的司机也来了——侯助理带着天狗。

池月已经好一阵子没见天狗了，有些想念。于是她拒绝了昊光的好意，给郑西元打了个电话，说自己明天去公司，然后直接就上了乔东阳的车。在车上，她开开心心地和小天狗说着话，听着它奶声奶气的小脆声，心情很舒畅。

不料她还没有回到郊外的小木屋，就收到了郑西元的消息。

“姑奶奶，现在要注意一下形象啊！哪怕是和阿乔在一起，也要小心收敛一点。”

随同郑西元的消息发过来的，还有池月和乔东阳的照片——她整个人挂在乔东阳的胳膊上，一副小鸟依人的样子，笑得龇牙咧嘴，毫无形象可言。照片拍摄的角度很刁钻，池月看了差点儿认不出自己。

她马上打电话给郑西元：“不得了！我一个 360 度无死角的美女，居然被人找出了第 361 度……”

郑西元道：“自信是好的，但是咱们女王的形象经不起丑化。你是昊光要重点包装的对象，不要留下太多的黑点！”

“我的黑点还少吗？连数都数不过来。”

“你还知道啊？”

池月听了郑西元的这个语气，想到他一脸无奈的样子，忍不住笑了起来：“你现在后悔已经来不及了。”

“我真是脊背发凉啊，感觉我这牌得砸在你的手上！”

“哈哈哈！”

网民的“扒坟”（翻找很久以前的信息）能力超级厉害。池月当初的种种事情全被人扒了出来，她的照片被P成了各种图片，在《星空行者》时期的视频也被剪辑成了各种鬼畜（一种通过音画混剪混搭而成的带有喜感和猎奇风格的视频类型）和搞怪的片段……可以说是又红又黑了。

没过几天，权少腾的定制机器人——天狼即将出实验室。权少腾好奇了这么久，很想去实验室看一看。于是他用一顿烧烤换来了实验室一日游。

他是一个对高科技产品拥有探索欲望的人，对相关知识了解不少，但是真正亲身到实验室去感受，还是受到了巨大的冲击。智能、未来感、空间感、科技……无一不让他意外。

权少腾被震撼得一上来就冒出了一句与他的身份和修养完全不符的粗话，然后才回过神来："不好意思，我有点对不住语文老师的栽培……"

此时的他，内心有极强的表达欲望，但是词穷。他不知道怎么形容这个全智能化的地下实验室。

一种穿越未来的感觉，让他真诚地对乔东阳露出了一丝愧疚："对不起，中午我不该请你吃烤烧。"

乔东阳看了权少腾一眼。

权少腾啧啧两声，笑得眉飞色舞："好歹咱们也该吃人均二百五以上的火锅啊！"

"虚情假意。"乔东阳哼了一声，"一会儿有什么想法和意见，你只管说。"

"真的？"权少腾问。

"废话！"

"好。这样的机器人，可以来一打吗？"

乔东阳横了权少腾一眼："你怕是想挨打！"

今天天狼是主角，前来参加天狼的"毕业测试"的，还有它的"程序员爸爸"们。现场，天狼淡定地进行着测试演讲，将它从诞生到现在的一些不为人知的"秘密"一一披露。

池月听得热泪盈眶。

太不容易了！实验室的工作人员不容易，乔先生不容易，天狼——更是来之不易。

“现在的我，已经非常成熟，是个可以独立工作的机器人了。但是……”天狼停顿了一下，目光突然往权少腾的方向扫过来，“我还不知道我的主人是个什么样的人，我们之间还没有建立起真正的共情。我有点担心，如果他是个愚蠢的家伙，怎么办？我不想把余生葬送在愚蠢的人类的手中。”

权少腾：“……”

这个程序是谁写的？他想把那个人抓出来打一顿。

有人在轻声哧哧地笑。

天狼摊了摊手，脑袋上的狼头标志闪着锐利的锋芒：“当然，他们告诉我，从大概率来讲，我和他会非常相似。可是相似的人不一定能很好地相处，就好比你们人类常说的一句话——相爱容易相处难。我有理由怀疑，他会嫉妒我的智商，对我产生负面情绪，甚至伺机报复……”

“居然有比我还自恋的家伙。”权少腾听着天狼侃侃而谈，有点咬牙切齿地说，“怎么办？看它那狂妄的样子，我就想揍它。”

池月望了权少腾一眼：“默念三遍——亲生的、亲生的、亲生的。”

“谢谢！我好感动，还没有结婚就先当了爹。”

乔东阳看过来：“不用谢。”

权少腾：“……”

机器人的出厂测试是个欢乐的过程。

这不是性能和技术方面的检验，主要是看它和主人之间的互动，以及定制者本人对机器人的感觉。权少腾从欣喜、兴奋，到紧张、彷徨，不过短短半个小时的时间。突然多了个“娃”，他有一种升级为老父亲的感觉。

“那个谁……你过来。”权少腾朝天狼勾了勾手。

天狼嗒嗒嗒地走过来：“你好，请叫我天狼先生。”

“你是先生，我是什么？”

“你是天狼先生的主人。”

“算你还有点自知之明。”权少腾抬了抬下巴，“以后说话不要这么狂妄自大知道吗？你只是个机器人，心里要有点数。”

天狼说：“我已经是个成熟的机器人了，双商近乎完美。我不会和人类计较。”

权少腾长长地呼出一口气，小声地问乔东阳：“你确定这是专门为我定制的机器人宠物，而不是给我找来的祖宗？”

一个机器人，不可一世，全世界就它最牛。

乔东阳淡淡地道：“不好意思，它像你一样，智商高，但情商低。将来你可以适当地做出改变，那么在你们日常生活的相处磨合后，它就会变成你最喜欢的样子……”

权少腾指着天狼：“你是说，我的情商和这家伙一样低？”

乔东阳睨了权少腾一眼，笑而不语。

权少腾没有对天狼的设定提出意见。不是不想提，是不敢，他怕再提意见，乔东阳帮他搞出一个更变态的家伙。

带着老父亲般的殷殷期待，权少腾在定制计划书上签了字，并约好了提货时间。

晚上，权少腾去乔东阳的家里吃饭。

自打听说乔东阳和池月搬到了郊外木屋居住，权少腾就对这个地方充满了好奇。他对一切没干过的事都充满探索的欲望。

到了小院，他一看，乐了。菜地划分得很仔细，有好几块还竖了标牌，标牌上有名称：“雪芽庄”“歌乐园”“野兽战斗机的生态基地”……不同的地里，种着各不相同的蔬菜和水果，看上去郁郁葱葱，嫩绿一片。

权少腾问：“这些都是谁认领的地？”

池月看着他：“难道权队也想认领？”

权少腾：“你说呢？我当然想啊！要收管理费吗？”

池月的唇角一弯：“你说呢？”

权少腾：“好现实。”

在权少腾的定制合同上，没有注明机器人的价值，因为这个机器人定制协议的来源，是乔东阳和权少腾在吉丘的一场赌约。池月觉得以权少腾的情商，恐怕现在都不知道是乔东阳有意给他赢的机会，找个由头把机器人送给他。

果然，吃饭的时候，权少腾只字不提机器人的事："没想到小月月不仅人长得好看，做菜还这么好吃，以后我要经常来才行。"

池月睨着权少腾："我们的生活很艰难，恐怕没有太多时间招待权队……"

权少腾："不用太多时间，我吃饭很快。"

池月："……"

权少腾心满意足地吃完饭。他临走时，池月和乔东阳把他送到门口。

权少腾笑吟吟地看了一眼池月的菜地，突然掏出一张卡，递过来："我看中的那块地，名称想好了，就叫'血狼的粮仓'吧。拿着，这是管理费。"

一毛不拔的不锈钢公鸡，居然给她银行卡？池月觉得不可思议："权队，这个……"

"密码是我的生日。"权少腾朝她挤了挤眼，上车走了。

她看着手上的卡："我哪知道他的生日？"

乔东阳："我知道。"

乔东阳不仅知道权少腾的生日，还知道这张银行卡里的钱不只是土地的管理费那么简单。权少腾不跟乔东阳提天狼的定制费用，大概和乔东阳是一样的想法，不让这件美好的事情变成一个商业交易。

池月听完乔东阳的解释，吁了一口气："以后谁说他情商低，我跟谁急。"

乔东阳还没开口，电话响了。他接起来："喂！"

不知道对方说了什么，只见乔东阳的脸色一变："我知道了，马上过去。"

"怎么了？"池月跟着紧张起来。

乔东阳皱了皱眉："我爸出车祸了，我去看看。"乔东阳顿了顿，瞄了池月一眼，"他跟那个女人在一起。"

医院。

乔东阳和池月刚到地方，就看到乔正崇从急诊科走出来。

乔正崇的脸上有处理过的擦伤，胳膊上缠着纱布。他一脸丧气，看到匆匆赶来的乔东阳，许久没说话。

以前有董珊的时候，乔正崇总认为是因为董珊的存在，乔东阳才不和家里亲近，没想到没有了董珊，父子俩的感情会变得更为生疏。

董珊在，常会提醒乔正崇：给东子打个电话；让东子回来吃饭；给东子买个东西；东子最近怎么样了……这些碎碎念，乔正崇向来不屑。乔正崇太忙了，没有时间去细想，而且每每想到乔东阳对董珊不喜，更是烦她小心翼翼地讨好乔东阳。

现在没人在乔正崇的耳边念叨了。他的儿子，离他更远了。

“没事了吧？”乔东阳皱着眉头走过来。

乔正崇摇了摇头，叹息一声：“我没事，她……孩子怕是保不住了。”

池月站在一边，心里冰凉冰凉的。自己的女人出了车祸，乔正崇只有一句“孩子保不住”。

乔正崇慢吞吞地坐下来：“是我没用，老了……”

“你自己开的车？”

“晚上她说肚子不舒服，怕是要生了，我急急忙忙地送她来医院。在路上，她的肚子痛得厉害。我有点着急，车速快了点儿，就撞上了……”

“家属！产妇家属在哪儿？”

护士在走廊里叫人。

乔正崇连忙站了起来，声音压得极低：“在这儿……”

护士看乔正崇已经这个年纪，条件反射地怔了一下：“你是产妇的父亲还是公公？她老公呢？”

气氛突然尴尬。

没有人回答，护士急了：“产妇在抢救的过程中大出血，现在必须切除子宫。你们哪位来签字？”

池月的眉心一跳。

乔正崇深吸了一口气："我来签。"

昊光为池月安排了综艺，又尝试性地为她安排了一个电视剧。在剧中，池月反串男二。

那是一部网络剧，男二这个人物很特殊，是一个妖娆得让女人汗颜、俊美得惹男人注目的男人，亦正亦邪。导演一直没有满意的人选，没想到看到池月的第一眼，就相中了她的气质，决定由她来反串。

池月打死都想不到人生的第一次演戏经历是演个男人。

她风风火火地换衣服、化妆……

半个小时后，一个红衣似火、腰配绣春刀的"男子"缓缓走入摄影棚——个子高挑、鸾带飘飞、凤眸清亮、肌肤胜雪、红裳朱唇，风华绝代。既不是女人的柔美，也不是男人的俊朗，而是将这两种气质完美地整合在一起——一种令人着迷的中性之美，在池月的身上发挥到极致……

"这就是天生的本剧男二啊！"

"好！就是她了！"

走出摄影棚，池月还有点晕，没法儿回过神来。

她现在的助理，还是当初她作为星空选手时给她当助理的郑茜。

郑茜跟在池月的身边，欢喜得手舞足蹈："开张大吉、开张大吉！池月姐，你一定会爆红的。池月姐，咱们现在去哪儿庆贺庆贺？"

"公司没什么事吧？"

"没有。"

"那麻烦你们送我回去吧，园子里的菜地该除草了……"

回到家，池月第一时间给乔东阳打电话，通报了今天上午的情况。

乔东阳问她："你知道你最大的潜力是什么吗？"

"什么？快，夸夸我，用力夸，不用客气。"

乔东阳笑了起来："不管做什么，你都会努力做到最好。这是一般人不具备的优秀品质。"

池月才不信他的鬼话："谢谢乔大人，你快把我夸飘了。你什么时候回来，要准备你的饭吗？"

乔东阳说："我可能会晚一点儿回去，我爸这边的责任认定出了一些问题。你别等我。"

"那好吧。"池月对乔正崇并不关心，没有追问事故情况。

时间过得很快，东阳科技的案子总算要开庭了。

案子拖了这么久，等待的人早已疲惫。不仅东阳科技被拖得只能苟延残喘，即便乔氏那么大的集团，也因接连不断的不利消息导致股价下跌，市值大幅缩水，在官司胶着的过程中，上千亿财富凭空蒸发。

杀敌一千，自损一万。这已经是一个两败俱伤的局面，恐怕连乔老太太当初也没有想到。但此事闹到现在，已是箭在弦上，不能不发。抛开乔家内部的恩怨情仇，双方总归要厮杀出一个你死我活的结果才行。

乔氏集团财大气粗，虽伤筋动骨，仍稳如泰山，该有的底气还在。反观东阳科技，在衡天实业和昊光传媒的 B 轮资金安排下，仍然摇摇欲坠。虽然还没有翻开底牌，但官司的结果将会直接影响东阳科技的最终命运。

开庭的前一天晚上，乔东阳接到王律师的电话。池月正准备去洗澡，此时也停下脚步，准备走过去听听。乔东阳波澜不惊地看了她一眼："你去洗吧，明天还要早起，别耽误了。"

池月看了看他的脸色，唔了一声，进了卫生间。

她匆匆洗好，出来时，乔东阳正站在窗边抽烟，只留给她一个萧瑟的背影。

"王律师怎么说？"池月问。

乔东阳转过头，微笑着看她："他就是说了一些开庭的细节和注意事项，没什么新鲜的。"

池月狐疑地审视乔东阳："已经这个时间了，还专程打个电话来叮嘱，看来王律师也紧张啊。”

乔东阳笑了笑：“这是他拿到执业资格证以来，接手的最大的一个经济案子，他能不紧张吗？”

“也是。”池月把心里的疑惑压了下去，“你去洗澡吧，早点儿睡。”

“嗯。”乔东阳掐灭了烟。

卫生间里很快传来水流声。小木屋的墙板不隔音，池月躺在床上，可以听到乔东阳在里面的一举一动所发出的声音。他洗了很久，比池月洗澡用的时间还长。池月等着等着，眼皮开始打架。等她快要睡着时，他才擦着头发出来。

房间的灯光已经被池月调暗。恍惚间，她看到一个人影，被吓得打了一个激灵，睁开眼，刚好撞上乔东阳幽黑深邃的眸子。

两两相望，乔东阳一怔：“还没睡着？”

池月张开嘴，发现有点口渴，连声音都暗哑起来：“你是想等我睡着再出来？”

乔东阳的眼皮一跳。他丢下毛巾，掀开被子，过来陪她。

一入冬，池月的脚丫子就冷冰冰的，缩在被子里许久都暖和不了。两人在一起后，乔东阳充当了她的取暖器，将身上的温暖分享给她，她也理所当然地受用了。可今晚，大概是天气太冷，他的身上凉凉的。她的脚丫子放在他的身上焐了好久，仍然没能暖和起来。

第二天，池月鼻塞流涕、脑袋昏沉，难受得很。

乔东阳找来药片让她服下：“要不你今天在家休息，别去了。”

“不要。”池月挣扎着爬起来，找衣服换上，“别说感冒，就算天上下刀子，我也要陪你一起去。”

乔东阳看着她，摸摸她的脑袋，没有说话。

池月觉得这个男人最近不正常。可他具体是从什么时候开始不正常的呢？她最近也很忙，一边在昊光的安排下学习，一边要适应新的工作生态，没太顾得上他。对这个问题，她回忆了许久，竟想不起来。

案件如期开庭，首先审理的是东阳科技企业权属的案子。

乔氏集团的律师拿出了很多不利于东阳科技的证据，但东阳科技的所有权结构非常清晰。在乔东阳执掌 Crown 公司后，虽然他对账务往来并不怎么上心，但有乔老爷子留给他的侯助理，因此来往合同、财务账单，无不清楚。

这个案子的审理，比池月预想的顺利，三个小时结束，当庭宣判了结果：东阳科技是乔东阳的私人财产，与乔氏集团无直接权属关系。

接下来，第二个案子，Crown 公司起诉东阳科技侵权。在陪伴机器人的合作项目上，Crown 公司主张拥有东阳科技的独家授权，同时，东阳科技应该按照合同为其提供后续的技术支持和维护，以保证 Crown 公司在陪伴机器人项目上的权益。

Crown 公司控诉东阳科技在闹分家后，就不再履行合同。东阳科技不仅不为其提供技术支持，甚至单方面撕毁合约，将独家授权 Crown 公司的智能陪伴机器人技术公开招标，找他人合作。Crown 公司认为，东阳科技公然违反合同，导致 Crown 公司利益受损，股价暴跌，进而影响整个乔氏集团的市值，损失巨大。

在这个事件上，Crown 公司手持合同，理直气壮，而这也是乔东阳最开始不使用已经成熟的智能机器人技术抢占市场的原因。

当然，在对簿公堂的时候，东阳科技也有自己的理由。东阳科技主张，Crown 公司违规在先，不按合同约定付款，并强行切断东阳科技的资金链，导致智能机器人研发中断，这才无法保证后续的更新维护。至于东阳科技单方面解除合约，找其他公司合作，也是万不得已的绝地求生之举。

公说公有理，婆说婆有理。法庭上，双方唇枪舌剑，互相举证。

开庭之前，法院曾建议双方协商解决，或者通过仲裁机构来处理。平等主体之间的经济纠纷，一旦闹到法院，其实对双方都非常不利。但有趣的是，双方都表示不愿接受调解。

于是法院做出判决，对双方各打了五十大板。

该支持的款项，必须如期支持；该提供的技术，必须继续提供，直到合同期满为止。Crown 公司默认了这个处理结果，乔东阳也没有上诉。大家都知道，对于经济案子，法院判是一回事，实际操作又是另一回事，关键在于执行。

而在执行的问题上，影响最后决定的关键，在于下一个案子的判决结果——乔老爷子的遗嘱认定。一旦此案乔东阳胜诉，Crown 公司连同乔氏集团都属于他，那么怎样执行还是问题吗？

这个月的社会焦点注定属于乔家，一桩接一桩，官非不断。

在日历被翻到 12 月 1 日的时候，最受大家关注的案子终于到来：一是乔瑞安故意伤害、强奸案二审；二是乔东阳诉乔老太太等人的财产侵占案开庭。同室操戈，社会哗然。

从古至今，不论是世族大家，还是平民百姓，因争夺遗产而引发的纠纷和官司层出不穷。俗话说“清官难断家务事”。乔老爷子英明一世，辛辛苦苦攒下巨额财富，但是仅因其年迈时留下的一份遗嘱，他的子孙们就被推向了一个自相残杀的旋涡。

按照《继承法》的规定，遗嘱继承优先于法定继承。那么乔东阳按照乔老爷子的遗嘱，享有独自继承乔氏财产的权利，是合理合法的。乔家原本主张的那些“可撤销条款”，也因乔东阳的无罪释放，不再具有效力。开庭前，无数法律界人士出来分析这个经典案例，大多数人认为，乔东阳这一次赢面很大。

当然，这个官司的输赢对旁人来说并不重要，大家感兴趣的是庭审后的一系列问题。

众所周知，现在的乔氏集团实质掌控权是在乔老太太的手上。公司里的一批老领导班子大多偏向于她，而她的心在大儿子一家折戟沉沙之后，明显偏向于小儿子乔正江。所以大家都不认为这场官司会是此事件的终点。涉及那么大的一笔财富，厮杀一旦开始，没有你死我活，哪能轻易结束？

财产案的庭前调解走了个程序，就正式进入了诉讼阶段。关于调解，双方的分歧也很大。乔老太太本人愿意调解，乔正崇、乔正江、乔显庭分别给乔东阳打过电话，希望乔东阳能接受民事调解，大家各让一步。但乔东阳拒绝了他们的提议。他吃了秤砣铁了心，态度坚决。

“在我想调解的时候，你们不肯好好说话，现在我改变主意了。该我得的东西，我要一分不少地拿回来。”

遗嘱指明乔老爷子的遗产由乔东阳单独继承，而提起诉讼的人也是乔东阳。乔正崇想要息事宁人，但做不了乔东阳的主。于是法院两次调解不成，正式开庭。

这一天，申城下起了入冬以来的第一场雪。天气骤冷，参加庭审的人一个个裹着厚厚的冬衣。他们是亲人，又是仇人，彼此相视，表情复杂。

为了打赢这场官司，乔氏集团出动了一个律师团队。他们的代理律师在法庭上几番慷慨陈词，怒斥乔东阳不顾念亲情，对乔氏集团和Crown公司做出的几次具有“毁灭性”的重大决策只是为了发泄私愤。航天城、月亮坞、《星空行者》……乔东阳种种“不务正业”的“败家”行为也被被告的代理律师一一举证。被告的代理律师认为，乔东阳的行为符合乔老爷子的遗嘱中附加的“可撤销条款”。

被告方主张遗嘱无效。

可是王律师早有准备。他拿出了乔正崇和乔东阳实际控制乔氏集团和Crown公司期间的财务报表，充分证明了乔东阳的管理能力，并以航天城的高科技成果和月亮坞的生态改造工程为例，申明了乔东阳所做的这一切对国家和社会的意义。

双方你来我往数个回合，而后休庭，再审。

从庭上的形势判断，乔东阳占据明显的上风。在庭审中落了下风的乔家人满脸浮躁，有些坐不住了。他们看向乔东阳，目光里充满了愤怒，像是在看一个冷血又无情的怪物。

在剑拔弩张的气氛中，庭审终于结束，合议庭认为：“该遗嘱适用《继承法》的规定，是被继承人的真实意思表示，应予以支持执行。”

法院当庭宣判：“乔东阳胜诉。”

现场一阵抽气声，然后从旁听席传来低低的私语声。

乔老太太当场站起来：“凭什么？凭什么？我是老头子的遗孀，是他的夫人。我不能继承他的遗产吗？凭什么全给一个人？你们这是代表的什么法？哪一条法律规定，夫妻之间不能相互继承遗产？还有我的儿子，他们也是第一顺位继承人……他把我当什么了，把我当成什么人了？”乔老太太的话有些混乱，不知道她在骂谁。她嘴唇颤抖，声音近乎哽咽：“这不公平、不公平……谁来为我做主？谁来为我做主？！”

乔家人在乔老太太的身边软语相劝，生怕她再被气得病倒。

“妈，别生气，咱别生气啊。”

“是啊，婆婆，咱们还可以上诉。这也不是终审……”

“凭什么？！凭什么啊？！”乔老太太原本是个冷静的人，此时在法庭上大吼大叫。

法警过来劝着，却不敢靠近她，更不敢为难。八十多岁的老人，在哪里撒泼都没人敢惹，现场乱成了一锅粥。

乔老太太崩溃大哭。

乔正崇挤过去，想去扶她：“妈……”

“你别碰我！别叫我妈，去叫你的好儿子去！”乔老太太嘶声大吼，“我不是你妈！我不是你妈！”

乔正崇的手僵在半空，脸上露出痛苦的神色。妈老了、昏聩了，但她还是妈。乔正崇也老了，头发已经白了，但还是儿子。

“妈，咱能不闹了吗？你这辈子就是太要强。为什么你从来不肯正视自己的错误？你不是神仙、不是圣人。你会犯错，而且已经犯了错，为什么不愿意去改，非要把一个好端端的家撕得支离破碎？”

“我犯错？”乔老太太的嗓子已经吼哑了，“我犯的最大的错，就是养了你！我早知道有今天，当你还在襁褓里时，我就把你掐死了。白眼儿狼……你们一家子，全部是白眼儿狼！”

乔正崇：“……”

乔老太太的眼神空洞无神：“是我错了，真的是我……错了。”

她伤心欲绝、痛苦难当。任何一个做儿孙的对此都无法视而不见，一大家子都向她围了上来，拍背的拍背、擦泪的擦泪，哄的哄、劝的劝……只有乔东阳站在圈子外面，冷眼看着这一切。

池月问：“乔东阳，我们是走，还是……”

官司打赢了，乔东阳的脸上并没有笑容。他沉着脸，走到乔家人的面前，看着乔老太太：“那当年他在襁褓里时，你为什么没有掐死他呢？你可不是个心软的人，奶奶。”

乔东阳的这句冷不丁的话，惊住了众人，连乔老太太的哭泣都停了。

乔正崇吼他："乔东阳，你闭嘴！"

乔东阳冷笑一声："话已说到这个分儿上了，有什么不能说清楚的？"

"你到底要说什么？"乔正崇看起来比乔老太太还要崩溃，"你奶奶的身体不好，你就不要在这里碍眼了。你赶紧走，快走吧！"

乔东阳淡淡地勾了勾唇，与四周的人格格不入。

"奶奶，你说，我问的对吗？"

乔老太太的眼睛里还含着泪。她就那么看着乔东阳，不说话。

"别用这种眼神看我。"乔东阳笑了笑，"你眼里的恨意会让我怀疑，我到底是不是你的亲孙子。你说是吧，奶奶？"

乔老太太狠狠地提了一口气，指着乔东阳的鼻子："小畜生，你这是翅膀长硬了是吧？"

乔东阳微笑："你说谁是畜生？"

乔老太太的嘴唇哆嗦了一下："官司还有得打呢，你别得意太早。"

"哈！"乔东阳摸了摸鼻子，慵懒地笑，"奶奶这是在逼我吗？你说这官司再打下去，把事情都弄得清清楚楚、明明白白，谁会比较吃亏？"

"小白眼儿狼，你真狠！"对于乔东阳的不孝不敬，乔老太太这次居然没有痛骂，而是冷笑两声，"我总算明白老头子为什么要选你做继承人了，呵呵呵……因为你跟他一模一样，都是无情无义的人，狼心狗肺。"

"妈，你别跟他生气……"乔正崇看她气得发抖，生怕她出事，伸手去扶。

"滚！"乔老太太拂开乔正崇的手，"你们都给我滚！"

众人面面相觑。

乔东阳的脸上仍然挂着笑。他盯住乔老太太，目若寒冰："既然奶奶不想看见我，那我就先走一步了。"

乔老太太在抖，身子抖、嘴唇抖，连腮帮子似乎都在抖。乔东阳好像对此浑不在意。看他冷漠的姿态，简直像个得了便宜还卖乖的不肖子孙。

“对了，还有一件事。”乔东阳突然回头，笑容有点瘆人，“打官司挺累的，你们就别折腾了。最迟明天早上，我希望看到乔氏集团关于公司事务的变更公告。奶奶，你别让我失望哦？”

说完，乔东阳牵着池月的手，扬长而去。

乔老太太的脸色一变。她盯住乔东阳离去的背影，身子慢慢软下去，坐到地上。

乔东阳和池月没有回小木屋，从法院出来就回了公司。脚刚落地，乔东阳就召集公司骨干开会，一直在忙。池月没有找着机会跟他说话，便抽了个空儿和王雪芽聊了几句，又相约出去吃饭。

池月进门时，已是晚上十点多。她怕乔东阳忙得连饭都顾不上吃，还将饭菜专门打包带回来。

“来吃饭啦！”池月将打包的饭盒放在桌子上。

乔东阳摇头，瞄了一眼那个饭盒：“没胃口。”

“怎么了？”池月走过去摸摸他的额头，又轻轻帮他按捏起来，“今天你好像特别累。”

乔东阳嗯了一声，没有反驳：“我得提前做好接收乔氏的准备，千头万绪啊！”

池月微微一怔，歪过头去看他的脸：“我没听错吧？”

“你的耳朵功能很好。”

池月绕到他的面前，盯住他的眼睛，笑了起来：“乔先生，你就这么自信，老太太会痛快执行法院的判决，把公司给你，而不是上诉，再上诉，拖上几年，或者干脆再暗搓搓（私下里偷偷摸摸）地搞事？”

“她不会的。”乔东阳说：“老爷子为他们母子安排了足够的生活保障。有公司股份，他们的日子并没有对外说的那么不堪……如果她不想惹麻烦，就不会挑战我的忍耐力。”

这话池月就听不懂了。她仰着头问：“今天你和老太太说的那些话是什么意思？我听着怎么感觉你是在要挟她？”

乔东阳冷笑一声：“可以这么理解。”

“为什么？”

乔东阳的眉头蹙起。他没有回答，只说了一句：“你去洗澡吧。”

“看来我还是不能让你有足够的信任。”池月笑了笑，然后甩给他一张冷冰冰的脸，“哼，你慢慢纠结吧。”

隔着一道墙，浴室里的水流声隐隐约约传来。乔东阳叹了一口气，揉了揉太阳穴，躺在沙发上。

这天晚上，池月睡得挺好。她一觉起来，就有惊喜——乔氏集团真的发公告了。

所有人都以为，乔家人为了这份遗嘱会撕得鱼死网破，即使法庭判决下来，乔东阳再申请强制执行，这个过程也会相当漫长，而等到乔东阳真正把乔氏集团拿回手中的那一天，说不定已经变成了一个烂摊子。

没有人相信乔老太太会这么爽快。乔氏集团的公告上写得清清楚楚：“按已故董事长的遗嘱，将召开董事会，审议公司人事变更，由乔东阳接任乔氏集团董事长并管理集团一切事务，而且希望乔东阳接任后，能继续任用乔正江、乔显庭，让他们分管公司的部分业务。一家人要和睦相处，齐心协力把乔老爷子留下的产业经营好。”

动之以情、晓之以理，这份公告可以说相当克制和退让。

社会哗然，池月却陷入了沉思。

很快，乔东阳对乔氏集团的公告给出了回应：乔氏的内部事务由他处理，别人无权做出决定。

将家人放在对立面，符合乔东阳一贯的人设，而他本人对别人的议论和评价也不在意。他吃过饭，就带着律师去了乔氏集团，下午三点才回来。

池月坐立不安地等着他，见门一开，就冲了过去：“怎么样了？怎么说？”

乔东阳扯开领带，冷笑着说：“当然按我说的做。”

池月看他的脸色不好，完全不是占了上风的感觉。她的好奇心越来越重。

她把他拉过来坐好，殷勤地给他的杯子倒上水："你这到底是赢了还是败了，我怎么看不懂了？"

"没有赢，"他眯起眼，轻轻地搂住她，将下巴搁在她的肩膀上，"也没有输。"

池月将他的脑袋扳过来，与他面对面："咱们能正经说句实话吗？"

乔东阳还没来得及开口，侯助理便进来告诉乔东阳，权少腾来了。

池月不知道权少腾来这里为的是公务还是私务。她出去一看，只有权少腾一个人，没有带随从，心里隐隐有了些猜测。

乔东阳招呼权少腾坐下来。

权少腾坐下后连水都没喝一口就开骂："好你个乔狗子，连我都骗。"

乔东阳冷眼看着权少腾："说吧，找我有什么事？"

权少腾指着乔东阳的鼻子说："我看你也不像个心慈手软的人啊。怎么人家一妥协，你就准备手下留情了？"

乔东阳默默地盯住权少腾："不然能怎么办？让一个八十多岁的老太太去坐牢，说她涉嫌谋杀自己的儿子？还有我父亲，你认为他会站出来举证，说他的亲妈为了财产，对他痛下杀手？"

权少腾皱眉："你的意思是……"

乔东阳："孔馨沁没了孩子，但没有生命危险。我父亲也只是轻伤，肇事司机已伏法。就算把老太太扯进来，能怎样？她八十多岁了，又没出人命……"

权少腾慢慢坐了回去，气消了："难道你就这样放过她？"

乔东阳摇摇头，冷冷地道："你认为在什么情况下，一个母亲才会对亲生儿子痛下杀手？"

"人为财死，这种案子并不少见。"

"可是这个母亲已经八十多岁了，说得难听一点儿，一只脚已经踏入坟墓了，争来有什么意义？"

"给她的儿子、孙子啊……"权少腾答得随意，但说完，又觉得不对。

杀死一个儿子、流掉一个还没有出生的孙子，再把财产留给另外的儿子和孙子，这个逻辑一想就不合理。乔老太太得偏心到什么程度，才能做到这般冷血？

“嘿，这世上奇怪的事多了去了。你奶奶奇怪，你爷爷就不奇怪了吗？都是儿子、都是孙子，他不管别人，写下遗嘱独独把所有的财产都托付给你，让你单独继承。这种遗嘱换了谁能服气？没弄死你，你大伯和三叔真是仁慈。”

乔东阳瞥了权少腾一眼：“我怀疑这中间藏着一个秘密，一个我们谁都不知道的秘密。”

“你小子是不是查到什么了？”

乔东阳没有马上回答权少腾的话，而是将上锁的档案柜打开，从里面抽出一份资料：“这是老爷子的发家史，你有兴趣的话，可以看看。”

权少腾将资料默默接过来，翻阅着。

乔东阳缓缓地说：“我小时候就听说，爷爷有一个亲弟弟，从小聪慧过人。当年，他们兄弟俩一起到申城打拼，一起创业……可以这么说，我那个二叔爷才是乔氏集团真正的奠基人。”

权少腾吃惊地看着他，似乎意识到了什么：“那你二叔爷现在人在哪里呢？”

“死了。”乔东阳说得很平静。

“死了？没有后人？”

“他英年早逝，过世时还没有结婚。”

“然后呢？”

乔东阳微微一笑：“我查了一下，他死的那一年，我父亲刚出生。好几十年了，乔家人早就已经忘记我二叔爷这个人了，没有人提。要不是因为这件事，我也从来没有想起过这个死去几十年的人。”

权少腾看着乔东阳，一动不动，因为乔东阳的眼神儿太瘆人了——没有悲伤，甚至带着笑意，却能让人感觉到痛。这令权少腾浑身难受。

乔东阳接管乔氏集团，举办了一个商业酒会，各大供应商、经营商、合作单位全部在宴请的名单里。但有心人发现，以乔正元为首的集团原班管理团队大多没有出席。乔氏的内部斗争硝烟刚散，一部分人还在静观。而这时，乔老太太忽然病重送医。

半夜 12 点，乔东阳驱车去医院。

乔正崇、乔正江兄弟都在医院，还有几个乔家晚辈坐立不安地走来走去。

乔正崇看到乔东阳，腾地站起来，语气里满是责怪："你总算知道来了？"

乔东阳的目光散漫。任谁都能看得出来，他并不真正关心乔老太太。

这让乔正崇十分寒心。乔正崇指了指乔东阳，想说什么，但喉咙发痒，又急促地咳嗽起来。

众人都看着乔东阳，不说话。

乔东阳无所谓地笑了笑："现在什么情况？"

"东子哥，奶奶突然昏倒，现在还没有醒。医生说，这次她老人家怕是、怕是撑不过去……"乔昕的声音带着哭腔。

乔老太太的身子骨看着硬朗，但她已是这个岁数的人了，几年下来，大病小病粗略地算一下也是不少，连病危通知书都下了好几次，离开是早晚的事。对此，乔家人，包括乔老太太自己，都有心理准备。但这一次病情的起因，却是乔氏风波。

乔昕年纪小，受不了压抑的气氛，看父母、伯伯和哥哥都不说话，呜呜地哭了起来："我不明白为什么要这样。我们不是一家人吗？为什么要争个你死我活？爷爷不留遗产给我，我从来没有怪过他，也不觉得委屈。我已经拥有很多了，比我的同学都富有。我过得很好。原本我们都可以过得很好，谁有钱不是都一样吗？大伯、二伯、东子哥会让我们吃不上饭吗？不会的。可是你们大人为什么不知足？拥有这么多，还想拥有更多……"

娇养长大的小姑娘，不知世间疾苦。

她的母亲抬手抚着她的肩膀，轻轻捏了捏："乔昕！"

"我要说你们都不敢说的话，就要说。"乔昕抬起泪眼，望向乔东阳："东子哥，他们说你会把我爸爸、我哥哥都赶出公司，不给我们一分钱。你说，你会这样吗？你不会的，是不是？”

走廊很冷，灯光很暗。

小姑娘的眼睛亮晶晶的，带着泪，纯粹、简单。

乔东阳看着她，一字一顿地说：“我会。”

乔昕哭了起来：“为什么？你骗人！”

乔东阳说：“从公司利益考虑，他们不适合做公司管理，那我只能请他们走人。”

家族企业从内部腐败的根本问题，就是任人唯亲。可乔东阳的话在这个时候说出来，显得比冬日的空气更为冰冷。

“还有……”乔东阳冷冷地看向大家，“有些事情我不追究，不代表不存在。等奶奶好起来，该解决的事情，我会找她弄明白。”

“乔东阳！”乔正崇冷冷地盯住他，“你是想气死我？”

“我如果不弄清楚，等你将来知道了，怕是真的会被气死。”

“你这个……这个孩子，究竟怎么了？”乔正崇气得身子发抖，“你今天来不是看奶奶的？”

“我来问问她，”乔东阳的目光深沉，“再不问，怕没机会了。”

乔正江怒了：“东子，你这说的是什么话？你是在咒你奶奶死吗？”

乔正江的话音未落，病房的门被推开了。医生走了出来，摇了摇头：“家属进去陪陪她吧。”

乔老太太刚经过一轮抢救，病房里到处是仪器，冰冷的金属光芒十分刺目。乔昕和乔雪两个小姑娘看到这样骇人的场面，当即哭了出来。

“奶奶……”

“奶奶！”

乔老太太现在气息微弱，全靠仪器吊着命。她用目光扫视着子孙，对着他们的脸，一张张地看过去，然后她看到乔东阳，目光停住。她的目光渐渐变黯、变冷，刀子似的剜住乔东阳：“你……过来……”

乔东阳冷着脸，站在原地没动。

乔正崇推了推乔东阳的背，半强迫地往前推着乔东阳：“奶奶叫你。”

乔东阳慢慢走近病床，表情没有变化：“是你先说，还是我先问？”

“乔东阳！”乔正江红着眼圈骂他，“你还有没有人性？”

乔东阳连头也不回：“了无遗憾才是对人生最好的交代。奶奶，这话对不对？”

乔东阳盯住乔老太太，目光深沉又复杂，如同其中缠了千丝万缕的线。

乔老太太看着乔东阳，脸上露出诡异的笑容，喉内像有一口吐不出的痰。她张了好半天的嘴，才喘出一口气：“答应我……饶了……瑞安……你……大伯……”

这算是乔老太太的临终遗愿了。

此时的乔老太太，干涸的眼睛已流不出泪，满头银霜，脸上爬满皱纹。谁会拒绝这样一个可怜的老太婆？所有人的目光都集中在乔东阳的脸上。

等待，沉寂。

时间过得很慢，乔东阳仿佛是在思考，又仿佛浑不在意。他开口道：“饶不饶他，我说了不算。他们犯了什么样的事，就该接受什么样的惩罚！奶奶，你难道没有这样教育过他们吗？”

“正崇！”乔老太太的喉间呼呼作响，说话的声音里有了哭腔，“你……说说……说说他……”

乔正崇叹息一声，眼角有泪：“妈，如果您当初不那么狠心……怎么会这样？东子在看守所的时候，您可没为他说过一句话！您有没有想过，他也是您的孙子啊！”

乔老太太瞪着乔正崇，张着嘴，话已说不利索：“当初……瑞安……他打他……我没帮他……”

“那不是你害怕我把他干的好事捅出去吗？”乔东阳冷眼看着她，“别人不清楚乔瑞安是个什么货色，奶奶你还不清楚？”

乔老太太闻言，脸变了色。

乔东阳冷冷地笑：“当年的事情，最清楚的人就是你了。乔瑞安会骗别人，但不会骗你。他早就向你坦白过了吧？”

乔老太太一口气提不上来，瞪着乔东阳。

乔东阳继续道："乔瑞安的事，法院自有公论。我想问的不是这件事……"他的唇角微微一扬："是爷爷和叔爷当年的事。"

乔东阳的眼神锐利如刀。

乔老太太浑身一颤，眼睛比刚才瞪得更大。

"我叔爷当年是怎么死的？爷爷为什么会把乔氏的家产全部留给我？"

病房里死一般地寂静，乔老太太的呼吸一次比一次重。

沉默了一阵子，乔老太太艰难地开口："我说……"

众人齐刷刷地看向她。

"我说……车祸……他车祸……死的……"

"车祸？就像我爸爸的车祸一样吗？"乔东阳步步紧逼，一字一顿地道，"我想听实话。"

乔老太太微微一抖："不……不是……不……不是……"

"不是？那是怎样？你说啊！"

"不——"乔老太太惊叫一声，不知道她从哪里来的力气，使劲儿挣扎着，把床都带得抖动起来，"啊……不要……不是……平璋……平璋……是你吗？"

她那布满皱纹的眼窝凹陷处似乎泛起亮光，眼里有一种异样的光彩。那是弥留之际的回光返照，还是深陷往事的狼狈不堪？

"妈！"

"奶奶！"

大家都在唤她。

而乔老太太似乎忘记了周边的人和事，含混地喊着，眼睛直勾勾地盯着乔东阳。

平璋？这个名字已经很久没有被人提起。

乔正崇低声问她："妈……你怎么突然想到二叔了？"

乔老太太对他们全不理会，只看着乔东阳："是你吗……平璋……你来……索命了……"

众人面面相觑，除了乔东阳，没有人不意外。

乔老太太不知道在说什么，口中含混不清。

“是你，还是他？”乔东阳问。

“他……是他……他……是他……杀了他啊……

“杀了……我们的……

“为什么……老头子……你为什么啊……

“我们的孩子……怎么办……”

乔老太太陷入了一种近乎病态的狂躁情绪中。她说着、吼着，声音怪异而尖细。她呜咽、无助……絮絮叨叨地吐出了许多往事。渐渐地，她的身体似乎变得轻盈，声音越来越弱……

“是该还的……还了吧……你来了……就还给你……”她的肩膀渐渐地软下去。

乔东阳看着她，两只手紧紧地攥成拳头。他默默地转身，出门。

门外，砰的一声，他挥拳砸在墙上。

池月去了剧组，知道乔老太太的事情已经是十天后了，头七就过了。

乔东阳亲自来接池月，两个人有说有笑地回家，正好碰上乔正崇过来。

当着池月的面，乔正崇问乔东阳：“大伯那边，你不去？”

乔东阳面无表情：“对不起，我没你那么大的肚量。”

他一句话把乔正崇堵得哑口无言。

对于乔东阳话里的讽刺，乔正崇听得懂。无非乔东阳觉得乔正崇认贼作父、认贼作母，还自甘堕落。可乔正崇已经这个岁数了，心中早已认定的亲缘关系是很难一刀切断的。

“人已经死了，还能怎样？都过去了。”

乔老爷子临终前把财产全部留给了乔东阳，而乔老太太，不管她生命的最后时刻在财产分配上有多么偏心，乔正崇都认为是人之常情——人都是自私利己的。乔老太太有一句话说得对，当年乔正崇还是一个襁褓中的婴儿的时候，如果不是她存有一丝善念，他可能早就不在这个世界上了，又哪来的乔东阳？

这么多年了，这个妈对乔正崇谈不上亲厚，但从来没有让他怀疑过自己不是亲生的。早年受过的委屈都有了解释，乔正崇反而没了怨恨。

“东子，你还年轻，等你到了我这个岁数就会明白。这些事，看透了，都没有意义。是你的，就会是你的；不是你的，强求也没有用……人呢，要是放不下，就只会一生重复得失，最后还是一无所有。生命短暂，我现在只想好好生活，不再辜负谁。”

乔东阳看着乔正崇：“怎么选择是你的事，我可能配不上你的善良。我还有事，你走吧。”

看着乔东阳的背影，乔正崇重重一叹。

这时候，乔正崇终于生出孤家寡人的感觉。

乔正崇最终还是和董珊去民政局办理了离婚手续。

这些日子，乔正崇一直很平静，好像突然间就看开了一切。乔东阳本来还怕父亲受不了刺激会出事，没想到乔正崇这个名利场的狂热爱好者，还真的淡泊了名利，甚至反过来劝乔东阳。

“人死事销，恩恩怨怨都让它过去吧。东子，不要再扩大影响了。一笔写不出两个‘乔’字，就这样吧，对你、对集团、对乔家，这就是最好的结局。”

乔东阳不说话，整个人显得冷沉沉的。乔正崇看着这样的乔东阳，仿佛看到了年轻时意气风发、恩怨分明的自己。

乔正崇这一生的经历，恩、怨、情、仇，在脑子里飞速掠过。他的眼窝一热，黯淡的目光里满是伤感。这一刻，他再次意识到自己是真的老了。

“我今天去看了你叔爷……”乔正崇说到这里突然停顿。他盯住乔东阳，而后缓缓地说：“去看你亲爷爷了。”

乔东阳沉默。

乔正崇接着说：“他的坟前，几棵青松长了老高。多少年了？有没有四十年啊？没有人去扫过墓，没有人想起过他。他是为乔家创造财富的功臣啊，但是被人遗忘了。大家坐享其成，还自以为天资过人……”

乔东阳不知道乔正崇说起这个是为什么。

乔东阳不问，乔正崇自顾自地说：“我没见过他，能想到的所有父慈子孝的画面都跟他无关。其实我对他也谈不上感情，就是感觉心里憋得慌……但我能怎么办呢？害他的人已经去了，我就算抽出长刀，也只能插在棉花上……意难平啊，意难平！”

“为谁意难平？”

“为你爷爷，也为我。”

去的人已经解脱，剩下的人在漫长的岁月里，还得忍受一次次复盘故事带来的痛苦。

“可是争来争去，又得到了什么呢？什么也没有。”乔正崇叹息一声，突然问，“月亮坞什么时候重新开工？”

乔东阳皱眉看着父亲：“怎么了？”

乔正崇说：“公司的事情忙，你也没办法抽身搞这个项目。你看，把它交给我怎么样？”

时光流转，角色颠倒。当年坐在乔氏集团首席位置的人是乔正崇，一心要搞月亮坞的人是乔东阳，没有想到，现在坚持要去月亮坞的人，变成了乔正崇。

“月亮坞前期投入那么多资金，不能烂尾，这对乔氏集团影响不好。这事总得找个人去做，我是最合适的。”乔正崇从包里掏出一本学历证明，放到乔东阳的桌子上，“相信我的专业能力。”

乔正崇的脸色苍白，但他说到专业的时候，双眼灼灼。

乔东阳知道这种光芒意味着什么，迟疑了一下，说：“你的身体不好。月亮坞的条件差，不适合你休养。”

“正是因为月亮坞的条件差，我才要去。我不去，谁来把它变好？”

乔东阳失笑。

不管多大年纪，人为了理想，身体里的血液永远是热的。

让乔正崇去做，转移注意力，大概对他的身体也有好处。

池月在剧组的日子过得十分顺当。她肯吃苦上进，又有灵性，而且相当敬业，经过一段时间的训练和磨合，很快就掌握了表演技巧。连向来对演员要求严格的导演，对她也不吝表扬，说她只要脚踏实地，前途不可限量。

杀青的日子转瞬到来。导演夫人——也是这部剧的编剧十分喜爱池月。在杀青宴上，导演夫人当众说出要为池月量身打造一部女主剧，导演也表示很感兴趣。

但是池月拒绝了："我还有更重要的事要做。"

"不拍了？"

"不拍了。"

"有什么事比女人的事业还重要？别相信男人说养你的那些鬼话。我跟你说啊……"导演夫人想劝池月，却突然打住话头儿，顺着池月的视线望过去，看到了那个欣然走近的英俊男人。

池月在剧组大半年，乔东阳从来没有来探过班。他天天嘴上跟她闹吃醋，但对她在剧组的生活还是给予了百分百的信任和自由。哪怕他背地里对跟她有很多对手戏的魏歌颇有微词，但当着池月和剧组人员的面，他也十分大气地……对魏歌视若无睹。

乔东阳天生就是吸睛石，走到哪里，其他人目光的焦点就在哪里。

乔东阳一来，导演夫人就叹了一口气，对池月说："怪不得你连事业都不要……这个乔东阳，真人比照片上的还好看啊。得，有这么好看的男朋友……你还是别搞事业了吧，就算将来他变心也值了。"

池月笑了笑，没有说什么，上前为乔东阳介绍导演夫人、导演，还有剧组的其他人。

乔东阳跟众人握手、点头，礼数周全，不给人太过疏远的距离感，也不会太过热络，引人遐想，尺度把握得刚刚好。池月冷眼旁观，觉得现在的他比两年前的他稳重了不少。

两年，弹指一挥间。

他们已经认识两年了呢。

池月突然迫不及待地想要和他过二人世界。

有人上来劝酒，乔东阳不喝。池月笑着替乔东阳喝了两杯，然后借口不胜酒力，就告辞出来。大家都看出这两个人心不在焉，也不强求，早早散了席，放他们回去休息。

乔东阳牵着池月的小手走出去，脚步轻盈："池小姐，你的表演事业终结了，会不会有遗憾？”

“不会。我志不在此，你又不是不知道。”池月跟他调侃两句，而后锁紧眉头，又有些纠结，“就是郑西元那里该怎么交代？我有点不好意思，还有合同……”

“按合同执行就行，该赔违约金就赔。”

“这……霸道总裁上身是不是？”池月笑话着他，想想违约金，心脏抽搐，“好不划算啊！要是他能看在我给他创造了利益的分儿上，放弃索赔该有多好？”

池月准备返回月亮坞了，接下来的这些时间就被安排得很满。

除了董珊、王雪芽，池月单独去找了一次郑西元。

合同的事，乔东阳承诺帮池月办好并认赔违约金，但人情和金钱是两回事。当初两人最困难的时候，是郑西元鼎力相助，在水深火热中拉了两人一把。雪中送炭的情分，不是金钱可以衡量的。池月不想做那种过河拆桥的白眼儿狼，便亲自去向郑西元赔礼道歉。

郑西元虽有遗憾，但是当初说服董事会对东阳科技的仗义相助，现在已经变成了利益回报，他心里早就乐开了花，哪里还会怪罪？

新的一年在喧闹中到来。

1 月初，申城法院交付到最高人民法院的死刑复核得到批复，最高人民法院核准乔瑞安死刑，发回原审法院执行。

临死前，乔瑞安突然推翻一切的供述，告诉大家是三叔乔正江指使他做的这一切，包括陷害乔东阳，诬告自己的亲生父亲乔正元。可惜，乔瑞安没有任何的证据。

这个时候，离农历新年已经很近。乔瑞安的母亲数次哭诉，诉求从保住儿子一条命，降低到希望他能过完人生的最后一个大年。她甚至不惜在法院门口一哭二闹三上吊，可惜得到的回复依旧是——准备最后的会见吧。

正月初四，恶贯满盈的乔瑞安走完了他的人生。

乔瑞安被执行死刑的当日，乔瑞贤母子和乔正江一家人都去了。

乔瑞安被押出来的时候，连腿都软了，根本无法自行行走。可是他看到乔正江，却突然有了力气，像失心疯一般破口大骂，又吐口水，又骂娘，还说下地狱做厉鬼都不会放过乔正江。乔瑞安的表现如同一个精神病人，看得乔家人痛哭流涕，他母亲更是哭得当场昏死过去。

乔正江全程皱着眉，目光中露出无奈和痛苦，说的话还是没变："安子，好好去吧，下辈子要好好做人，不要再干傻事了，上天会宽恕你的。你也不要怨三叔，三叔已经尽力了。你弟弟你母亲，三叔会帮你照看着……"

"你去死！乔正江，你这个伪君子！你去死！"

乔瑞安撕心裂肺地大叫，然后被带走，执行死刑。

乔家人再次见到乔瑞安时，乔瑞安已经变成一堆骨灰。

时间是对人类最善意的温柔。

上天有没有宽恕乔瑞安，没有人知道，但忙碌的人们很快就忘记了乔瑞安。

池月在申城没待多久，就准备返回月亮坞了。

乔东阳陪她一起回去。他们一路跋涉，在夜幕降临时，到达了月亮坞所在的万里镇。可是池月望着车窗外拔地而起的现代化小镇，不敢相信自己的眼睛，如坠梦中。

"这里是万里镇？乔东阳，我们是不是走错了地方？"

这不是池月记忆中的万里镇。

新建的房屋，在统一的规划布局下井井有条，干净整洁。房屋的外墙基本都刷成了一模一样的沙漠色，一簇簇绿色的植物从墙头探出，显得生机勃勃。有别于其他地方的建筑，万里镇的房屋有专门上挑的通风口，可以阻止黄沙飞入，又自带凉风，不令室内燥热。

街道上，外地人随处可见。他们穿行在小镇，夕阳的最后一缕霞光映照着他们的笑脸，让池月有一种记忆错乱的感觉。

"这就是万里镇。我的傻妞儿，看前面那个标志。"

乔东阳用手指着的方向，有一个宽敞的休闲广场。广场中间树立着一个"万里镇"的牌子，待他们离近一些，牌子上的字可以看得很清楚。

池月太吃惊了："我这是穿越到未来了吗？"

"哈！做什么美梦呢，想穿越？"乔东阳笑话她。

池月摇头，仍然不敢相信眼前的这一切。要知道，建成一个这样规模的小镇，得花不少时间，可是乔东阳从来没有告诉过她，就连于凤给她打电话都没有提起过，太不可思议了！

"这是什么时候的事，你怎么不告诉我？"

乔东阳说："这是我给你的惊喜。"

"惊到我了，乔东阳。"

他们的车沿着万里镇转了一圈。池月发现，小镇还没有完全建好。乔东阳刚才带她去的地方，是整个小镇的中心地带，建筑是全镇最好的，而且那里也是目前最先建成的区域，其他的地方还在建设中。不过小镇已经入住了很多的商家，服装、五金、建材……五花八门，应有尽有；饭馆到处都是，撸串、烧烤、夜啤酒……随你选择。商人的嗅觉很灵敏，看到商机就下手，现在小镇上连酒店都不止一家。

池月还发现，当初她和乔东阳入住的小旅店不见了，取而代之的是一间正在装修的宾馆。

"变化太大了，我已经不敢认了。乔东阳，你是不是把精力都投入到这边了？"

乔东阳看了她一眼："是老乔。老乔的人品不行，但办事能力还可以。他做事就讲究速度。"

原来是他？池月感觉有点不可思议："走吧，我们先回家。我妈已经念叨好久了。"

"嗯，好。"

两人聊着天儿，气氛很好。此时的池月，内心雀跃，目光被车窗外的景致所吸引，可没想到车开了不到三分钟就停了下来。

乔东阳说："到了，下车吧。"

池月望着面前的一座独栋住宅，满脸诧异。

这个房子与周围的小联排安置房有明显的不同。

"这是哪儿？"

"你家啊！下车吧。"乔东阳的目光里满是笑意，"你看，阿姨已经出来接你了。”

于凤站在大门口张望。这时有一个熟人路过，于凤热情地笑着跟那个人打招呼。人家对她也很客气，她的脸上写满了快活。

这让池月回不过神来：“乔东阳，你是趁我不在，为我换了一个世界吗？”

“哪有那么厉害？就换了一个房子而已。”乔东阳笑着摸了摸方向盘，“这是老乔安排的。你老家那边已经在拆了。老乔说，阿姨这辈子把你们姐妹俩拉扯大不容易……”

“这样搞特殊，别人要是有意见……”

“不是搞特殊。”乔东阳笑着说，“你家种的上百亩防沙林，不是钱吗？你妈妈没有要求额外的补偿，但老乔说了，该补的得补，你们也是花了钱，花了心血的。这事村民们都没意见。”

大家不是没有意见，是不敢有意见。谁都知道于凤是乔东阳的未来岳母，人家给岳母单独修一幢别墅搞个特殊怎么了？失而复得的心情，让月亮坞的人对于得失，心理平衡了很多。他们有房子、有补偿，镇上通了水、通了气，还有了休闲娱乐设施。这么好的日子，他们开心都来不及，哪顾得上扯皮？

一个黄沙漫天的小镇，不过大半年就变出了奇迹，池月已经很意外了，而乔东阳的话，让她生出了更多的希望。

“未来，这里将成为一个新兴的旅游重镇。有原汁原味的沙漠文化，还有沙漠独有的浪漫。无论是情侣，还是家人、朋友之间相约出游，这里都会是他们必来打卡的网红圣地。这一切只是开始，池月。”

是的，这只是开始，整个月亮坞项目只完成了前期的工作。

池月听得心动不已：“那你爸呢，他住哪里？”

乔东阳不着痕迹地扬了扬眉：“他啊，住工棚。”

“这……他年纪也大了，不好吧？”

“这是他自己的选择，谁也挡不住。”

两人下了车。

于凤看到他们，面露惊喜，三步并作两步地走过来：“你们总算回来了。现在的路这么好走，怎么这个点儿才到？”

乔东阳笑着说：“我带她在镇上转了转，阿姨。”

“好、好、好！就该带她转转，长长见识。”于凤笑呵呵地说，眉间眼底全是得意。

这时，一个人影突然从院门冲了出来。那人越过于凤，向着池月张开了双臂，脸上洋溢着愉快的笑容。

池月的心里一喜。她张开双臂跑过去：“姐……”

“猴子！”池雁从池月的身边冲过去，奔向等在车边的侯助理，一把抱住他，哈哈大笑，“猴子你来了，你终于来了。我就知道你一定会来的。”

池月放下手臂，看着池雁又笑又跳的样子，摇了摇头：“姐……”

侯助理看了池月一眼，轻轻拍着池雁的肩膀：“走吧，进去说，我们都饿坏了呢。”

“好。”池雁很开心，“我妈妈准备了很多好吃的呢，原来就是因为你要来啊。”

侯助理的眼皮一跳。他笑着说：“当然不是为了我，是因为你的小月月回来了呀。”

“小月月？月月？”池雁这才慢慢转过身来，后知后觉地顺着侯助理的目光看到乔东阳身边的池月。

池雁歪歪头，眉头蹙了起来：“月月，你瘦了呀……”

池月佯装生气：“你认不出我了。我还是走吧，反正你也不爱我了。”

池雁猛地睁大眼睛，心急如焚地冲过来拉住池月：“爱，我爱、我爱……月月，你不要走。你是我的好妹妹，我是你的好姐姐……不要走好嘛，我好想你的。”

一段时间不见，池雁的语言功能恢复了很多，说话变利索了。

池月不再逗池雁了：“那好吧，我们回家吧。”

“嗯！”池雁重重地点头，兴奋地跑在前面把大门推开，“欢迎你回到咱们的新家。”

院子里种了树，枝头铺满绿意，盆栽里有盛开的花儿。池雁像个顽皮的孩童，楼上楼下拼命地奔跑，以此表达她内心的喜悦。这一切美好得如同梦境。

池月推开自己房间的门，看着简单朴实的装修，总算松了一口气。

“怎么样，喜欢吗？”乔东阳站在她的背后，扶住门。

“喜欢。”池月回头看他，“上楼的时候我还心惊肉跳的，生怕你给我弄一间奢华款的房间，再备上一大衣柜的衣服……现在这样，挺好、挺好。”

乔东阳勾起唇：“奢华房间是没有，怕你骂我，但衣服必须有一大衣柜。”

“啊？”池月惊了一下，飞快地冲过去拉开衣柜的门。这个衣柜虽然不如申城家里的大，但里面的衣服也多得让她觉得很不好意思：“这已经可以开服装店了吧？乔东阳，别把钱花在这些不值得的地方。”

“怎么不值得？”乔东阳走过来，从池月的背后搂住她的腰，一双温柔的眼里满是笑意，“我就喜欢看我老婆打扮得漂漂亮亮的。”

池月的脸颊微红。她抬肘轻轻撞了他一下：“谁是你老婆？别不害臊！”

乔东阳笑了笑，把她的身子扳转过来，让她面对自己：“池月，嫁给我好吗？”

池月完全没有心理准备，呆呆地看着他。

乔东阳用双手捧住她的脸，不满地皱起眉头：“池小姐，你这是什么反应？”

池月乌黑的眸子里闪着光，亮晶晶的：“你说什么，再说一遍？”

“我问你这是什么反应。”

“上一句。”

乔东阳轻吸一口气，觉得牙根痒痒，从齿缝里挤出一句：“我问你嫁给我好吗。”

“不好。”池月横了他一眼，“你这态度是寻仇来的吧，哪像是在求婚？”

这个女人！乔东阳明知她故意逗他，还是不得不挤出笑容，给了她一记魅惑的勾魂眼：“池小姐，请问你愿意嫁给我吗？”

“不愿意。”池月一本正经地瞅着他，“看你的这个表情，你分明是春楼卖笑的，就是拿个手帕子站街上问‘大爷能不能进去喝一杯’那种。这哪像在求婚？”

“Why（为什么）？”乔东阳挑高眉头，一脸委屈，“池月，我是非常严肃认真地在问你，也请你严肃认真地对待好吗？你看我俩都老大不小了，你的那个同学……叫什么俏的来着？人家已经生二胎了。你响应一下号召，早点儿完成终身大事，不好吗？”

“不好。”池月在心里已经快笑成个傻子，脸上仍然没有变化，甚至还故意白了他一眼，“原来你找老婆就是为了传宗接代啊。乔东阳，你喜欢的根本不是我，而是我的肚子对不对？”

乔东阳差点儿一口老血喷出来。

“池月，全天下只有你一个女人有肚子吗？你是不是傻？”

“你才傻！”池月轻哼了一声，“我的肚子和别人的肚子能一样吗？”她下意识地摸了摸自己的肚子：“这是一个高智商的肚子；是一个脱离了低级趣味的肚子；是一个担负着民族希望的肚子……”

乔东阳笑出声来，轻轻搂住她：“反正我的话已经说出口了，你别给我插科打诨，今天必须给我一个答案。你若同意就算了，要是不同意，就得麻烦你尊重一下我的感情——至少写十万字的理由，以便我日后改正……”

“十万字的拒绝理由？”池月怔了怔，“那好吧，我同意了。”

乔东阳笑着捻她的鼻头：“你吓死我了，知不知道？”

“我是勉强同意的。”池月哼了一声，“没有花、没有戒指、没有仪式感……算了，勉为其难吧。”

原来是这样！

乔东阳恍然大悟般地看着她：“你等着。”

他说着便匆匆跑了出去。

池月不知道他要去干什么。等她在屋子里把带回来的东西归整好，于凤也已经做好了一家人的晚餐，他还没有回来。

“这是怎么了？”于凤狐疑地看着女儿，“你俩是不是吵架了？”

池月笑着摇头：“没有。”

“那为什么小乔突然就走了，叫都叫不住？”于凤去门口张望了一下，“这天快黑了，他还不回来！月月，你也不是小孩子了，要学会忍让。男人嘛，该哄的时候一定要哄哄。”

池月看了于凤一眼，正准备给乔东阳打电话，这时门铃响了。

“回来了、回来了！”于凤兴冲冲地去开门，发现门外站了两个人——一个是手捧仙人掌盆栽的乔东阳，一个是戴着帽子、已晒成了黑炭的乔正崇。父子俩像两根木桩似的戳在大门外，脸色都不太好看。

“哟，亲家来了。”于凤活到这把岁数，为人处事还是很通透的。

于凤高高兴兴地把乔正崇迎进来，然后看着乔东阳手上的仙人掌：“怎么买这个回来？”

乔东阳低头看了一眼仙人掌：“因为没有别的花了。”他看了看池月，又看了看乔正崇，对于凤说：“阿姨，我要向池月求婚。”

原来乔东阳出去老半天，就是去接乔正崇和买花？

池月还没说话，乔东阳就将手上的仙人掌捧到她的面前：“我找遍了小镇，也没有看到花店。池小姐，不知道这棵仙人掌……能不能让你将就一下？”

池月看着乔东阳，没有说话。

乔东阳的眉头蹙了一下。他把手摊开：“我选仙人掌的时候，还被扎了好几下呢，你看。”

这足够诚心了吧？但池月还是没有说话。

乔东阳急了，突然从兜里掏出一袋糖：“你看，我还给你买了糖！”

池月扑哧一声笑了出来：“乔东阳，你要不要这么幼稚？”

“我不幼稚。”乔东阳的面容温柔了不少，“我是认真的。池小姐，请你嫁给我。你就一句话，嫁还是不嫁？”

池月的耳根发热：“嫁！”

“这不就结了吗？”乔东阳松了一口气，将仙人掌往池月的面前一送，“赶紧把我的定情信物接过去。”

“这真是一个有创意的定情信物。”池月装出一副云淡风轻的样子，小心翼翼地捧着仙人掌，将它放在阳台上，再回头时，特地瞄了一眼乔正崇的表情。

乔正崇一直没有说话，不知道在想什么。

于凤倒是兴高采烈，看着桌子上的菜，总觉得它们已经配不上这一顿有纪念意义的晚饭了。于凤开始紧张：“囡囡，你说……这么重要的日子，我要不要再炒个鸡蛋呢？”

池月：“……”

“炒一个，炒一个好了，我再去炒个蛋。”于凤不给别人劝说的机会，匆匆跑入厨房。

池月知道，于凤差的不是一个菜，而是一种心情。妈妈需要在这种境况下再做些什么事情来表达自己的愉悦。

与于凤相比，乔正崇就淡定多了。池月以为乔正崇对这桩婚事或多或少存在不满，但没有想到，吃过饭，乔正崇居然把她和乔东阳单独叫到房间。

乔正崇一上来就问乔东阳：“为什么不早点儿告诉我你是来求婚的？”

乔正崇那质问的语气，让池月的心里有点慌：“叔叔，其实这件事……”

“你别帮他说话。”乔正崇没看池月，黑着脸问乔东阳，“我就这么不值得信任吗？”

乔东阳抬起眼皮看着乔正崇：“早告诉你又怎样？”

“哼！”乔正崇气呼呼地拍拍袖子，上面还有泥灰。这副生气的表情让他的老脸显得又黑了不少：“早告诉我，至少我可以换一身衣服吧？你看看我这个样子，像带着儿子上门求亲的吗？不知道的还以为我带儿子来要饭呢。我老乔家的脸都丢尽了。”

池月：“……”

乔东阳：“……”

乔正崇训完，还不解气，瞪着乔东阳，语气不悦：“一没备礼、二无准备，你就这么带着你老爹跑到人家家里来，要娶人家的女儿。我说乔东阳，谁给你这吃雷的胆子？哦，不对，你是捧了一棵仙人掌来的！仙人掌，这……你告诉我，你是怎么想出来的？”乔正崇瞄了池月一眼，“亏得池月不计较，答应你了。要我说，就该让你这小子吃吃闭门羹，知道婚姻不是过家家。”

“我没过家家啊！”乔东阳被训得头皮发麻，“我在镇上买不到鲜花、戒指。这怪谁啊，还不都怪你吗？搞的什么建设，连鲜花店、首饰店都没有……”

乔正崇瞪大了眼：“你怪我？”

“不怪你怪谁啊？儿子怪老子，不是天经地义吗？养不教，父之过。我不懂礼数，那是因为我本来就不懂啊，又没人教过我。”

池月过意不去，笑着对乔正崇说：“叔叔，我们不用那些虚礼。我和乔东阳在一起开开心心地过日子，这就够了。”

“那不行，我们乔家没这么娶过媳妇儿。”乔正崇哼了一声，“你放心，该有的礼数我会补上的。你妈妈那边我回头找她说。儿子不懂事，老子不能不懂……我马上就让人着手去办，一定要把你们的婚礼办得热热闹闹的。”

等等，这是什么情况？这不是刚求婚吗？怎么被乔正崇一顿气势汹汹地训示后，就变成婚礼了？

池月求助地看着乔东阳。

乔东阳面无表情：“你说得都对，我听话就是。”

他这么就听话了？池月觉着这恐怕是乔东阳最听话的一回了吧。

第二天中午，池月和乔东阳去了月亮坞。

他们俩加上侯助理，三个人是在村委会吃的饭。大锅大火炒出来的菜，味道不错。家乡的味道让池月胃口大开。她正吃着，就接到了董珊的电话。

“恭喜你，要做新娘子了。”电话那头儿是董珊的笑声。

池月尴尬地说："董姨，你也知道啦？我还有点蒙呢。"

"别蒙！这是好事。"董珊笑道，"有什么需要和要求，你可以告诉我，我来办。"

她来办？池月一时没反应过来。

董珊说："东子让我来帮他操办婚事。"

池月有点意外，瞄了一眼乔东阳，对董珊说："你看着办就行，这个我也不懂。嗯，下次就有经验了。"

乔东阳把筷子放了下来："下次？"

池月笑而不语，朝他眨眨眼，认真地听董珊说自己的安排。

乔东阳轻哼了一声："还有下次，你怕是要上天？"

池月下意识地顶了他一句："要上天的不是你吗？"

董珊在电话那边愣了一下："你说什么？"

"哦，没什么。"池月忍住笑，瞄着乔东阳，对董珊说，"你安排就行，董姨，我完全相信你……"

"好的、好的。不过上天……这个创意很好嘛！果然还是你们年轻人的脑子活络。好的，我来安排！"

池月："啊？"

上午转工地，下午接着转，没有任何变化。对别人来说，这样的工作内容过于枯燥，而对于池月来说却是享受。看着沙漠里一条条修好的道路蜿蜒盘旋，一片片种下去的树苗在微风中舒展身姿，那是一种无法言说的愉悦。

申城已入秋，月亮坞还是一样灼热，大中午正是骄阳炙烤的时候。

池月、乔东阳和侯助理从村委会出发，去往月亮湖。天狗操纵着汽车，走走停停。池月一身是汗，却不觉得疲惫。她时不时下车拍个照，说说自己的看法。乔东阳耐心倾听，叮嘱天狗记录。

月亮湖的重建，是月亮坞项目的重中之重。这里施工的人数很多，单单吃住的工棚就建了十几排，占地面积极广，远远看去像个村落。这些日子，乔正崇就住在这里。

“乔大人，前面有好多人类在‘吃瓜’（形容围观）……”天狗突然开口。

乔东阳看过去：“走，去看看。”

工棚外面不仅围了很多工人，还停了一辆警车。做工程最怕的就是出安全事故，池月看到警车的第一反应，也是暗叫不好。

天狗找了个车位，刚刚将车停下，乔东阳和池月就迫不及待地下了车。两人扒开人群走进去，一眼就看到戴着安全帽站在中间的乔正崇。

“怎么了？”乔东阳走过去，站在乔正崇的身边。

乔正崇一看是乔东阳，叹了一声：“咱们崇德林那边的树，被偷了。”

“崇德林”这个名字还是侯助理当初为了拍乔正崇的马屁胡乱取的，然后就一直沿用了下来。崇德林是月亮湖周边建设得最好的一个区域。池月没去申城的时候，崇德林的树木已经成活，现在一年又快过去了，那一批树木应该已经长得很好了。

一听有人偷树，池月就难受：“什么时候的事？”

乔正崇说：“具体从什么时候开始的，我也说不清。崇德林有上千亩地，偷树贼隔三差五地来偷几棵，一开始大家都没有注意……昨天晚上，树被人一次性挖了很多，有一部分带不走的就放在路边。大家这才注意到，汇报到我这儿来。”

警察合起笔录本：“你们说的情况，我们会调查的，有消息会通知你们。”

他说完就要走。

乔东阳喊住他：“彭警官，不去现场看看？”

来月亮坞后，乔东阳和万里镇派出所的民警打过好几次交道，认识这位警官。

彭警官也认识乔东阳，一脸是笑地说：“你刚才没来，我们已经去看过现场了。你放心，你们为万里镇的建设奔波，咱们肯定不拖后腿。”

乔东阳点点头，和彭警官握手，说了一声感谢。

池月却很奇怪，插了一句："彭警官，这次作案的也是以前的那些偷树贼吗？"

彭警官说："这个目前不敢确定。不过……就我的观察来看，作案手法如出一辙，就算不是那批人，肯定也与那批人有关。"

池月抿了抿嘴，沉着脸说："那些人不是都被抓了吗？"

彭警官拍了拍帽子上的灰，无奈地叹了一口气："抓是抓了，但除了几个骨干，大多数人判得比较轻。他们进去蹲几个月就又出来了……这也没办法。"

池月不说话了，这就是一个死循环。

小偷小摸，哪怕是惯犯，没出恶性事件，判不了重刑。犯罪成本太低，这也是他们屡教不改的原因，所以他们一出来就重操旧业，小恶不以为恶。

围观的工人大多是本地人，对这件事也是痛恨不已，等警车一走，就七嘴八舌地议论。

"咱们现在的环境这么好，只要肯吃苦，哪里还差一口饭吃？好好的活儿不干，为啥要去偷树？"

"偷树也赚不到钱。一般偷树的没有销售渠道，还得靠上线，除去交的份子钱，到手就不剩几个子儿了。这些人真是作孽哦！"

"偷惯了，就喜欢不劳而获，就算给他们工作，他们也不肯来……再说了，在里头蹲过的人，大多养野了性子，有几个耐得住打工的苦？"

众人在讨论，乔正崇对此似乎没什么心思。他看了乔东阳一眼，把乔东阳叫到旁边："你的婚期，你小妈挑了几个日子。我看了看，最合适的就是腊月十八……"

腊月十八，从现在算起，就剩两三个月了。

乔东阳想了想："会不会来不及准备？"

"不会、不会。"乔正崇说着，瞄了一眼池月，"我着急抱孙子啊。你小子，是不是不努力？"

这人对小孩子是有什么执念吧？

不知道是不是出于惯性的叛逆心理，乔东阳条件反射地拒绝：

“池月的年龄还小，我想让她多玩儿几年，不准备这么快要孩子。不急！”

“你不急，我急啊！”

“你急，自己生啊，反正你又不是没干过。”

乔正崇哑口无言，少顷，又悻悻地说：“你小妈很喜欢小孩子。趁她现在带得动，你们生了孩子，就交给她好了，不会降低你们的生活质量。你们该过二人世界，还继续过你们的，什么都不用操心。”

乔东阳沉下脸：“你把我当成生育机器了？”

“你这孩子，话怎么能这么说？这是帮忙带，懂不懂？”

“你帮？你会教育孩子吗？你知道小孩儿是怎么长大的？”

“我不会教育孩子，怎么把你教得这么优秀？”

“你真好意思。”乔东阳淡淡地看了乔正崇一眼，“收起你那点儿小心思。想用我的小孩儿来讨好你的女人？没门儿。我走了，你照顾点儿身子，别没熬到孙子出生就嗝屁（死）了。”

“乔、东、阳！”

老乔在背后喊。小乔头也没回，拉着池月就上了车。

池月回头看了看满脸焦躁的乔正崇，纳闷地对乔东阳说：“你爸叫你。”

“没听见。”

池月满脸问号：“怎么了，又吵架了？”

“没有。”

“那你们说什么了？是不是偷树贼的事？”

乔东阳慢慢地侧过脸，目光从她的脸，向下扫到她的肚子：“他说，让你赶紧给我生个儿子，好继承他的这一片小树林。”

“啊？”池月扑哧一声笑了出来，“别逗了！”她压根儿就不信乔东阳的鬼话，转入正题：“你说这些偷树的家伙天天打月亮坞的主意，这可怎么办啊？”

乔东阳哼了一声：“我准备安装全方位监控，看他们怎么偷。”

在工地上绕了一圈，池月发现又回到了村委会。

俞荣站在门口，搓着双手来回走动。这是一个很熟悉的场景，只是俞荣看到乔东阳，脸上的表情略显尴尬。

当初在乔东阳最困难的时候，俞荣离开项目组，回到申城的乔氏集团，虽有不得已，但也算是抛弃。不过在项目开工时，乔正崇没有找别人，还是找了当初的原班人马，俞荣也自然而然地被调回来。

面对乔东阳，俞荣很不自在。

乔东阳却像失忆了一样，完全不提过去的事："俞总，你来一下。"

俞荣忐忑地跟进了办公室："乔先生，当初我对不住你……"

"俞总，"乔东阳打断俞荣的话，摆了摆手，表示不想听这些，"以前的事翻篇了。你来看看这个。"

乔东阳用手指点着墙上月亮坞的规划图："我要在这些区域全部装上监控。你给我计划一下，最迟明天上午把方案交给我！"

"啊？！"俞荣愣了愣，马上面露喜色，"好的、好的，我马上做。"

池月回了一趟以前的家。那几间土坯房还立在黄沙里，外墙上写了一个大大的"拆"字。阳光越过沙丘从屋脊落入，照亮了她童年的回忆。过去的一切仿佛还在眼前，可她的人生已然翻篇儿。

她看了一会儿，叹了一口气："走吧，回去啦。"

乔东阳看看她的表情："舍不得？"

"感慨一下。"池月微微一笑，"没想到月亮坞会有这一天。"

她看向他的目光里有感动。可他却不喜："不要这样看我。"

"为什么？"

"我会觉得你是在以身相许，报恩。"

池月笑着挽住他的胳膊："我要这么喜欢报恩，早就嫁给邵之衡了。"

乔东阳斜眼扫了她一眼："邵之衡又没我好看。"

"是呀、是呀，所以咱们两个长得好看的人必须在一起。"

乔东阳忍不住笑："你放心吧，邵总那边，我没亏他。"

“嗯？怎么说？”

乔东阳喟叹道：“邵之衡还是让人服气的。他投资的眼光精准独到，还很会做人。就投资东阳科技这一把，他的回报率在 50% 左右。而且他成功地让我欠了他一个大人情。”

池月抿了抿唇：“雪中送炭，是该记着。”

乔东阳哼了一声，不情不愿地说：“他是个君子。”

明眼人都知道邵之衡喜欢池月。可是邵之衡不靠近、不打扰、不从中间插一脚。自从池月和乔东阳确定了关系，邵之衡就站得远远的，在她需要的时候就出现，不需要的时候就消失，平常除了公事，连电话和消息都不常有，从不轻易给别人增添困扰。这种人和任何人在一起，都会让对方觉得舒服。

池月说：“他是个好人。”

乔东阳的唇角扬起：“精明的好人。”

“精明没有错。与人方便，自己方便，这才是做人的最高境界。”

乔东阳一听她夸情敌，哪怕明知道这是事实，但心里还是有点不爽：“如果我没有出现，你会不会和邵之衡在一起？”

这个怎么假设？池月认真地想了想：“应该不会。在认识你之前，我认识他好久了，但我们一直是如水之交……”

“那是你。他是在等，等你长大！”乔东阳一针见血地说，然后笑了笑，又有点得意，“不过男人太成熟了并非好事。在工作上思前想后也就算了，在感情上也这样，那就是败笔。他要是像我一样主动，可能早就抱得美人归了。”

池月忍不住笑：“你那不叫主动，叫厚脸皮。”

乔东阳沉下脸，一本正经地看着她说：“池小姐，我正式宣布——你说的都对。”

“走吧，瞎贫！”

乔东阳和池月的婚期定在农历腊月十八。池月家的亲戚不多，朋友更少。但此时，早年因为于凤生了两个赔钱的女儿，还离异带娃，家庭贫苦，而几乎与她们断绝了往来的亲戚们，如雨后春笋般冒了出来。

依池月的意思，对这些人一个也不请。当年，那些亲戚要是能施以援手，池雁何至于退学？

当年亲戚们怕她家借钱，退避三舍，与她们母女三人划清界限。对池月来说，这些往事都历历在目。她记得妈妈为了一家人的口粮而哭哭泣泣地哀求舅妈的卑微；记得外公丢出一袋米并把她们母女三人赶出家门的样子；记得外婆嫌弃又无奈的眼神；记得姑奶看到放学回家的她绕道走得匆忙；记得表哥看到她们进屋就把糖果藏在枕头下的防贼似的嫌弃……

小时候的池月委屈过，伤心过，但她长大后就淡然了。大部分的人是趋利避害的，怕穷亲戚借钱，怕拖着两个女儿的于凤向他们伸手，怕摊上这个大麻烦。人性如此，池月不怪他们。只是这些人之于池月，早就不是亲戚了。

可是于凤好面子。于凤憋屈一辈子，好不容易扬眉吐气，恨不得全天下的人都知道。对这些亲戚，于凤要请，每一个都要请。

池月不喜欢纠缠这些事，不想为负能量买单，但理解于凤的心情。因此女方亲戚这边，都由着于凤折腾。池月看着于凤发邀请函、派礼；听她对亲戚们的尴尬、羡慕津津乐道；听她感慨外公外婆过世得太早，再也看不到外孙女出头人地的遗憾……

不管于凤说什么，池月都点头，不反对、不参与。

池月自己亲自邀请的人，除了王雪芽，只有邵之衡。

在确定婚期的当天下午，池月打电话给邵之衡，希望他能来参加婚礼。可惜，邵之衡向她表达了祝福，也表达了错过的遗憾，然后表示他无法到场。

“我那个时候在国外，赶不回来参加你的婚礼了。”

“国外？”池月有日子没跟邵之衡联系了，有些诧异，“要待到明年吗？”

邵之衡嗯了一声：“大概要大半年的时间。”然后邵之衡笑着说，“不过你放心，礼物我肯定送到。”

“人不来就别送礼了，好像我为了礼物似的。”池月也笑了，“你是公干还是私事，怎么要待那么久？”

邵之衡经常出国，但一走就大半年的情况还是少见的，池月忍不住就问了。

可邵之衡并没有很明确回复，轻轻一笑，就把这个事情带了过去：“公事、私事都有，不得不处理啊。”

“哦，那好吧。”池月听出了弦外之音，猜测他可能不愿意出席婚礼，便感觉有一点儿尴尬，没再多问。他们又聊了一些生意上的事情，就把电话挂了。

她放下手机，不一会儿，信息来了，是邵之衡发来的。

邵之衡很委婉地告诉池月，开年后，他准备转移生意的重心，可能对保健品无人超市这一块没有时间兼顾，希望把自己手上的股份转让给她，并且给出一个超低的价格。

到目前为止，几个无人超市都处于营利状态，白捡的钱，正常人都不会拒绝。但池月不想占这个便宜：“股份你先拿着。没有你这个大股东加持，我怕玩儿不转。邵哥，你生意忙，那就忙你的，不用顾着这边。我会找人打理，按月给你报表就行。”

邵之衡知道这是她的借口，有乔东阳这个后盾，哪会玩儿不转几个店铺？

不过他向来不会强人所难，她不愿，他就依她：“那就辛苦你了。”

“什么辛苦？不存在！这是我的老本行，顺手。”

邵之衡发了两个表情过来——一个微笑，一个挥手再见。

池月叹气：“再见，你先忙吧。”

邵之衡没有再回复。

月亮坞的电子监控网络，半个月后就已经实现了全面覆盖。可清净了不到两天，那伙偷树贼就卷土重来了。他们无法直接破坏树木，就破坏网络，或者采用更极端的方式，蒙头罩面，趁着夜色和沙漠气候不好的时候，神不知、鬼不觉地摸进去捣乱。他们如同杀不死的蟑螂，抓了还有、抓了还有……“野火烧不尽，春风吹又生”，让人头痛不已。

池月对这些“蟑螂”很恶心，没想到还有更恶心的人会找上门来。

她那个失联了20多年的亲爹，以一副恬不知耻的嘴脸，打着关心女儿的旗号，跑上门来说要缓和关系。在遇了几次冷脸后，他又软硬兼施地缠着于凤讲夫妻情分，要让池月尽赡养的义务。

“可笑！”池月从月亮坞赶回家，二话不说就撵人，还叮嘱于凤，“妈，以后这家人来了，不许他们进门。”

池忠勇不是一个人来的，还带着池月的姑妈，以及池月同父异母的弟弟。那个男孩儿，是池忠勇与于凤离婚后和南方工厂里的那个“情投意合”的女人所生。

男孩儿看上去十八九岁的样子，模样儿和池月姐妹俩长得不像。可能他随母，胖、壮、五官线条不好。他穿着新衣服，却显得十分土气，畏畏缩缩，白瞎了池忠勇这张好看的脸。

“池月！你怎么能这么跟你爸说话呢？没大没小！”姑妈想和稀泥，被池月一记冷眼瞪了回去。

池月的态度很强硬：“关你什么事？你是谁啊，到我家指手画脚，欺负我妈心软是吧？滚出去！全给我滚出去！”

“反了你了！”池忠勇指着池月破口大骂，“说破天我还是你亲爹，不要以为你的翅膀长硬了，有几个臭钱，就了不起！我告诉你，我咨询过律师，赡养我是你的义务，走到哪儿你都没理！走到哪儿我都是你爹！”

池月冷笑几声，懒洋洋地看着他们表演，就像看猴儿戏似的。

“你笑什么？”池忠勇被池月冷漠的笑眼看着，脸颊火辣辣的。

要脸还是要钱？无论如何，为了他的幺儿，他豁下脸也得从池月的身上咬下一块肉：“不要以为你笑就可以逃避。这个钱，你给也得给，不给也得给。”

“我不给，你是准备抢啊？”

“抢？我是你爸，你的就是我的。”

池月的笑容未收：“不好意思，我家的户口簿上没有父亲，不知道你是哪来的疯狗。我警告你，你再不走，我就报警了。”

“报警？长见识了，闺女报警抓父亲？你报，你报好了。我就不信这黄沙地里没个讲理的地方……”

池月掏出手机，瞄了池忠勇一眼：“行，你别㞞。”

“老子这辈子没㞞过……老子占理，怕什么？”

第十一章
最后的疯狂

彭警官最近一直在处理偷树贼的事。这会儿，他刚回到所里就接到池月报警的消息，连水都来不及喝一口就赶了过来。

彭警官一进大门，池忠勇就瘫坐在地上，又捶腿，又号丧。

池忠勇一边号，一边说当初于凤怎么跟别的男人乱搞，把他逼出家门；说这些年来他如何想念两个女儿却受到于凤的阻拦，是于凤不让他们父女相见；说于凤如何挑唆女儿仇视他，让他这个可怜的老父亲被女儿误解，一生蹉跎……

姑妈厚颜无耻地在池忠勇的旁边劝着。

老幺儿跪在边上抹眼泪，痛叫亲爹好惨。

于凤被气得身子发抖，差点儿昏过去。

基层民警一年四季不知道要处理多少鸡毛蒜皮的纷争，这点儿小儿科的手段怎么逃得过彭警官的眼睛？

“差不多就行了，别哭，有事说事！”彭警官对着池忠勇抬了抬下巴，“你站起来说吧。”

“哎哟，我这条腿哟！那天我为了找我闺女摔了一跤，现在还没有康复，连医药费都没有……”

“那你坐着吧，别起来了。”彭警官打断他的话，指了指池月，“这是你的女儿？”

池忠勇赶紧掏出身份证递上去：“是、是、是，警察同志，你看看，一个姓，亲的。不信的话，我可以跟她验那个什么D……DNA（脱氧核糖核酸，可用来做亲子鉴定）。”

彭警官垂着眼皮，端详了一下池忠勇的身份证，递给同行的民警，让那个民警做笔录，又对池忠勇说：“我不管你们之间有什么恩怨，但你找上门来闹事，这就不对，知道吗？”

“我找我闺女，亲爹找闺女，有什么不对？”

池月说：“彭警官，他三番五次骚扰我妈，讹诈、威胁我们拿钱。”

池忠勇气得涨红了脸：“你是我闺女，我不能上门找你？”

池月顶回去：“这房子是我妈的，房屋补偿合同上不是我的名字，和我一毛钱关系也没有。我妈跟你一点儿关系都没有，你跑到她的家里来闹，就是骚扰、就是威胁！”

“你……”池忠勇一时词穷。

彭警官好不容易才抑住笑，一本正经地对池忠勇说：“你和于凤早就离婚了。你们不是夫妻关系，没有夫妻间的权利和义务。这是于凤的家，于情于理，你都没资格来闹。走吧、走吧，你有什么诉求上法院，依靠法律途径来解决，闹是没用的。”

“对！”池月火上浇油，“彭警官，他跟踪、骚扰、侮辱……已经严重威胁到我妈妈的人身安全。这样的暴力分子不用拘回去蹲几天吗？”

她这是半点儿情分都不讲啊！

“我呸！”池忠勇将一口痰吐在地板上，用鞋底蹭了蹭，“我算看出来了，你跟这个警察一唱一和，你们是穿一条裤子的。这个警察得了你家的好处，连心眼儿都歪了……”

“你这是侮辱民警、散布谣言，情节严重是可以判刑的。”池月说着，靠近做笔录的警察，“警官，你都记下来，别漏了。这是个惯犯，已经骚扰我妈好几次了。我妈最近神经衰弱，心悸、失眠、高血压，身体出现了严重的不适。如果我妈再任由他骚扰下去，说不清楚会出现什么。你们派出所对这种人就没有处理的措施吗？”

彭警官看着池月：“……”

池月眉头皱了起来：“最近有好多类似的社会新闻。我跟你说，这人就是个无赖地痞，你千万不要等到出事了再来后悔。到时候，谁承担得起责任？”

彭警官焦头烂额，就事论事地说：“本来不是什么大事，我建议你们能协商就协商，各退一步，海阔天空……”

“好吧，听彭警官的，咱们协商。”池月望着池忠勇：“你不是口口声声地说爱女如命吗？行！要我向你付赡养费没问题，但是你得先把这些年我和我姐的抚养费给了。”

池忠勇脸一白：“你这丫头片子在胡说什么？你已经成年了，还要抚养费？”

池月眼睛里浮出一丝戾气：“你急什么呢，咱们不是在协商吗？我们现在成年了，当时可没有成年……这是你欠我妈的。你付给她，我就同等价位付给你赡养费。你不给，那我只好替你把赡养费当抚养费还给我妈了。这些年，她又当妈，又当爸，该拿双份……”

“你这个对亲爹不孝的畜生！”池忠勇还想骂，被姑妈拦住了。

姑妈一直没出声，但很精明，看得清状况。

姑妈说：“这么闹下去，闹到天黑也没个结果，还浪费警察同志的时间。要不这样吧，我来当个中间人，帮你们协调一下。池月，你看你现在的日子也好过了，压根儿就不缺这几个钱。你说个数，你爸说个数，当着警察同志的面，大家商量商量，拿个折中的主意出来，把这事解决了，不就完了吗？”

池月笑出了声：“不要试探我的底线，我的底线是连一分都不给。我再说一遍，你们都给我滚，再不滚，我就要赶人了。”

“想让人抓我？老子今天就教训教训你，让你知道什么叫亲爹！”池忠勇扬起手。

他的动作并不快，池月其实可以避开，但她没避，而是冷冷地望着他，将脸迎上去，生生受了他这一巴掌。

池忠勇性急之下理智全无。他又是一个常年干体力活的男人，下手狠、力气大。只听得啪的一声脆响，几条指痕慢慢地浮现在池月的脸上。

大家都愣住了，包括池忠勇自己。

池月没有去捂脸，甚至脸上没有表情：“彭警官，我被人打了，是被人当着警察的面打的。你看着办吧。”

动了手，性质就不一样了，亲爹打女儿也是暴力。彭警官不再和池忠勇浪费口舌，直接把池忠勇带走。

池忠勇一路上骂骂咧咧，但是毫无办法。剩下姑妈和池忠勇的幺儿，一脸的怒火，但两人也无能为力。

池月回头看了一眼目光呆滞的于凤，然后指着大门对这姑侄俩说：“你们还不快滚，是要我关门放狗吗？”

“汪汪汪！”二黄像是听懂了池月的话似的，狂吠几声。

姑妈的泼劲儿上来了。她指着池月和于凤娘儿俩就破口大骂：“池月，你灭天良、毁人伦，会遭报应的。你、你不是人……还有你，于凤，你教女儿不孝顺亲爹。你这种不知感恩的东西活该没男人要，守活寡一辈子……”

池月冷笑：“我数三声，放狗了……”

池月的话音还没有落下，房间的门被撞得砰砰作响，里面传出一阵异常凶猛的狗吠声，如同藏獒发狂怒吼。

“嗷——汪汪汪！汪汪汪！”

门内咆哮的狗吠声和门外二黄的叫声交织在一起，还有被撞击的门板发出的巨大声响，震撼力极强。姑妈被吓住了，领着胖幺儿灰溜溜地走了。池月追过去，砰的一声关上大门，赏了二黄一根骨头。回到房间，她看到了两只蓝幽幽的眼睛。

天狗望着她：“姐姐，我叫得好不好？”

模仿藏獒咆哮的是天狗。对强人工智能来说，播个拟真的声音毫无难度，难的是……天狗居然把天猫也带动了。两个机器人在屋里疯狂撞门学狗叫。

池月摸摸天狗的头：“乖。”

她越过天狗，走向缩在床头的池雁。

天猫：“我没有乖……我乖……我没有乖……我也乖……”

池月又回过头，抬手碰了碰天猫的脑袋："你最漂亮。"

天狗想要用大眼睛扫描池月的表情，可是池月已经坐在池雁的床前，注意力全被沉默的姐姐吸引过去。

"姐，没事了，坏人走了。"

池月想要搂抱池雁，不承想池雁突然抬起头对池月说："是不是爸爸回来了，月月？"

池月摇头："不是……"

"我听见了，是爸爸。"

池月抬手轻轻摩挲池雁的肩膀："我们的爸爸早就死了，姐姐。"

池雁皱着眉头，安静了许久，吧嗒吧嗒地掉眼泪："爸爸不是这样的……"

池雁在南下打工的那几年，一直没有放弃过寻找池忠勇。她不相信世界上有不爱女儿的爸爸。

出去打工之前，池雁特地去找过姑妈和那边的亲戚，可是他们没有一个人将池忠勇的联系方式告诉她。那时池忠勇在外面已经有了女人。他后来娶的那个女人是个城里人，两人在南边的一个三线城市有一套房。

池雁没有放弃，别人不告诉她爸爸在哪儿，她就自己找。她就想要池忠勇的一句话，要听他亲口说不要她和月月了。

池雁那时候所说的池忠勇，与池月今天见到的池忠勇，完全不是一个人。也许是池雁对父亲心存幻想，所以当时她告诉池月：爸爸爱妈妈，也爱她们姐妹俩。只是因为妈妈生了两个女儿，爷爷和奶奶总是逼他、骂他，说池家要断子绝孙了，没人传宗接代、继承香火了。奶奶嫌弃妈妈，妈妈也不喜欢奶奶，爸爸夹在中间很难做人，这才背叛了妈妈。

池雁这样想的依据是，妈妈那么好看，男人都是爱漂亮女人的。

找爸爸，是池雁存了多年的希望。家庭中父亲的缺位让她极度缺爱，当然，真相到来，也让她极度受伤。现实中的爸爸，比她们姐妹俩想象中的无耻得多。

乔东阳是晚上才知道这一消息的。他匆匆赶了回来，第一时间就捧起池月的脸，要去厨房拿冰块。

“敷过了。”池月轻轻拖住他，“我皮糙肉厚，过几天就好了，毁不了容，也耽误不了做你美美的新娘。”

乔东阳不放心地端详着她的脸：“太狠了，比我家那个更不是东西！”

能比吗？池忠勇和乔正崇根本就不能比，甚至不能放到一个天平上。后者只是方法失当，前者是冷血无情。

乔东阳在她的脸上有指痕的地方轻轻吹了一口气：“为什么不告诉我？”

池月不以为意：“我故意让他打的。”

“下次不要这样了。这脸，我连碰都舍不得碰，怎么能让人打？”乔东阳那心疼的模样像是恨不得代替池月挨这一巴掌，“以后不许逞强，知道吗？你是有老公的人。你老公没死，谁也别想蹬鼻子上脸，欺负到你的头上。别说亲爹，亲妈都不行。”

于凤刚冒头，闻言怔了一下，又缩了回去。

池月没瞧见于凤，忍俊不禁地对乔东阳说：“知道了。一个巴掌而已，别大惊小怪的。”

乔东阳沉下脸：“我是认真的。”

“知道了。”池月站在他的面前，笑得眯起了眼。

腊八节一过，两人的婚期更近了。

“亚洲5A级美人区”群里的几个好姐妹，自从离开《星空行者》节目，虽三不五时在群里聊聊天儿，说点儿生活中的事情，联系还算紧密，但实际上，已经近两年没见了。池月结婚，她们约好要提前过来，到万里镇住上几天，顺便玩儿一玩儿，回忆一下青春。

腊月初十，孟佳仪等三人就赶到了万里镇。

最近，东阳科技新购的仿真模拟设备全部运送到了航天城，严教授的实验室团队也整个搬过来了。王雪芽是陪着老师一起过来的，目前也在航天城。航天城与池月家离得近，王雪芽特地向严教授请了假，提前过来陪池月一起接待远道而来的姐妹们，生怕自己第一伴娘的位置被孟佳仪给抢走。

姐妹几个再次相聚，仿佛一下子回到了在《星空行者》同场竞技的岁月，吃喝玩乐，好不快活。回想起来，上一次她们这么开心地放声大笑，已经是两年前的事了。

万里镇的夜生活丰富，但相比于大城市的喧闹，沙漠小镇还是宁静了许多。

婚礼进入倒计时，池月的时间突然变得很紧张。她每天一起床，就有很多事情要做，一上午、一下午，几乎眨眼间就过去了。在这样异常忙碌又异常混沌的日子里，她有一种梦游般的感觉。为此，她特地在网上搜索了一下自己的症状。

网上说，这是婚前综合征。

池月觉得有点好笑，不过找到了解释，内心稍稍安定了一些。

但池月没有想到，悬着的心刚刚放下，傍晚时，她就收到了沙尘暴橙色预警……

夕阳挂在天边像个巨大的火球，彩霞为万里镇披上了一层金黄色的霞帔。今儿这天空，漂亮得有些诡异。

池月站在自家的窗前，望着天际，回忆着上一次特大沙尘暴发生的时候。那是两年前，《星空行者》节目组的拍摄期。她突然觉得有点奇怪，自己选个婚期，居然又撞上了这么个“好时节”。

于风走进来，轻轻靠近池月，站了片刻，以为池月没听到，又咳了一声：“囡囡……”

池月回头。

于风对池月的称呼一般有三个，“池月”“囡囡”和“月月”。这三个称呼亲昵的程度都一样，但所用的地方却不一样。正常情况下，于风会叫池月的名字或者“月月”，而叫“囡囡”的时候，总是有些难以出口的话。

池月笑了笑：“怎么了？”

于风不答反问：“你在看什么？”

池月望了一眼窗外：“这么漂亮的天，为什么就要来沙尘暴了呢？”

沙尘暴一来，漂亮的万里镇会变成什么样子，橙色预警的沙尘暴带来的破坏性会有多强，谁都无法预估。于风的嘴唇动了动，嘀咕着："也许老天就见不得我们过上好日子。"

察觉到于凤的情绪不太好，池月担心地问："怎么了，你有什么事吗？"

于凤叹了一口气："你爸爸和你姑他们……真的就不请了吗？"

"嗯？"池月的眉头皱起，"这个问题还有讨论的必要吗？"

大家已经撕破脸了，再请他们来多没意思。

池月看着于凤愁眉苦脸的样子："妈，当初你决定高调通知亲戚朋友来参加我的婚礼，不就是存心要打他们的脸，要扬眉吐气吗？现在效果不是很好吗？你该高兴。"

于凤的眼神复杂："是……妈这辈子活得憋屈。我闺女有出息，我是想让那些人瞧瞧……可是他们毕竟是你的血亲。脸打过了，气也还回去了，咱们要是不准他们参加婚礼，会有人嚼舌根的。这样明明是他们不对，到头来就变成了我们的不是。尤其是你，人家会说你六亲不认。"

"我怕谁说？"池月揽住于凤的肩膀，笑盈盈地道，"妈，咱们不可能让所有人都满意。更何况你当真以为那些来参加婚礼的人都希望我们过得好？爱说说去，让他们羡慕、嫉妒、恨！你啊，胸口给我挺起来，泼辣劲儿使出来，谁敢说三道四，你就给我喷回去。"

于凤被池月说得笑了起来："你啊！就这张嘴不饶人，真是像极了年轻时候的我……"

"那可不一样。你年轻时，肯定没我好看。"

"去、去、去，没大没小的。"于凤半笑半嗔地说，然后又蹙了蹙眉，"别人我可以不管，就是你那个爸，我有点怕……"

"怕什么？他未必还敢打上门来。"

池忠勇上次来池月家闹事，被派出所带走，因为违反《治安管理处罚条例》被拘留了七天。池月一开始还担心他不肯消停，没想到他进去一趟，学乖了，没再来过。

虽然背地里大家有些风言风语，但池月从来不关注。大概是于凤对这些听得比较多，整天忧心忡忡："不知道为什么，你爸这次回来，我总觉得有哪里不一样。"

池月冷笑："妈，岁月是把杀猪刀，人都是会变的。不过坏人呢，骨子里还是坏人。这一点，他从来没有变过。”

于凤瞅了池月一眼，没吭声。

池月沉下脸：“你千万别告诉我你还喜欢他。”

“瞎说什么……”这一把年纪了，什么爱、什么情都已经磨没了，于凤只是担心，“你爸这个人，向来不肯吃亏，报复心重。这次你让他栽了个大跟头，他不会就这么算了的。我寻思对待这种人，多一事不如少一事。他想做岳父，你就满足他的这个心愿，让他找不到理来挑你的刺……”

“开什么玩笑？”池月变了脸，“一辈子只有一次的婚礼，凭什么我要委曲求全？”

于凤叹了一口气：“月月，你还小，有些道理你不明白。有一种人，就是跳蚤、臭虫，专门给你添堵的，咬不死你但能硌硬死你。”

“我怕他？来就来啊！”

于凤叹息着说：“你说，你爸要是三天两头儿地来找事，你这日子怎么过？再怎么说他也是你的亲爹，你能拿他怎么办？我左思右想，不如咱们退让一步，看看双方能不能放下恩怨，假装……”

“我没法儿假装！”池月有点生气了。池月能理解于凤的软弱，但不能忍受于凤让自己也一起软弱：“他不是我亲爹，他的生死与我无关。还有，我不想再提这个人。如果你一定要提起他，请不要说‘你爸’，我很不高兴。”

晚饭池月没有在家里吃，她约了王雪芽和孟佳仪几个女孩儿。

可是池月刚到酒店不久，乔东阳就从航天城过来了，还跟来了个郑西元。接到乔东阳的电话时，池月刚刚坐下，饭还没吃两口。

婚礼就在后天，航天城是举办地。董珊和乔正崇已经提前过去准备了，乔东阳回来是专程接池月的，只是没有想到，在这个节骨眼儿上，来了个沙尘暴预警。

池月不好让他们久等。离开酒店前，她叮嘱王雪芽等几个女孩子：“你们今天晚上关好门窗，好好睡觉，等明天早上起来，沙尘暴就过去了。”

“这家酒店不会有问题吧？”王雪芽对两年前的沙尘暴心有余

悸，四处打量着，弱弱地问：“月光光，你晚上过来跟我一起睡好不好？”

换作以前是可以的，但今天池月临走的时候与于凤有些不愉快，得回家去。而且池月明天要去航天城，很多事情得在今天晚上处理好，时间很赶。

“别怕，只要你们不出门，不用担心沙尘暴。酒店在修建的时候，就有这方面的考虑，防护措施很好。”池月拍拍王雪芽的肩膀，对她们说，“大家都早点儿休息，明天上午会有人来接你们。”

这间酒店是万里镇最好的酒店，乔东阳之前也住在这里，郑西元来了，当然也不会例外。

预警说今天晚上有沙尘暴，但没有报准确的时间。酒店离池月家很近，池月不想让乔东阳来回折腾，但乔东阳执意要送她回去。为了安全，他特地开了车。池月看着他从酒店停车场将车驶出，有点想笑：“有等你的这个时间，我已经走到家了。”

乔东阳哼了一声：“赶紧上来。”

池月跳上越野车，系好安全带，拍了拍座椅：“走吧！驾——”

乔东阳笑了起来：“你这是把我当马了？”

池月笑着问：“怎么，不肯啊？”

“求之不得啊。”乔东阳意味深长地看了她一眼，“坐好了！”

他轻轻鸣笛，一脚油门踩下去，车如离弦之箭，疾驰而去。

池月惊叫：“喂，你干吗？”

乔东阳听着她拔高的声音，哈哈大笑：“我以为你会害怕，然后抱紧我……”

“你想多了。”池月说完，发现乔东阳不仅没有减速，还越开越快，车从她家门外的小巷径直穿过去都没有停下来。

“喂！”池月以为他走神儿了，便提醒道，“开过头了。”

“我知道。”

乔东阳的眉头微皱，他现在的这个状态极不寻常。池月发现车开得越来越快，觉得有些不对劲：“乔东阳，你在做什么？”

“你不觉得很刺激吗？”乔东阳说，“婚前最后的惊喜。”

看他兴奋得连眼睛都亮了，池月紧张不已：“乔先生，你超速了！”

“池小姐，这里不限速！”乔东阳没有解释，将车速稍稍降了下来。

池月终于缓过神：“吓死人了。你在作什么妖啊？”

“为了确定是不是有人跟着我们。”

池月下意识地回头望了一眼，只见车尾扬起的黄沙的尽头，真有一辆车跟了过来。这个异常的发现让她的神经紧绷起来：“有人在跟踪我们？乔东阳，你是怎么发现的？”

乔东阳朝她一笑：“很快就知道了。”

池月又回头向那辆车望了一眼：“那你现在想干吗？”

“引蛇出洞？诱敌深入？还是……瓮中捉鳖？”

池月一头雾水：“就你和我？咱们两个人，捉鳖？”

“惊不惊喜，刺不刺激？”

池月深深地吸了一口气：“乔东阳，我怀疑你患了婚前综合征。”

车一路往月亮坞的方向驶去，后面的那辆车也没有让乔东阳失望，始终不快不慢地跟着，就像正常行驶一般。

这是要干什么呢？如果是偷树贼，胆子也太大了吧？

“乔东阳……”池月望着昏暗的天空，“咱们回去吧，感觉沙尘暴要来了。”

乔东阳看了一眼天，若有所思地冷笑：“如果不把这些家伙钓出来，咱们就没办法好好结婚了。沙尘暴算什么，结婚才是大事！”

池月感觉他不是在开玩笑：“你是说，他们会在咱们的婚礼上使坏？”

“不好说。这些臭虫……老子不弄死他们，怎么好好结婚？”

原本被乔东阳寄予了厚望的监控网络并没有起到很好的作用，偷树、砍树、各种盗窃事件层出不穷，甚至愈演愈烈、变本加厉。那伙偷树贼完全把月亮坞项目组当成了他们的“衣食父母”，要什么东西就去项目组或者工地上偷。发展到后来，时不时就有人顺手牵羊，连工程队内部都有人浑水摸鱼。

乔东阳对此深恶痛绝：“这伙小贼，胆儿养肥了，居然敢跟踪我……喂！咱们就看看好了，这背后究竟藏了一只什么样的饿鬼。”

池月："喂？乔东阳，你在跟谁喂？"

"跟一个蠢货。"

"你在骂我？"

"不敢！"

两人正说着话，突然就变了天。沙尘暴从车灯照射的光中笼罩而来，卷起尘烟滚滚，铺天盖地，犹如世界末日，瞬间覆盖了前方的道路。车灯可视距离不足五米，天地间除了黑云和黄沙，似乎一切都不见了踪影。

两人经历过两年前的那场沙尘暴，有心理准备，但仍被这一幕"大自然奇观"深深震撼。

"沙尘暴来了！"池月一把抓住乔东阳的手，"这样是很危险的，乔东阳……"

"不怕，这车结实。"

这辆车是特别定制款，不仅可以用人工智能操作，还有许多普通车辆没有的优点，甚至为了应对吉丘的沙尘天气增加了新功能。只要他们不下车，就不会有生命危险。

池月扭头望向后方："那辆车看不到了……"

沙尘与黑暗笼罩了天地，也让那辆车从他们的视线中消失了。

池月问："怎么办？"

"守株待兔！"乔东阳很淡定，炯炯的双眼望着车灯照不透的黄沙，然后啧了一声，"今年的这场沙尘暴一点儿不比当年的弱啊！"

"咱们的婚期没选好。"

"谁说的？这才叫好呢。"乔东阳眸子黑亮黑亮的，"有了这场沙尘暴，哪怕过去八十年，我们老得走不动了，也一定能记得这个特殊的日子。"

"你还笑得出来？"池月瞪他。

乔东阳叹了一口气，突然踩住刹车，把车停了下来。他定定地望着池月的眼："我乔东阳的老婆是属仙人掌的，婚礼当然不能选在平平无奇的日子。池月，只有沙尘暴才配得上你的婚期……"

被他这么一说，池月原本绷紧的神经放松了下来。她忍不住笑：

"是不是所有不好的事情，在你这里都有一个美好的解释？"

乔东阳眉梢微抬："如果所有不好的事情都是为了让我遇上你，娶你为妻，那当然都是美好的。"

池月抿嘴轻笑："甜言蜜语！"

乔东阳敲了敲她的脑袋："早就说过了，你大乔哥的人设库非常丰富。霸道、高冷、邪魅、鬼畜、温柔、暴躁、文艺、闷骚、双重性格加变态……你想要什么款，给你什么款，专属定制，价廉物美。"

"哦……"池月眨了一下眼，"现在，我大概需要武林高手款……"

"嗯？"乔东阳还没有说话，车窗突然被人重重地敲击，发出一声巨响。

车窗外有几个人，像张牙舞爪的魔鬼。帽子、口罩、风镜把他们的脸遮得严严实实，让人完全看不清他们的样子。他们挥舞着铁棍之类的东西，正在拼命地砸车窗。他们的嘴里还喊着什么，在鬼哭狼嚎般的沙尘暴的嚣声里显得含混不清，大概是在叫乔东阳和池月下车，或者威胁两人。

池月身子往后一仰："这是有备而来啊。"

乔东阳哼了一声："这就叫四肢发达、头脑简单，'狗撵摩托，不懂科学'。老子的车是他们这群'猪脑子'砸得坏的吗？"

就算车砸不烂，也会有损坏吧？池月心疼乔东阳的座驾："咱们就在这儿看戏吗？不做点儿什么？"

"做什么？"乔东阳偏头看她，想到她刚才说的那句话，皱了皱眉头，"你想要的武林高手未必打得过这么一群人啊。"

窗外的人没有十个也有八个，双拳难敌四手，而且人家还有武器，怎么打？

池月忍不住笑："我不是让你去打人。我是说，咱们不用报警吗？"

乔东阳微微眯着眼，把池月揽入怀中："先看看戏吧。"

他温暖的气息吹在池月的脸上，话音里带着淡淡的笑意。池月琢磨不透他的想法，可他向来有主意。既然他选择了这样的方式，就一定有对策。池月不再说话，安静地看着，如他所言——看戏。

没等多久，答案就揭晓了。被沙尘掩盖的公路上，又驶来几辆车，车上载着一群人。他们二话不说，冲上来就包围了乔东阳的车……不，包围了砸车的那一群人。

新来的这一群人，也是包裹得严严实实的，完全看不见面孔。

池月搞不懂了："他们自己人打起来了吗？我怎么看不懂？"

"傻妞儿！这两拨儿人明显不是一路的啊！"

"是吗？"

"当然！现在你家的武林高手可以出山了！"乔东阳说着，戴上口罩和风镜，推开了车门。

风刮进车厢，池月惊得直眯眼："喂，乔东阳，你干吗？等我！"

池月满脑袋问号，来不及多想，拿过风镜就要戴上，准备跟着乔东阳下车。一只手伸过来，按在她的脑门儿上，轻轻往里一推，她就被按着坐了回去。

乔东阳笑着说："坐好，看老子揍人！"

砰的一声，车门关上，上了锁。池月一个人坐在车里，出不去了。

她已经许久没有见过乔东阳打架了，上一次还是他俩对打。不得不说，长得好看的人就是不一样，连打个架都打得风度翩翩、赏心悦目。

乔东阳下了车，和刚来的那一群人打了个照面。也不知道他们说了什么，突然就一起动了手。很快，砸车的那伙人就落了下风。

"兄弟们，走！"眼看打不过，砸车的人想跑。

"走什么啊？夜宵吃了再说……"人群里有一个人发出低笑声，刷地亮出手铐，几个回合就把刚才喊话的人撂翻，将其双手反剪，铐了起来。

"警察？"

"是警察！兄弟们，快跑啊！"

小贼们慌了起来。

那位警官又是一声低笑："都给我铐上，带回去，今天晚上烧烤。"

池月看到那人的身形动作，微微吃惊："权队？"

那是权少腾没错。他本是来参加婚礼的，临时接了这个工作。

权少腾和乔东阳肩并肩，收拾几个小流氓实在太轻松，还有时间骂人："好你个乔狗子，请我来吃喜酒，就这么招待我？"

乔东阳懒洋洋地笑："不刺激，怎么好意思请权队？我知道，你就好这口儿！活动活动筋骨，回头可以多喝几杯。"

听了这话，权少腾好气："说了杀鸡不要用牛刀。这就是些小毛贼，你凭什么看不起我，让我来抓他们？"

"鸡后面不是还有养鸡人吗？"

"我呸！"权少腾咬牙切齿地说，"我告诉你乔狗子，要是没有什么养鸡人，你一定要给我的牛刀补上利息。"

眼看几个小毛贼全部被警察制伏，乔东阳拍拍袖子上的灰，回头看了一眼："跟踪我的那辆车拦住了吗？是什么人？"

权少腾掏出手机，瞥了乔东阳一眼："上车再说。"

说上车，权少腾却没有上自己的车，而是径直走向了乔东阳的车，伸手拍了拍车身："你这车还挺不错的，抗揍！小爷我看上了，回头给我也搞一辆。"

乔东阳："你还真不拿自己当外人？"

权少腾回头看乔东阳："我是客人。"

等乔东阳拉开车门，权少腾就腾地坐了上去。

权少腾并不意外池月会在车里。他和池月打了个招呼，点了一下头，就开始打电话："喂！

"车拦下来了吗？

"几个人？

"都抓到了？

"好，我马上过来。

"当然，我这边抓了一窝……废什么话？行，马上带过来。"

挂断电话，权少腾拍拍乔东阳的椅背："乔狗子，万里镇派出所。"

得！把他当司机了。乔东阳还之以冷眼。

权少腾缓缓笑开："你要的答案在那里。"

偷树贼闹得厉害，乔东阳这两天又频频被人跟踪，于是乔东阳就和权少腾搞了这么一出“引蛇出洞”的戏，想把背后操纵的人揪出来。可是出乎意料，驾车跟踪乔东阳的人居然是范维。这货还是很屎，被带到派出所不到半个小时就一股脑地交代了。

几个砸乔东阳的车的人，是范维打电话叫去的。他们都和乔东阳有仇，一听说乔东阳被困在沙尘暴里，二话不说就赶了过去，想乘机收拾乔东阳。范维原本打算借刀杀人，再借机溜走。没想到“螳螂捕蝉，黄雀在后”，他被权少腾堵了个正着。

两年前，范维因为航天城一案被抓进去，判了三年。因为他在里面表现好，又拍了一部以监狱为题材的纪录片，有立功的表现，减刑一年，所以前不久就出来了。

范维天生长了一张讨人喜欢的脸，当年能吸引王雪芽、沈亚丽等各路御姐（成熟、强势的女性）、萝莉（娇小、可爱的女性），脚踩几只船还能不翻，自然有些哄人的本事。所以他能获得减刑，提前出狱，没什么奇怪。但让人想不明白的是，他好不容易出狱，不是应该洗心革面、重新做人吗？出来不到一个月，他又重蹈覆辙，实在令人费解。

“你说范维的脑袋是不是被门夹了？多大的仇、多大的恨啊，他至于这么铤而走险吗？”池月坐在派出所，低头给王雪芽发信息，说了范维的事情。

王雪芽没有回复。

池月看了一眼时间，晚上十一点了。她琢磨着王雪芽已经睡下，就没有再打扰。

乔东阳看了看外面的天色，对池月说：“走吧，回家。”

池月站起来：“这里的事解决了？”

“权老五会解决。我明天还要去航天城做新郎官，管不了那么多。”

池月回头看了一眼权少腾的背影，突然有点想笑：“你当真是请权队来吃喜酒的？”

“吃啊，怎么不吃？正日子在后天，他后天来还赶得上喝汤。”乔东阳揽住她的肩膀，“反正他也不会随礼，咱们用不着管他。”

池月忍俊不禁："要是听到你说的话，权队该炸了。"

"他已经炸了。"乔东阳说，"有他坐镇，我结婚就省心多了。"

池月还能说什么？

沙尘暴过去了，万里镇恢复了平静，但是受到的影响不小。视野之内，地面、房顶、植物的叶面……到处有厚厚的沙尘覆盖。花盆倒了、树枝断了、广告招牌掉落了……白日里还美丽婀娜的小镇，现在一片狼藉。

于凤和池雁已经睡下，房间里悄无声息。

池月拽了拽乔东阳的袖子，示意他进自己的屋："明儿一早就走，今天晚上你就住这儿吧。"

乔东阳展眉一笑，双眼闪亮。他轻轻捏了一下池月的脸："就知道你舍不得我。不过董珊说，婚前两人最好不要住在一起。"

池月扫了他一眼："你什么时候这么听话了？"

乔东阳跟着池月进屋："行吧，我还是比较听老婆的话。"

池月一边整理床铺，一边慢条斯理地笑着说："我不信这些，只是担心你的安全，这才留你。"

"不用解释。"乔东阳走到梳妆台前，看她的那些瓶瓶罐罐，颇有兴味，眼睛里闪着光，"我知道你舍不得我走。"

池月斜眼看他："行、行、行，我舍不得你。你快去洗澡吧，真是的。"

乔东阳一乐，朝她耍了个帅："等着我！小宝贝……"

池月看他进了卫生间，便坐到梳妆台前，把玩着手机。她想了想，给于凤发了一条信息："妈妈，今天我不该凶你，但我真的不想再提那个人。我永远也不会原谅他。"

于凤是最近才学会用微信的。因为觉得新鲜，哪怕找她聊天的人很少，每天她也会看上百八十回。池月知道于凤能看见这条消息，但没想到于凤会秒回。

"我知道。今天是妈妈不好。妈妈没文化，想法简单，可能做得不对，但妈妈是为了你好，不想你招惹麻烦。"

"我明白。"池月松了一口气，"后天我就要出嫁了，以后我也会做妈妈。我懂你的苦心，我们和好吧。”

“傻丫头，我根本没生气，和好什么？你早点儿睡。还有小乔，明天要去航天城，你们别折腾得太晚。”

“……”池月以为于凤不知道乔东阳留下来，没想到老妈的耳朵这么灵敏……

次日，池月刚起床，池雁和于凤就已经收拾好了，坐在客厅里等着池月和乔东阳。池月有些不好意思。乔东阳却很坦荡，笑眯眯地问丈母娘好、问姨姐好，然后主动过去拎行李。

万里镇这边有一些亲戚、朋友、邻居要去航天城参加婚礼，董珊准备了两辆大巴专门接送客人，大巴就停在东阳大厦外的广场上，而池月的那几个好朋友，乔东阳另外安排了车。

池月匆匆吃过饭，赶到酒店与小姐妹们会合。她在酒店大厅正准备给王雪芽打电话，就看到孟佳仪和刘芸推着行李箱过来。

“池月！”孟佳仪的声音有点急促。

刘芸的小脸也红扑扑的，看上去十分紧张。

池月心里一紧：“怎么了？”

孟佳仪焦急地说：“我们联系不到小乌鸦了。我给她发消息她也不回，去她的房间敲门也没反应，我正准备去找服务员开门。”

池月突然感到事情不好，三步并作两步跑向电梯。服务员得到消息，拿了门卡紧跟着赶上来。几人打开了王雪芽的房门，看到王雪芽的行李都在，可人却不在。

池月还没来得及思考可能发生什么，手机就响了，是乔东阳的电话。

“池月，郑西元联系不上了。”

郑西元和王雪芽一起失踪了。事发突然，打乱了池月和乔东阳婚礼的节奏。

天气情况不好，乔东阳怕耽误时间，只好先安排两辆大巴载着万里镇的亲朋先走，派了侯助理陪同过去，同时把池雁、于凤、孟佳仪、刘芸等人一并送过去。乔东阳和池月留了下来，配合警方调查。

派出所的民警赶到现场时，权少腾也一起跟过来了。他冷着脸，没有像往常一样和乔东阳开玩笑。

警方在调取酒店监控后，发现王雪芽和郑西元是一前一后走出酒店的，时间是昨晚十点。王雪芽在前，郑西元在后，前后相距不到半分钟，一起消失在酒店门口，再没了踪迹。万里镇还在建设中，很多地方没有商家入住，更没有监控，所以他们俩到底去了哪里，一时没有线索。

池月一遍遍地拨打王雪芽的电话，都是关机。池月的心再不能平静。无数的社会新闻中女性遇害的案子涌入她的脑子，搅得她心乱如麻。

池月这一等，就到了中午，还是没有消息传来。她坐立不安，整个人都陷入了恐惧之中。

乔东阳看她这样焦虑，很心疼。他瞄了几次腕表："池月，我们必须走了。"

明天是两人举行婚礼的正日子，航天城一切准备就绪，来了那么多的客人，不能缺了主角。池月明白这个道理，可是双脚就像生了根。没得到王雪芽的消息，池月根本就没办法好好办婚礼。

"再等等吧。乔东阳，我们再等等。"

乔东阳深深地看着她，神色凝重地说："我们在这里帮不上忙。"

警方正在调查，两人除了担心和焦虑，于案情并无帮助。池月知道乔东阳是对的，可还是忍不住挣扎："你不觉得这事是冲咱们来的吗？"

昨天晚上有沙尘暴预警，池月再三叮嘱王雪芽不要出门。如非必要，王雪芽为什么会出去？还有郑西元，他是自己出去的，还是跟着王雪芽一起走的？他们到底发生了什么？而且这些事情就发生在范维跟踪乔东阳和池月的时候，太巧了！

"我觉得是咱们连累了他俩。"池月皱着眉，"如果没有他俩的消息，我们怎么能高高兴兴地举行婚礼呢？"

腊月天，万里镇仍然燥热不堪。

乔东阳买来饭，端到池月的面前，可她连一口都吃不下。她坐在酒店的大厅里发着呆，不停地刷手机，生怕错过什么有用的信息。

乔东阳叹了一口气，将筷子塞到她的手上："再怎么难受，你也得吃几口。要是把自己饿坏了，怎么等小乌鸦？"

池月忽然抬头："她不会出事的，对吗？"

乔东阳摇头："不会。"

听他说得斩钉截铁，池月的心里果然舒服了一些："真的吗？"

"真的。"乔东阳肯定地说，"有时候，没有消息反而是好消息。"

池月低下头："我就是不由自主地往最坏的方向想，无法控制……乔东阳，我觉得自己快要疯了。"

池月和王雪芽的感情，乔东阳看在眼里。两个姑娘共过患难，和亲姐妹一样亲。

"我理解。"乔东阳不再劝池月吃饭，而是拉过一把椅子坐在池月的旁边，喂她，"来，吃一口。"

池月一愣，有些尴尬："我不吃。"

"张嘴……"

"我真的不想吃。"

"好吃的，你试一下，来，乖了。"

池月看着他那只举了半天的手，慢慢张开嘴。

"这就对了嘛。"乔东阳微笑着哄她，"咱们不能自乱阵脚，'兵来将挡，水来土掩'就是了。"

池月沉默了一会儿，慢慢从他的手里拿过筷子："我自己来。"

时间一分一秒地流逝。太阳渐渐西沉，已到黄昏。

王雪芽和郑西元毫无消息，航天城的电话却一个接一个地打来催问。那里万事俱备，只缺主角。

乔东阳和池月再不走就真的来不及了。可乔东阳没有催池月，只是默默地陪着她。

池月焦急地走来走去："乔东阳，我们不能再等了，是吧？"

乔东阳点点头，然后说："如果你要等，我陪你。"

池月没有吭声。

乔东阳与她四目相对，叹了一口气："婚礼什么时候举行都可以。如果你要留下来，我就通知那边取消，或者延期……"

"你会生气吗？"

“不会。我要娶的是你，不是婚礼。”

堵在池月心头的那口气，突然泄了出来：“我们走吧。”

乔东阳没反应过来：“去哪儿？”

池月抿了抿唇：“你说得对，我留下来也做不了什么。走吧。”

乔东阳慢慢地朝她伸出手，紧紧握住她的手：“走。”

从万里镇去往吉丘县城的路，去年重修过，水泥路面很平整。但中途有几段公路被重载大货车碾压得有些变形，坑坑洼洼的，到处是碎石。乔东阳和池月的车从这里经过，把池月颠簸得胃气上涌。

池月把帽子拉下来盖住眼睛，挡住半张脸，不想让乔东阳看见她的表情。她实在没办法放松，不想把负能量带给他。

“乔大人，”天狗说，“姐姐是不是失眠啊？我可以放点儿音乐。”

不知道从什么时候开始，小机器人改口叫池月“姐姐”了。乔东阳听着不那么顺耳，但总比它天天“追求”池月，又表白，又示爱的，强太多了。

乔东阳看了池月一眼，对天狗说：“随便你。”

“姐姐喜欢什么歌呢？”

乔东阳又是一句：“随便你。”

天狗：“对不起，乔大人，我的音乐库里没有《随便你》这首歌。你能不能换一首？”

乔东阳叹了一口气：“你要是连找一首她喜欢的歌都做不到，我要你何用？”

天狗没有说话，车内的音箱很快传出了歌声。

“那些不回家的清早又失了眠，又会想起那个夏天。我在这喧嚣里把你寻找，人见人爱的喵小姐……”

池月闭着的眼，听到这首歌，眼皮一跳。不知是歌声打动了她，还是此刻的心情让她重新解读了这首歌，她觉得歌词十分应景。小乌鸦就是池月的喵小姐，而池月就是那个在喧嚣里寻找的人。

一只手慢慢包住了她的拳头，轻轻一捏，乔东阳的声音温柔得像缓慢的流水：“睡吧，乖，睡吧，什么都不要想。”

天狗：“姐姐是不是不喜欢这首歌？”

没有人回答。

天狗："姐姐要是不喜欢，我就换一首了。"

池月睁开眼："不用。"

天狗兴奋起来："好哇、好哇，姐姐很喜欢天狗放的音乐呢。"

池月嗯了一声，算着回答。不回答机器人的话，也很不礼貌，池月是这么想的。而小天狗却像是受到了鼓励。它不会感同身受，不会担心，竟然愉快地跟着音乐的旋律唱了起来。

公路漫长得仿佛没有终点，向前无限延伸。

"前面又有一段烂路。"乔东阳提醒池月，"你睡着了吗？"

池月没有睡着，但脑子有点晕。她慵懒地嗯了一声。

乔东阳将她的头靠在自己的肩膀上，又将车上的毯子拉过来盖住她，像在安慰受伤的小孩儿："那就继续睡。"

车果然颠簸起来，黑暗掳走了沙丘上最后一丝美景，四周除了风声，什么都没有。

空灵的歌声还在继续。突然，嘎吱一声，车像是撞上了什么东西，重重地颠了一下，停了下来。

天狗："报告乔大人，前面有路障，无法通行！"

乔东阳皱了一下眉，神色微凛。他透过车窗望向公路。天狗所说的路障，是前方公路上斜倒着的两棵树，还有树后的一堆乱石。

池月拿开帽子，睁开眼："怎么了？"

乔东阳慢慢摇下车窗。

旷野里的风很大，鬼哭狼嚎一般。

"昨晚的沙尘暴太厉害了，前面吹倒了两棵树，还有一堆石头。"乔东阳说，"你坐在车上，我去弄。"

池月打了个哈欠："我陪你。"

"不用。"乔东阳拍拍她的手，"外面冷，你别出来。"

池月皱了皱眉，靠在窗边看着他走过去。

风很大，伴随黑暗，冷冷地侵犯着这片土地。

乔东阳那黑色的风衣被风撩起，使他显得更加挺拔、俊朗。池月觉得这样的画面像偶像剧里的某组镜头……

她把头伸出车窗，望着他出神。

突然，乔东阳回头：“你在偷看我，嗯？”

她的心一跳，唇角不知不觉扬了起来：“你怎么知道？”

乔东阳朝她一笑，蹲下身去搬倒在路上的树，神色一如既往：“猜的。你最喜欢偷窥我。”

池月摇了摇头，刚想说话，突然变了脸色：“乔东阳！”池月打开车门，压着声音低喝，“快！快上车！”

乔东阳听到她的声音，没有第一时间站起来。风狂吼，沙翻飞，树影狂野地摇动，在呼啸的风声里，那突如其来的枪声几乎被完全掩盖，只发出一声低低的闷响。

砰！

这声音低低的，像击在了她的心上。

池月来不及多想，跳下车冲了过去：“乔东阳……”

“别过来！”乔东阳冷着脸，不等她跑近，就地一滚，跃起，把她扑倒在地，口中低吼着，“你疯了？”

池月听他的声音中气十足，紧绷的神经一松：“你没事？”

“我能有什么事？”乔东阳把她裹入风衣，迅速往车边撤退，绕开车灯照射的范围，就势滚入一个土坑。他把池月护在身下，严阵以待，不说话，不暴露目标。

可对方显然不想放过他们。

砰！又是一声枪响，仿佛在他们的后脑勺炸开。

乔东阳根据声音判断，对方应该离他们极近。

池月的身子不受控制地绷紧，但神情还算镇定：“乔东阳，我们这样上车很危险。”

车灯会把他们照得清清楚楚，俨然成为别人的活靶子。

乔东阳揽紧她：“别怕！会没事的。”

汽车里，天狗报了警：“喂，110吗？我在万里镇通往吉丘的沙海路段遇到了坏人——对方有枪！是的，枪！砰砰砰会响的枪。你们快点儿来。坏人有枪，不知道几个人……我很危险，要保护我。”天狗的声音十分机械，与正常人的声音有区别，估计110有疑惑。于是天狗又补充了一句：“我是谁？我是天狗，不对，我是乔东阳的天狗。对的，我说的就是那个乔东阳，我就是那个可爱、英俊、帅气的机器人天狗。谢谢。”

不知道 110 相信了天狗没有，但警察赶过来需要时间，乔东阳和池月必须自救。

“池月，你听我说。”乔东阳低下头，“你趴在这里不要动，我去吸引火力。然后你上车，保护好自己，指挥天狗开车过来接应我。”

“不！那样危险！”

“听话。”乔东阳拍了拍她，刚想起身，突然传来警笛声。

是天狗播放了警笛的声音。天狗突然发动汽车，往后退了一段路，然后加大马力朝他们冲了过来。

“乔大人！我来救你了！”

天狗的速度很快，车呜的一声，转瞬到了他们的面前。一侧车门无声地打开，却在经过他们身边的土坑时被风一吹，又砰的一声重重关上。这一冲一退，乔东阳刚刚直起的身子被迫倒了回去，落在池月的身上。

沙尘扑来，糊了他们一脸。

乔东阳气得低骂了一声，搂住池月在土坑里撑着，继续趴窝。他目光炯炯地望向偷袭者的方向。

“乔大人！你们为什么没上来？”天狗把车开出去了，发现他俩没上车，又慢慢把车倒回来，唤着他们，“乔大人！你在哪里？

“姐姐，你在哪里？

“快上车啊，有坏人。”

乔东阳：“……”

池月：“……”

两人已经错过了最佳时机。

现在对方有防备，两人不会再有像刚才的那种机会而从对方的视线里逃离。

“乔大人？姐姐！”天狗还在叫。

池月清楚地听到车门被子弹击中的声音，头皮发麻。而天狗的车灯扩大了可视范围，池月和乔东阳几乎整个暴露在灯光里，危险增加。

“这天狗！”乔东阳气得咬牙。

天狗没有“战斗经验”，并不能很好地应对各种场景。尤其和人类玩儿心眼儿，它就太菜了。

“乔东阳，我去引开他。你先上车，然后来接应我。”

“你闭嘴！”乔东阳把她的头死死地摁在怀里，“我会想办法，你给我好好趴着！”

“我不怕死。”池月的额头被摩擦得发烫。一股热血冲入脑间，她说话的速度极快：“‘人生自古谁无死’，你死不如我死，我死不如让他去死。月亮坞更需要你，何况我从小就在沙漠里跑大的，说不定连他的子弹都追不上我。”

池月说得慷慨激昂。

乔东阳抬起手，一巴掌落在她的后背，就把她的话打回去了：“你男人还没死呢，什么时候轮得到你去送死？”

池月：“这不是送死，是策略！”

乔东阳瞪了她一眼，背靠土坑，对着黑暗里的风声怒吼：“你有本事开枪，没本事出来露个脸？来啊！走过来，我乔东阳就在这儿等着你。”

四周静悄悄的，就像没有人，只有风声回应他。

这时，天狗再一次驾驶着汽车行驶过来。有了前车之鉴，这次它学聪明了，一直等到车行至他们的身边，才再次打开车门：“乔大人！我又来救你了。快上车！”

别吼啊！傻狗！

乔东阳拉了池月一把，将她扯过来用身体挡住，双臂往前一送，飞快地把她推入洞开的车门。池月跌入车厢，整个人趴了上去，撞得肋骨生疼。她的身体僵硬了一秒，然后她发现车门已经关闭。她一怔，猛地转头：“乔东阳！”

乔东阳没有上来。车外又传来枪声，比刚才的更近。她的吼声混在枪声里，听上去格外凄厉。

“乔大人慢了一步！”天狗说，“姐姐，你坐好了，我马上又要去救乔大人了！”

池月发现天狗把这个当成了游戏，完全在用一种玩乐的状态操作。

形势危急，池月借着车灯观察四周的地形。她发现，除了左边那一片山坡有几块巨石，四野并没有可以藏人的地方。她猜测，偷袭者就躲在山坡的某块石头的后面。

“天狗！从乔大人的左边绕过去，用车挡住土坑，掩护乔大人先上车。”

“好的。”

小家伙的速度很快。在轰鸣声里，车身再次后退，紧接着一个大转弯，换了个方向就往土坑的左侧开过去。越野车底盘高，行驶这样的路毫无压力。

嘎——吱——

刺耳的摩擦声响起，但不是他们的车。

池月转头，往声源处看去，公路上又有一辆车疾驰而来。

池月定睛一看：“权队！”

权少腾来得好快，那辆车几乎刹那就到了他们的面前。

“狗子，你死了没有？”权少腾全副武装，手握微型冲锋枪，半个身子挂在车窗外，头上的钢盔在车灯照耀下泛着冷酷的光芒。

乔东阳没有冒头，呸了一声，吐出嘴里的沙子：“你要的养鸡人来了，还不赶紧去抓？”

“哈哈哈！你果然还活着。”

“你是盼着我死？”

权少腾爽朗地一笑。车未停稳，他就跃了出来，就地一滚，准确地落在乔东阳的身边。

权少腾将微型冲锋枪架在土坑边，歪头眯眼，借着夜视仪察看地形：“有意思！逮大老虎比抓小毛贼有意思多了。”

乔东阳对权少腾简直无语，从没见过有人抓贼这么兴奋的。

权少腾天生喜欢战斗。从红刺到重案组的调动中，他的热血已经许久不曾燃烧。此时他就像打了鸡血一样，高声呐喊：“出来吧！别藏了。老子玩儿枪的时候，你丫还在穿开裆裤呢。举起手慢慢走出来，不然我就开枪了。”

没有人回答，黑暗里静悄悄的。

“再警告一次。我数三声，你若不出来，我就过去了。到时候，子弹不长眼……”权少腾在说这句话的时候，已经慢慢爬出土坑，一步一步往左边沙坡的巨石走过去，“三！

“二！”

天狗趁机把车开到土坑边。

池月把乔东阳拽上车：“你没事吧？”

乔东阳没有回答池月的问题，双眼盯住沙坡的巨石和往那边移动的权少腾：“天狗，加大油门，冲过去掩护权队。”

“好的，乔大人。”天狗并没有危险意识，车如离弦之箭，飞快地冲了过去。

从公路驶到沙坡，道路崎岖不平，十分颠簸。池月从座椅上弹了起来，被高高抛起，又重重落下。乔东阳用胳膊护住她，一眨不眨地盯住暗夜下的沙坡。

这时，权少腾突然停下，因为巨石后空无一人。

“人呢？”乔东阳气愤不已。

池月惊呼一声：“快看，那边的是不是？”

她伸手指着的方向，有一个人影在飞快地奔跑，速度很快。

“视力真好。”权少腾羡慕地扫了她一眼，对天开了一枪，“追！”

权少腾带了三个人过来。他们一起朝着那人逃跑的方向包抄过去，速度很快，转瞬就不见了。几声枪响传入池月和乔东阳的耳朵，听这距离，他们已经到了沙坡的那一边。

池月靠在乔东阳的身上，有点担心：“权队不会有事吧？”

乔东阳的声音有些沉：“不会。”

“这么厉害？”

“他那个‘血狼’的名号可不是白来的。”

“嗯。”池月不再说什么，目光一直聚焦在旷野里那几个人消失的方向。她也因此并没有发现乔东阳的额头上湿漉漉的，后背贴在汽车的座椅上，他已许久没有动弹。

池月问：“这人会是谁呢？”

“有枪的人，有深仇大恨的人，会半路伏击的人……”

“我想不出是谁要这么对付我们。月亮坞的那群偷树贼？好像不至于吧……范维又被抓了。还有谁这么恨咱们？”池月一个人自言自语，抓破头也想不出。

乔东阳没有回答。

20 分钟后，权少腾等几人返回原地。他们没有空手而归，还抬回一具尸体。

“自杀了！”面对乔东阳和池月疑惑的目光，权少腾有点生气，“这家伙眼看跑不掉，居然饮弹自尽，是个狠人。”

权少腾让人把尸体平放在地上，朝乔东阳招手：“来看看，认识吗？”

乔东阳慢慢走过去，看到一张陌生的脸：“从来没有见过。”

权少腾拍拍乔东阳的肩膀，把乔东阳叫到边上，然后将一个证物袋递到乔东阳的面前：“从那人的身上搜出来的。”

那是一部手机，处于关机状态，但机身的保护壳上贴着一个女孩儿的头像。

乔东阳马上认出它：“是王雪芽的手机。”

王雪芽把手机倒扣在桌上的时候，他曾经见过。

权少腾点头：“你先去航天城，我继续追查。”

婚礼在即，权少腾背着池月将这个消息告诉乔东阳，就是不想让池月受到影响。乔东阳明白权少腾的意思。这家伙看上去没个正行，其实心很软。

乔东阳朝权少腾投去感激的目光：“你自己，行吗？”

权少腾黑了脸：“我不行，你行？”

乔东阳：“……”

权少腾哼了一声：“我尽量赶回来喝喜酒。你们赶紧去吧，路上再别停留。对方这么干，显然是要弄死你，别给人机会。”

乔东阳点头，没有吭声。

权少腾突然往他的背后看了一眼：“我记得你有两个挺厉害的保镖啊。‘养兵千日，用兵一时。’用人的时候，怎么不把他们带在身边啊伙计？”

乔东阳抬了抬眉：“一言难尽。”

当初乔东阳穷得卖车卖房，哪里养得起保镖？就算人家愿意跟着他，他也不能耽误别人的前程不是？后来他拿回主动权，经济状况好转，却已经没了那种心情。他最开始请保镖，一是为了安全，二是为了耍酷。现在他成熟了，反而喜欢低调，喜欢独来独往，不愿意有人跟在身边。

权少腾看了乔东阳一眼，似笑非笑："兄弟，你得有自知之明啊。你这人吧，就相当于一个移动银行，没有十个八个保镖，怎么敢出门？得了，我让人送你！魏兵……"

权少腾说着就叫同事。

乔东阳连忙摆手："不用。人家诚心要杀我，你派一个人跟着也没用。不如你多留些人手，早点儿把他揪出来。"

"行吧，我们保持联系。我走了。"

"等一下！"乔东阳见权少腾回头，淡淡一笑，"我好像中枪了，你能不能帮我处理一下？"

权少腾沉默了几秒，突然就炸了："你是不是傻，现在才说？"

乔东阳穿了一件黑色的风衣，又滚了一身脏兮兮的沙。即使鲜血渗出来，在这样的光线下，不仔细看也看不出来。他不想让池月担心。

可权少腾看了乔东阳的伤势，口上骂骂咧咧的，第一时间就叫了池月："小月月，你赶紧来看看你家的神经病。"

子弹打中了乔东阳的胳膊。在权少腾的大力拉拽下，乔东阳痛得咬牙切齿："你轻点儿，吼什么啊？"

权少腾冷笑："不吼，你都不知道自己是个白痴。"

池月走上前，被凝固的鲜血刺得睁不开眼。但她什么也没有说，只是紧紧抱住乔东阳的腰，转头看权少腾："权队，你快帮帮他。"

"死不了，急什么？"权少腾把乔东阳带到自己的车边，往车里一塞："魏兵，医药箱。"

他们出任务的时候常会有意外，所以医疗箱里的药品和止血绷带等十分齐全。权少腾对于急救疗伤更是轻车熟路，没有花费太多时间就帮乔东阳把伤口处理好了。

"回去好好感谢一下你的机器人。"

提起天狗，乔东阳就来气："这傻狗，一到关键的时候脑子就不好使。我连废了它的心都有。"

权少腾深深地看了乔东阳一眼："要不是天狗开车帮你挡了这一下，你丫说不定连小命儿都没了。"

权少腾说着，走近乔东阳的车，拿手电照亮，果然在车身上找到了那一处对应的弹痕："看到没有，子弹在这里擦碰了一下，偏离了路径，不然射中的可就不是你的胳膊了……"

"你怎么知道？"乔东阳似信非信，"凶手告诉你的？"

权少腾给他一记冷眼："这叫专业。"

"说来听听？"

"等我说完，你这新郎官就做不成了。赶紧走吧！也不看看几点了，磨叽什么？"

无尽的沙丘沉寂在黑暗里，湮没了罪恶。有风，徐徐吹来。

车载着乔东阳和池月，重新上路。

腊月十八，阳光正好。

池月很久没有看到过这么灿烂却不灼人的阳光了。也许是她今天结婚，心情与往常不一样，也许是航天城的隔热设施将热量隔离在外，在这个季节、这个天气，这里给人一种极端舒适的感觉，让她觉得懒洋洋的，有点像做梦。

金色的阳光下，航天城被镀上了一层金光。

对池月来说，来参加婚礼的人群里，有很多熟面孔。他们怀着不同的情感和心思，恭贺的、羡慕的、喜爱的、复杂的、若有所思的……都不缺少。婚礼现场美轮美奂，花团锦簇，充斥着淡淡的玫瑰香味，高雅、唯美，但不奢华，布置上多多少少体现着董珊的艺术审美。

乔东阳带伤上阵。他的那条受伤的胳膊被权少腾简单地处理后，到航天城后又让医务室的医生重新包扎了。除了少数几个人，连乔正崇和董珊都不知道乔东阳笔挺的西服下裹着枪伤。

这一切，足以让池月感动。

她望向乔东阳："这就结婚了……你有没有做梦的感觉？"

"没有。"乔东阳牵住她的手，深情地凝望着她，"池月，你真美。"

池月的耳根微烫："谢谢，你也很好看。"

“别客气，商业互吹。”

池月扑哧一声笑出来。

两人都精心打扮过，哪怕一夜没有合眼，仍然看不出疲惫。新娘子洁白的头纱下，巴掌大的俏脸精致美好，容色绝艳。新郎丰神俊朗，高大挺拔，五官轮廓如若刀削，黑亮的眼里盛满了笑意。明明满场都是人，可他的眼里只有一个。

郎俊女俏，一对璧人。

观礼的人群中不时传来窃窃细语，大家私下的交谈里无不是对美好的赞叹。在大多数人眼里，乔东阳和池月的婚礼盛大而张扬。在金钱打造出来的光辉下，人们虽然各有各的想法，但这一刻，对美的欣赏都是一样的。这对新人真的很般配，换了任何人站在他们的身边好像都不合适。

林盼一家都来了。

林盼坐在客座上，眼眶有点湿润。在新郎、新娘出场前，林爸和林妈还满脸不悦，一副要来砸人场子的冷漠。可是这一刻，他们发现，自己的女儿在人家的恩爱面前才是一个局外人。

林爸长长一叹，拍了拍女儿的手：“这世上的好男人多得很。盼盼，眼光放长远一点儿。你这么优秀，有大把的好男人等着你挑。”

林盼的神情恹恹的。

今天以前，她以为可以云淡风轻地接受自己成为败军之将的事实，可以在乔东阳和池月的婚宴上用一种高高在上的姿态碾压池月，让乔东阳高看自己一眼，产生那么一丝丝错过自己的遗憾。

然而乔东阳完全没有注意到她。

“我知道。爸，我会努力忘掉他。”林盼认真地说着，目光落在新人双双挽着的手上，心如针扎。

“如果这世上有第二个乔东阳就好了。”林盼轻声说给自己听。池月的目光却在这时扫了过来。

两人对视，池月微微一笑，没有敌意，就像对待一个普通的宾客。

在池月心里，林盼已经不是情敌。池月不在意，更不会在林盼的面前失态。可是笑容未落，池月就看到了宾客堆里的池忠勇，以及坐在他身边的几个亲戚。

“不舒服吗？”乔东阳捕捉到她细微的情绪变化。

“没有。”池月看向正在招呼客人的于凤，小声地问，“他们怎么来了？”

不仅池忠勇来了，还带来了他的儿子和姐姐一家，包括池月的姑妈、姑爹，还有姑妈的两个小孙子。这会儿，两个熊孩子正在婚宴现场乱跑，一会儿撞到花篮，一会儿撞到桌子，一会儿惊叫，一会儿扯鲜花，引来无数人侧目。不认识的人都猜测这是池月的亲戚，虽然不会呵斥，但难免会有几分看不起。

“别生气。”乔东阳揽了揽池月的腰，“当他们是普通亲戚就行了。”

“婚礼的流程是怎么安排的？”池月问。

她怕的是，一会儿会安排她挽着父亲的手走红毯。如果是这么一个为了成全别人的嘴和眼睛而存在的恶心仪式，她宁愿不要。

“放心吧，”乔东阳安慰她，“你就当他不存在。”

婚礼已经开始，来宾大部分是不了解池月家情况的人。这个时候，池忠勇不闹不作就是最好的结果，主动撵他难免会让大家难看。池月是忍也得忍，不忍也得忍。

池月本就担心王雪芽，现在再看到这几个人，就像吃了只苍蝇。

这个婚宴，董珊费了很多心思，风格独特，不是中式，也不是西式。按大家的说法，这是乔氏独有的婚仪。司仪是从申城请过来的班底，幽默、风趣、不为难新人，避免了很多恶俗的婚礼习惯，所以池月听从安排走流程，很轻松。

“好了，各位来宾，回顾了新郎和新娘从相恋到走入婚姻这一路的经历，接下来我们将进入一个愉快的环节。我相信这一定是大家喜闻乐见的事情。”司仪说到这里，故意顿了顿。

“什么？什么？是什么？”

“请新郎带着新娘——上天。”

观礼的人群中，又发出一阵笑声和惊叹。

司仪笑着说：“大家知道，新郎和新娘是在《星空行者》这个节目相识、相知，再走到一起的。这个节目的目的是什么呢？是星空计划，是发展科技，遨游天际……当然，为了各位来宾能顺利喝到喜酒，今天的婚礼现场呢，我们就不把他们送到太空了，要不然不知何年何月他们才能回来……”

来宾哄堂大笑。

司仪继续说：“吉时到了，请新郎、新娘登机。”

几架直升机停在航天城装点一新的停机坪上，在浪漫的婚礼进行曲中静待新人。大红的地毯从航天城门口一直铺到停机坪，四面都是鲜花铺就的海洋，直升机如若落在花丛中，鲜花被螺旋桨带起的风吹动，芳香四溢。

乔东阳微微一笑，朝池月伸出手：“乔太太，准备好了吗？”

池月挽住他的胳膊：“乔先生，我准备好了，你呢？”

乔东阳笑着说：“时刻准备着。”

两人对视一眼，走向直升机的舷梯。

六架直升机都是大型机。“六”这个数字，正合着中国人传统的“六六大顺”的美好寓意。直升机的外观被刷成了喜庆的颜色，配上吉祥的图案。其中领头的一架更是装饰得豪华大气，格外华丽，如若披了一身凤冠霞帔。主驾和副驶穿着特定的红色制服，礼仪周到地候在舱门。

众人仰头，视线集于一点。

池月挽着乔东阳的手，进入机舱。

原本另外的五架直升机是为伴娘、伴郎准备的，可是今天凌晨，临时取消了这个仪程，因为王雪芽和郑西元不在。孟佳仪等几个伴娘和池月的想法一样，一致认为缺失了王雪芽的伴娘团队不完整——尽管两人曾经为了第一伴娘的位置差点儿打起来。

“准备，出发啦！”

礼花绽放！

这是一个别开生面的空中盛礼，从直升机上飘落的花瓣在天地间飞舞、盘旋。

天空高远湛蓝，看不到飞扬的黄沙，只有漫天的落花，飘飘洒洒，带着沁人的芳香。现场美若人间仙境。

这样的盛况，很远的地方都能看到。许多百姓自发地走出家门，站到沙丘上，看向航天城的方向，感受这一份与众不同的喜悦和热闹，大声称赞着“美”“豪华”“震撼”。

而此时，池月在直升机里被颠得胃气上翻。

乔东阳扶住池月，问主驾：“什么情况？”

“他们说这叫颠机。”副驾回过头，笑吟吟地说。

“颠机？”池月有点崩溃。

副驾又说：“这和民间的颠轿差不多吧。现在咱们不兴坐花轿了不是？这坐上了直升机，不也得颠一颠吗？”

这话说得好有道理的样子。池月扶住乔东阳的胳膊，望了他一眼，脸色苍白。

乔东阳心疼得不行：“别颠了，好好开。”

此时，直升机正围绕着航天城盘旋，一圈又一圈。在这架主直升机的后面，还有五驾直升机排成了阵型，有节奏地向地面抛撒着花瓣，将婚礼的气氛引爆。航天城的观星台上站满了来宾。他们透过特殊材质的玻璃罩看着漫天的花瓣，指指点点，笑逐颜开。

池月不知道直升机盘旋了几圈，也不知道接下来还要盘旋几圈，放眼一望，整个天地间除了花瓣，别无他物。

“太奢侈了！”池月说，“花族也是够倒霉的，和人族多大的仇、多大的怨啊？不管遇上喜事还是丧事，生老病死，统统要拿它们开刀。”

乔东阳：“……”

“这得用多少花啊！”池月还在感慨，“心疼啊，花妈妈该哭了。”

“池小姐，”乔东阳捏了捏她的手，“你有时间学黛玉惜花，不如关心关心你老公。”

池月偏过头：“你怎么了？”

乔东阳努了努嘴：“你压到我了。”

在池月侧身看花的时候，大半个身子压在他受伤的胳膊上。

“不好意思，我忘了。”池月的眉梢微动，“你的伤，没有存在感。”

“早知道这样，我就把纱布扎在西服外面了。”

两人小声地聊着天儿，像是为了完成某种必要的仪式。池月不知道是因为太过担心王雪芽，还是因为天底下所有的婚礼都如此无聊，觉得自己更多的是像在表演，吃力、受累。

“你说，结婚是咱们俩的事吗？我怎么感觉是为别人结婚？”

“奇葩新娘。”乔东阳无奈地叹息一声，“不过我也这样觉得。”他望了望花瓣雨：“咱们在天上一圈一圈地傻转，就像是耍猴儿的艺人在表演，到底是愉悦别人，还是愉悦自己？”

“这么说，这个婚礼，你并不愉悦？”

“我愉悦的只是婚礼本身，”乔东阳的求生欲很强，“愉悦的只是娶到你这件事，而不包括……在天上转圈圈，做猴儿。”

地上的人并不能体会天上的人的煎熬，漫天的花瓣足够满足他们观赏的欲望。

“我这一辈子参加的婚礼用到的鲜花，可能都没有今天的多。”

“我就想看看，这几架直升机到底能吐多少花瓣……”

“它们是有规律地抛撒的，你没发现吗？我看还可以飞很久。”

“好羡慕啊，想嫁人了。”

人们议论纷纷，也有小孩子不怕日头晒，跑到外面捡花瓣。

池忠勇带着儿子坐在席上，没有人上前和他们寒暄。一部分人是因为不认识他们，一部分人是认识他们也不敢上前。乔家人对付他们的态度很明显，没有撵他们已经不错了。池忠勇妄想当现成的老丈人，不可能。

“太过分了！”

池月的姑妈是个嘴碎的女人。她本以为今天来了，他们是女家的直系亲属，怎么着也能得几分薄面，哪知道全是冷眼。

姑妈义愤填膺地说：“没见过这么背祖忘宗的东西！瞧把他们给得意的。那个于凤，你看穿得跟花蝴蝶似的。我呸！不就是女儿卖了个好价钱吗？得意什么！”

“爸爸，刚才我听到有人问二姐，你是不是她的爸爸。二姐说不是，说她爸爸早就死了。”池忠勇的小儿子池兵火上浇油，表达不满，“他们就没把咱们当自家人。”说到这里，他低头看了看身上的新衣服：“为了参加她的婚礼，咱们还特地去买新衣服，不就是怕丢她的人吗？这可倒好，在人家眼里，咱们比讨饭的乞丐都不如。她把咱们当狗。”

"别说了！"池忠勇怒了，打断池兵的话，"她再怎么扑腾，还是我闺女，是你姐姐。哼！想甩掉老子，没门儿。"

"你想从他们的身上拔毛？我看比杀了他们都难。"

池忠勇黑着脸，不吱声。

这时，人群里突然传来一声低呼："快看！直升机怎么了？"

众人看过去："不是在颠机撒花瓣吗？"

"这不是颠啊，像是出事了？"

有人惊叫一声，冲了出去。接着，人群一窝蜂地往外拥。

直升机里，池月紧紧挽住乔东阳，身子紧绷。

刚才飞行高度突然拔高，在冲入云层时，机身剧烈地颠簸起来。在一声巨大的轰鸣里，机舱发出机械的嚣叫。整个机身都在摇摆和打转，似乎随时可能在空中解体，然后坠入黄沙。

"怎么回事？"乔东阳的神色一凛。他站起来，冲了过去。

直升机的主驾被乔东阳一吼，手死死地按在仪表盘上："我在检查，我检查看看。"

乔东阳冷冷地看着他："你不怕死？"

主驾一愣："乔先生？"

"一个直升机的专业驾驶员，不知道哪里出了问题？"

"我……我……"主驾吞咽着唾沫，汗水开始顺着安全头盔的边缘从额际滑落下来，"好像是左发动机故障，液压也有点问题……"

"那你关停右发动机，打反手轮？"乔东阳恶狠狠地扳开主驾，一拳头过去，主驾的头盔歪在一边。

主驾猛地捂住脸，叫了一声"乔先生"，跌坐在地。

乔东阳："池月，制住他。"

这时池月已经站起，不等乔东阳说，默契地抢步过去，直接把主驾踹翻在地。

主驾没有挣扎，任由池月反剪双手，直到看见乔东阳上前操纵，被吓了一跳："乔先生，不能乱动！"

副驾也被吓住了："乔先生，让我来吧？"

乔东阳怒气冲冲地喝道："滚一边儿去！"

副驾只觉耳膜一震，还想申辩，又听乔东阳补充道："池月，看住他。"

池月："好的，放心。"

一个女人怎么看得住两个男人？池月不多说，飞快地将婚纱的拖地裙摆撕开，把主驾反剪着的双手缚住，将他踩在脚下。然后她盯住副驾，冷冷地说："我相信你跟他不是一伙的，但生死关头，我希望你不要轻举妄动，否则咱们就准备同归于尽了。"

副驾面色灰白、手足无措地看着她："可是乔先生……他……怎么会……"

乔东阳怎么会操纵直升机？副驾不信任乔东阳。

乔东阳也不解释，抿着唇不说话，正在做紧张的故障处理和修复。

池月看了一眼乔东阳的后脑勺："相信他。"

副驾的声音发颤："这不是拿生命开玩笑吗？我是专业的，你们要相信我……"

他试图为保住性命做最后的努力，因为此时直升机的颠簸比刚才更加剧烈了，嘈杂声也很重，直升机好像随时都有解体的可能。

副驾大吼，然而池月无视他："对不起，你是嫌疑人，再专业也没用。"

"我不是！你们要相信我！"副驾被吓得脸已经扭曲了。

池月依旧很淡定："乔东阳做技术出身，连飞船他都会开，莫说飞机。"

这牛吹的！副驾看了她一眼，回头看乔东阳去拉总距杆，又被吓一跳，伸手要去帮忙："乔先生……"

"告诉你不要动！"池月一脚踢过去。

"哎哟！"副驾呼痛，又被池月拽了过来。

池月："不要打扰他操作，好吗？我警告你，你再这样，我就不客气了。"

副驾捂着被踢的胳膊，大声吼叫："你知不知道，绝大部分直升机出事故不是因为机身故障，而是人为处置不当？这是不能开玩笑的，池小姐！"

池月："我觉得你更像个玩笑。如果你有专业精神，刚才主驾乱来的时候，你怎么不去制止？我看你们两个是一伙的，杀人凶手！"

"我不是没来得及吗？"副驾的眼神闪躲着。他不敢说自己刚才注意力不集中。

池月哼了一声。

主驾却呻吟着扭过头："我不是想使坏……我刚才那会儿，只是判断和操作失误。而且我只是尝试一下，马上就会修正……"

"别吵！"乔东阳突然大吼，"不想死就给我闭嘴！"

直升机像一只巨大又不安的受伤的鸟儿，在空中摇摆着，似乎随时会俯冲入地，机毁人亡。

地面上，人们乱成一团。

而这时直升机至少倾斜了 90 度。池月从机舱往下一看，也被吓得狠狠地倒吸一口凉气："乔东阳！"

她叫他的名字是条件反射。这样夸张的颠簸和倾斜，她认为出事的概率已经大于安全着陆的概率。直升机要在这样的机位下安全着陆，和在钢丝上耍杂技差不多，对飞行员的技术的要求很高。

恐惧感支配着缺氧的大脑，池月深吸一口气，好不容易才平静地说出下一句话："我们可能活不成了。"

乔东阳突然回头，看了她一眼。他的眼眶泛红，眼神里有着热烈的情感，神情却像一只准备征服猎物的狼："把你的婚纱拉好，我一定会带你平安落地。"

池月："咱们这是世界上最艰难的婚礼了吧？"

乔东阳："很刺激。"

他的话音刚落，直升机无线通讯器里就传来嘀嘀的电流声。

"呼叫乔东阳！呼叫乔东阳！"

这是权少腾的声音。

乔东阳全神贯注："说！"

权少腾："现在是什么情况，暴徒制住了吗？直升机有没有得到控制？"

"有。"

"好的，我马上就到！"

乔东阳哼了一声："等你赶到怕没肉吃了。"

"我已经到航天城了。"权少腾顿了一下，不高兴地说，"本来你也是请我来喝汤的。"

乔东阳："你现在是不是该做点儿别的？"

权少腾："地面上已经进入紧急救援状态。你只要不是赤条条地摔下来，问题应该不大。"

乔东阳忍住爆粗的冲动："不跟你计较，就这样。"

直升机的状态并没有好转，一直在持续的颠簸中，徐徐降落。

池月听了乔东阳和权少腾的对话，冷静了不少，赶紧整理着装。她发现有人在看自己，猛一掉头，瞪向副驾，疾声厉色地道："看什么？闭上眼睛！"

生死关头，副驾哪里会有这些心思？他只是想知道乔东阳怎么脱险："乔先生……桨距杆未压到底，这会儿风大……"

乔东阳冷笑："这不是你们动的手脚吗？"

"不信我就算了。"副驾想了想，"我有妻有子，不想死。"

乔东阳不看他："抓稳了，准备降落。"

砰的一声，左侧有什么东西碎了。池月没法儿转头，只觉耳边轰鸣声更大，风也灌了进来。天翻地覆间，一束刺目的阳光射入她的眼中。她眼前一黑，朦朦胧胧地什么都看不到，慌忙闭上眼。

"300米！

"150米！

"50……"

一阵剧烈的震动后，四周突然归于平静，安静得出奇。

烈日还悬在天上，空气里还有淡淡的花香。

池月尝试着慢慢睁眼，发现直升机已经倾斜着落到地面，四周围满了人，但是没有人说话，只是安静地看着他们发呆。

"月月！"池雁第一个哭喊着朝直升机扑过来。

姐姐的哭声将池月从经历了真实的惊险的迷茫中拉了回来。

池月此时一身狼狈。她费力地将身子从卡住的座椅中拔离，走过去看乔东阳："你没事吧？"

乔东阳的眼皮动了动。他看着她，不说话。

“乔东阳？”池月被吓住了，想拉他起来。

这时，舱门打开，警察、医生，还有于凤、池雁、侯助理等人全部往这边挤。

“让一让，救人!

“让一让，大家让一让！”

众人乱成一团。

乔东阳突然撑着座椅，站了起来：“都别动我！”他长长地舒也一口气，活动了一下胳膊腿儿，满意地说：“等会儿再救我。婚礼还没有完呢，哪有被人抬出去的新郎？”

众人呆滞。

池月又惊又喜地抱住他，激动得说不出话。

“怎么了，傻瓜？”乔东阳拍拍池月的头，“哎，我是伤员。”

“那咱们去医院。”池月慌忙放手，上下打量他。

乔东阳哼笑：“哪有大喜的日子去医院的道理？就算是死，我也要把婚礼完成了再说。”

池月看着他无言以对，又哭又笑。

“走，咱们继续。”乔东阳牵住池月的手，看向两个呆若木鸡的驾驶员，对冷着脸摆出死亡凝视的权少腾说：“这里就交给你了。”

池月被乔东阳牵着手从变形的机舱走出来。她的眼圈红了，可眼睛却亮晶晶的，充满了历经大劫之后的欣喜：“乔东阳，我这婚纱怎么办？”

她低头看了看，一脸狼狈。

乔东阳满不在乎地笑了笑：“没关系，又没走光，这才显得我的新娘与众不同。”

池月轻笑一声：“好吧，我信了。”

两人手牵手，相视一笑。

婚纱飘飘，花瓣飞舞，乔东阳托起她的下巴，低下头……

摄像机在外面适时抓拍下了这一幕。

后来，池月和乔东阳的婚礼照片被传到了网络，尤其那张两人站在机舱门口相视、相拥、相吻的照片，角度、光影、拍摄效果都极好，唯美而感人。劫后余生的喜悦印在他们深情对视的眼眸中，感动了网友，令他们收获了无数的祝福和好评。因此，那个扒皮池月的帖子——说她势利眼、为人冷血，对没钱的亲生父亲和穷亲戚视若无睹、态度高傲的帖子，居然没有引起半点儿水花。

婚礼闹出事故，现场正乱成一团。乔东阳忍着疼痛拿着麦克风淡定地喊话："大家就当看了个小杂技，没什么关系。司仪呢？婚礼继续。"

权少腾让人把主驾和副驾一并带走，又在婚宴开席的时候赶了回来。他匆匆进来的时候，乔东阳正在给宾客敬酒。

权少腾沉默了一下走过去，拍拍乔东阳的肩膀："来，单独敬我一杯。"

乔东阳和权少腾交换了一个眼神，放下酒杯，走到隔壁的小会客厅："什么情况？"

权少腾一脸严肃："你的猜测是对的，你三叔有问题。但主驾和副驾两个人，从目前的调查来看，没问题。"

"没问题？"乔东阳不信。

权少腾点头："根正苗红，有家有室，和乔三叔没有接触。"

"如果不是他们，会是谁？"

直升机突然出故障，主驾做出几乎机毁人亡的错误处置。

"这不可能是巧合。"乔东阳肯定地说。

"嗯。在直升机事故史上，因驾驶员错误处置导致机毁人亡的事故占比很大。事发突然，驾驶员手忙脚乱是可能的，但是直升机出故障的可能性不大。"权少腾往婚礼会厅看了一眼，"我询问过，直升机是经过好几次检查的。问题很可能就出在航天城内部的人员身上，接下来我会重点调查那些能接触到这架直升机的人。"

乔东阳点点头："辛苦了。"

权少腾完全不认为他是真心实意的："去吧，好好做新郎官。记得多笑一笑，别让你三叔瞧出什么。"

今天乔正江一家子都在婚宴上。刚才乔东阳还给乔正江敬过酒，乔正江的脸上除了露出对侄子的担心，不见有半分动容。

乔东阳冷笑："老狐狸总是摆出一副老好人的模样，天塌了也面不改色，就算他怀疑什么，也不会让我看出来。"

权少腾斜了乔正江一眼："天网恢恢，疏而不漏。"

权少腾说完就要走。

乔东阳喊住他："王雪芽和郑西元，有眉目了吗？"

权少腾看过来的眼神意味深长，而且他答非所问："今天是你大喜的日子，听这些不吉利的事，真的无所谓吗？"

不吉利的事？乔东阳的心一沉："他们怎么了？"

"送医院了。"权少腾说，"不过关于遇险的过程，郑西元吞吞吐吐，交代得含含糊糊，明显有所隐瞒。"

这不该啊！乔东阳问："你们是怎么找到他的？"

"因为抓到了昨天的持枪匪徒，我们顺着这条线摸到了他的暂居处，找到了昏迷的郑西元和王雪芽。目前就郑西元醒了，王雪芽的体质差些，还在昏迷中。"

"郑西元交代了些什么？"

"没什么有价值的东西。"

乔东阳扯了扯领带，一副跃跃欲试的样子："看来他是欠揍，回头我来问他。"

权少腾白了乔东阳一眼，不讲话。

乔东阳琢磨出味儿来了："不对，你刚才说'不吉利的事'，这算哪门子不吉利？"

"你说呢？"权少腾贱贱地笑，"如果让你媳妇儿知道了，你还有洞房花烛夜吗？别怪兄弟我没提醒你，不想今晚在医院过，就先别告诉她。"

乔东阳看了看自己胳膊上的伤："我自有分寸。"

权少腾懒洋洋地一笑："行！那就这样。我还有事，别说喜酒，就是喜汤都喝不成了，马上得走。"

"别啊！吃一口再走，或者我让人给你拎瓶酒？"

"别假惺惺的。"权少腾扬长而去。

听说郑西元和王雪芽已在医院，乔东阳悬着的心落下一半。

夜深了，医院里静悄悄的。

池月闻着消毒水的味道，心里沉甸甸的。听乔东阳说王雪芽被

送到吉丘人民医院，池月心急如焚，等闹洞房的人一走，就匆匆赶了过来。

乔东阳陪池月走到病房外面，停下脚步："你去吧，我找地方抽根烟。"

池月轻轻嗯了一声，敲敲门，听到里头应答，推门进去。

门又关上了。

第十二章

不是秘密的秘密

乔东阳没有去抽烟，而是在原地坐了下来，给郑西元的助理打电话：“姓郑的人呢？”

“医院。”

“什么情况？”

“没有生命危险。”

“哪间病房？我去看看他。”

“806。”

乔东阳看了看正对面的门牌号，把手机一放：“知道了。”

病房里，王雪芽的父母都在。老两口安静地坐着，没有声音。

王雪芽看到池月进来，眼眶瞬间泛红：“月光光，你怎么来了？”

池月似笑非笑：“我不能来吗？”

王雪芽抿了抿嘴唇：“今天是你的好日子……”

“得了吧你！啥好日子？”

九死一生，说是大劫的日子都不为过。

池月笑了笑："咱们现代人不用在意这些虚礼。再说了，你不在，我结婚有什么劲？"

王雪芽吸了吸鼻子："对不起，月光光，我食言了，没来参加你的婚礼，没当你的伴娘……"

"别说傻话。"池月摇摇头，走到病床前，笑着问，"现在感觉怎么样，好些了吗？"

王雪芽点头，又摇头，说不出话。

"怎么了？"池月又望向旁边的王雪芽的父母。

王母是个软性子，看女儿难过，早就红了眼圈："这两年也不知道我们丫丫走的是什么运，好事落不着，坏事一桩接一桩，没完没了。早知道会这样，我就不让她去那边工作了，干脆待在家里，哪儿都不许去。"

池月抿了抿唇："都怪我，结婚的日子没选好。"

"可不是没选好日子吗？"王母瞅了池月一眼，"你说你这日子挑的，又是沙尘暴，又是绑匪，已经快赶上世界末日了……"

"妈！"王雪芽怨嗔地看着自己的母亲，"这事跟月光光没关系，你怎么埋怨人家呢？"

"那跟谁有关系呢？"王母指着王雪芽说，"跟你有关系对不对？可你这一问三不知，什么都不肯说，你让妈怎么想？"

王雪芽扭开头："告诉你有什么用？我已经告诉警察了。"

"哦，告诉警察可以，告诉你妈不行？"

"能说的我都说了，不能说的……警察交代了，不能说。"

"不能说？有什么不能说的？"

王雪芽垂着眼皮，不说话。

"你这性子哟……也不知你这是跟谁学的，急死我了。"王母又急又气，吼了两声也没有用，独自坐到边上垂泪。

王父轻轻拉住老伴儿，又劝闺女："不想说的话就不说。但是闺女，爸爸必须得告诉你，不管你遇到什么事，都是爸爸妈妈的好闺女。只要你健健康康，就没什么大不了。"

王雪芽还是沉默，可是泪水已经涌到了眼眶。

王父朝池月笑了笑："月月，你俩一向要好，你陪陪她，说说你们女孩子的私房话。我先带你阿姨去休息。她身子不好，不能这么熬夜折腾……”

王母不愿离开：“我不去！我要在这儿守着丫丫……”

“丫丫又不欢迎你。”王父半开玩笑半认真地说着，揽了老伴儿的肩膀往外走，好言好语地哄着，“走吧、走吧，让她们年轻人多交流。咱们两个老家伙别在这儿凑热闹了。”

王雪芽的父母走了。

池月看着王雪芽，没有马上问她到底发生了什么，而是为她倒了一杯温水：“要喝吗？”

王雪芽摇头，又点点头：“你帮我把床摇起来好吗？”

“好。”池月慢慢将病床摇起，脸上是淡淡的神色。

可是王雪芽靠在床头，在池月的目光里渐渐紧张，甚至不敢直视池月的眼睛。

“这样可以了吗？”池月问。

“可以了。”

池月把水递到王雪芽的手上：“慢慢喝，先试试水温合不合适。”

“嗯。”王雪芽轻轻应了一声。

池月站在床边，看着王雪芽乱糟糟的头发，沉默了好一会儿：“小乌鸦，你不想对我说什么吗？”

“说什么？”王雪芽条件反射地抬头，有点紧张。

“为什么会突然离开宾馆？离开宾馆后，你又去了哪里？发生了什么事？”

王雪芽不说话。

池月看到她的脸色变化，有点心疼：“你不想说也可以，但我不希望你憋坏自己。如果这件事，你在我面前都难以启齿，那一定会在你的心里造成负面影响。小乌鸦，我们是无话不谈的朋友，不是吗？”

王雪芽一脸苍白，在池月的目光盯视下，像个无助的孩子，很想找个安全的地方躲起来，可是仓皇失措间无处可去。不管面对谁，王雪芽都得面对这个绕不开的问题。

“月光光……”王雪芽哽咽了一下，望着池月，“我不是不想告诉你……而是我，没脸说。”

池月慢慢坐下：“不急，你可以选择性地告诉我。”

王雪芽呜咽了一声：“我没脸做你的朋友了。月光光，你那么聪明，我这么笨。我怎么会是你的朋友呢？我真的太丢脸了。”

“做朋友又不是智力比拼。你如果不笨，怎么衬托我聪明，嗯？”池月微笑着调侃。

换作以往，王雪芽能气得跳起来打她。可今天王雪芽却垂着头，还点了点头：“可能这就是我唯一的优点了吧。”

“小乌鸦，”池月的眉头皱了皱，“每个人都是不一样的，各有各的好。我聪明不一定是好事，你笨也不一定是坏事。你这是怎么了？”

王雪芽重重地呼吸，像一条被水草缠住的鱼，努力了好一阵子，还是喘不过气。最后，她把头靠在枕头上，虚弱地说：“我像个傻子。我上了别人的当，亲手毁了自己。”

王雪芽用了很严重的词。

池月意识到了什么，目光倏地变冷。王雪芽的身上，看不到明显的外伤，那么还有什么是会毁掉一个女孩儿的？

池月摸了摸王雪芽的手，像在安抚一个受伤的小动物：“是很严重的吗？”

王雪芽点头。良久，她凝视池月：“你会嫌弃我吗？”

“说什么傻话？”面前的这个王雪芽，是池月不熟悉的女孩儿。她不再乐观快乐、不再爱笑坚强。池月不敢想她遭受了什么，轻轻抱了抱她，拍她的后背：“你不想说就不说了吧。你太累了，休息休息，睡醒了咱们再聊，好吗？”现在是深夜。黑夜会让人释放更多的情绪，池月不想王雪芽崩溃：“等天亮了，你就又坚强起来，又是那个勇敢美丽的小乌鸦了。”

“我再也不是了，再也不会是。”王雪芽在池月的温柔里，一颗心沉入深渊。王雪芽慢慢低下头：“池月，我犯了很大的错误。”

“嗯？”池月将声音慢慢地拉长，给她时间缓冲。

王雪芽的动作也很慢，头始终垂着。她轻轻地拉开自己的病号服——白璧染瑕，瘀痕清晰可见。

池月猛地一震："是郑西元，还是……别人？"

王雪芽摇头，咬了咬下唇："我不知道。"

不知道？池月的神经刹那绷紧，双手握住王雪芽的手："到底是怎么回事？"

"那天晚上，你们走了。范维突然找我，说他……说他手上有我们恋爱时的照片，是那种……那种很不雅的……"

池月："你跟他不是没有发生过？"

"在我的印象中，没有。"王雪芽的语气中带着迟疑，"范维说，是那次我喝多了……发生的。我不信，他就发了一张照片过来……照片里我靠在汽车的椅背上不省人事……我没有印象，但有点信了。他说，他还有视频……让我过去见他，只要我当面道歉，他就删掉。"

"这样你就信了？"池月抬高声音，有点生气。

王雪芽明显瑟缩了一下。

见王雪芽紧张，池月放缓了语气："这不怪你，只怪范维这个王八蛋太狡猾了。"

范维和女孩子打交道多，了解女性的弱点。尤其像王雪芽这样的女孩儿，最怕这种东西了。加上他约王雪芽的地点就在万里镇，王雪芽没有防备也情有可原。

"只是你该跟我通个气啊！"池月想到这个就痛心疾首，"别人不能说，对我有什么不敢说的？你不相信别人，还能不信我吗？"

"不是不信你，是……月光光，你要结婚，第二天就要走，我不想影响你的婚礼……"

"然后呢？"

"我去了，但没有见到范维，只看到两个陌生的男人。他们弄昏了我……"

"那郑西元是怎么回事？"池月不解。

王雪芽摇头："我去的时候没有看到郑哥，今天晚上权队才告诉我……"王雪芽哀怨地瞄了池月一眼，很快移开视线，"权队告诉我，他们找到我的时候，郑哥……就躺在我的身边。我也不知道发生了什么。"

池月蹙了蹙眉头："郑西元告诉权队，他看到你大晚上一个人出门不放心，偷偷跟了上去，恰好看到你落到那两个王八蛋的手上，刚冲上去……就被人家打昏了。”

“然后呢？他有没有说发生了什么？”

池月深深地望了她一眼：“他的交代跟你的差不多。他跟着你……然后昏过去，醒过来已经在医院。”

王雪芽怔怔地说：“那就不是他了。”

最后两个字，她用了很重的鼻音。她那裹着病号服的身子，像一朵被暴风雨摧残的小花，以肉眼可见的速度萎谢。然后她蜷缩到病床上，默不作声。

“你身上……”池月说了一半，又换了一个说法，“到什么程度？”

王雪芽咬着下唇：“没到最后一步，其他……就不知道了。”

池月不解地问：“你不是昏迷了吗？能记住多少事？怎么能确定这个期间发生了什么？”

“他们好像喂了我什么药。我迷迷糊糊，有一点儿意识。”

“你有意识？”

“是，就像是我……一个人在做梦。我以为是他，醒来后又回忆不起来，不知道究竟……是不是他。”

“那些人为什么要给你下药？”

“权队说，他们抓我过去，是范维的交代。他们给我喂药，本来是想等范维回来……不过他们没等到。”

在他们把王雪芽囚禁在房间的时候，范维正尾随乔东阳和池月去月亮坞。然后遇上沙尘暴，范维招来打手，想收拾乔东阳和池月，再趁乱逃走。结果范维被权少腾堵了个正着，没来得及回去享受他的“猎物”，就被抓去了派出所。

“权队抓住了其中的一个掳走我的人。”王雪芽低着头，像处于某种情绪崩溃的边缘，“权队说，那人交代，没等到范维回来，他们就知道出事了。为了保全自己，他们把我和郑哥关在房间里，拍了很多那种……不雅的照片和视频，准备用来威胁我们。他们一人备份了一份，分头逃走。那人还威胁权队——如果不放他出去，他的那个伙伴就会将那些照片、视频公布出去。”她顿了顿，“听权队的意思，郑哥……非常害怕这个。”

郑西元是个做传媒的商人，非常清楚舆论的影响力。从他的角度来说，不一定只是顾及自己的脸面，还得顾及公司的声誉。

“那你呢，怎么样？”池月看着王雪芽，从她的眼中，看到的全是狼狈。

“我不知道。我能怎么办呢？”

池月轻轻一叹：“权队还说什么了吗？”

“权队说会全力追查，争取不让视频和照片外泄……”

池月点头：“那就相信他。”

王雪芽没有吭声。信息社会，传播的速度让她不寒而栗，她不敢做那么美好的设想。

“还有，”池月用双手轻轻抵住王雪芽的肩膀，“小乌鸦，你要记住，就算视频外泄也没什么关系。你是受害者，没什么可羞耻的，该羞耻的是他们。你不必害怕任何人的口水和评头论足。你就是你，以前的你和现在的你，不会有改变。”

王雪芽捂着脸，痛苦让她的肩膀抽搐了起来：“我活该！我不怪别人，只怪自己太傻，在同一个男人的手上栽了两次，还一次比一次摔得狠。你说我是个什么笨蛋？月光光，我是个什么笨蛋啊？”

“别这样，小乌鸦。人都会犯错，你不要责怪自己，也不要渴望别人会对你仁慈。如果要别人放过你，你首先得放过自己，接受自己所有的不足和缺点。跨过这道坎儿，你就什么都不怕了。”

池月尽力安慰。

王雪芽垂着头，默默抽泣。

“我们把这件事交给权队处理就行。他是个很厉害的警察，一定会解决好的。”池月像在哄孩子，“小乌鸦，你太累了，需要休息。闭上眼睛睡一会儿，好吗？”

“你要走了吗？”

“我不走，就在这里陪你。”

王雪芽重重地点头：“不要告诉我的爸爸和妈妈，他们会气死的……”

“不告诉，一定不告诉。”

大半个晚上，池月都守着王雪芽。王雪芽并没有睡熟，时而惊醒，时而昏沉，每次醒来就告诉池月她做的梦——那个不太真实的梦，然后絮絮地说："如果那个人不是他，而是别人……月光光，我也许，就活不下去了。"

这一年，是王雪芽的生命中最绝望的一年，也是她的人生中最大的转折点。

王雪芽住院三天，池月每天陪着她。

王雪芽还算平静，只是很少说话，渐渐连正常的交流都成了问题，王雪芽的父母愁得连饭都吃不下。

池月私底下咨询了做心理医生的同学。同学告诉池月，这是典型的创伤后应激反应，家人和朋友应该多给王雪芽一些安慰和陪伴。

池月一刻也不敢离开王雪芽。

说起来，这真是一笔糊涂账。至今为止，连那个伤害自己的人是谁，王雪芽都弄不清楚。胡思乱想有时比知道真相更让人感到煎熬。

这三天，两人的角色互换。王雪芽不怎么说话，池月承担起了聊天儿主力的任务，像王雪芽从前对她那样。出身、家境、学业、遭遇，以及每一个人生转折点做出的选择，池月聊了很多。王雪芽很少回应，但一直很认真地倾听。到出院那天，王雪芽的情绪似乎平静了。

"月光光，你不要管我了，去和乔师兄度蜜月吧。"说罢，王雪芽又回头看向沉默的父母，"还有……爸、妈，你们回去吧，不用再守着我了。我准备回去工作。"

王母最是紧张："丫丫啊，已经这样了，还工作什么？跟爸妈回家休息不好吗？"

回家是最好的休息，但今天她若退缩了，可能就再也站不起来。王雪芽微微一笑："我只是受了点儿小伤，没有那么娇气，对不对，月光光？"

池月接收到她发来的求救信号，连忙点头："叔叔、阿姨，小乌鸦我会帮你们照顾。她能把精力放在工作上，也是好事。"

王雪芽的父母心里有数，叹息一声，无奈妥协。

池月帮王雪芽办好出院手续，收拾起她那简单的行李。

这几天，乔东阳忙着自己的事。婚礼一结束，他和池月就成了分居夫妇，但他知道王雪芽出院，还是派了司机过来接人。

今儿吉丘又是一个大晴天。

池月和王雪芽刚走出病房，就看到倚在门口的郑西元。他一动不动，不知道在这里站了多久。直到她俩的脚步声响起，他才抬起头，眼里布满了红血丝。

“小乌鸦……”郑西元勉强地笑了笑，“咱们俩，谈谈？”

此时、此地、此光景，是王雪芽遇到的生命中最尴尬的场面。

“我们……有什么……什么可谈？”王雪芽结结巴巴地说出这句话，没什么底气，瞬间红了脸。

郑西元的脸色略微苍白，看得出他没有睡好。他停顿了一下，叹了一口气：“回避不是解决问题的办法。”

王雪芽没有说话。

池月看了看她，不见她有拒绝的神色，便指了指电梯口，拉上行李：“小乌鸦，我在电梯口等你，就在前面。”

池月一走，王雪芽更加不自在了。

王雪芽不抬头，不看郑西元，仿佛这样就可以逃避现实。

“为什么不肯见我？”郑西元问。

在王雪芽住院的时候，郑西元拿着花来看望过两次，都被王母连人带花撵了出来。

这事王雪芽其实不知道，但她没有解释什么，小声地说：“没什么可见的吧。”

郑西元长叹一声，担心地说：“那天的事……”

“那天什么事都没发生。”王雪芽像只受到惊吓的兔子，不等郑西元把话说完，就把他的话截住，“郑哥，我听权队说了……你当场就被打晕了，什么事都不知道。你不用说什么了。”

那是郑西元最初接受询问的时候的证词，王雪芽相信这就是真相。她急切地打断他的话，就是不想让他看笑话，也不想让他因为这件事对她有补偿心理：“我自作自受，与人无关。”

“小乌鸦，不是这样的。”郑西元的眼神复杂，“那天权队问我的时候，我刚醒过来，有点迷糊，脑子发蒙，以为是做梦，就没当一回事。后来我想起来了……其实是我，就是我。”

王雪芽讶异地看着他：“你？”

郑西元沉默了片刻，点点头，不看她的脸：“如果你不嫌弃，我愿意承担责任。”

承担责任？这话在女孩儿的心里是生硬得没有一丝感情的词汇。

王雪芽笑了笑：“不用，我不需要任何人承担责任。郑哥，你也不用这样……我们等权队的调查结果吧，你可能记错了。”

郑西元拧紧眉头：“小乌鸦，我刚才的话不是在开玩笑。当然，我也不会逼你，我的提议，你可以考虑考虑。”

王雪芽问：“你想怎么负责？给我钱？补偿我？”

“当然不是。”郑西元被她的话逗笑了，他将手臂抬到她的身侧，用拳头撑在墙上，眼睛盯住她，“我和你结婚。”

王雪芽微微愣住，说不出话。

她一直知道郑西元是个好人。他对女性温柔尊重，所以才会被池月誉为“中央空调”。因此，她听了郑西元的话，内心的真实想法是郑西元愿意牺牲自己来帮助她。

“郑哥，”王雪芽不敢再停留下去，怕自己落在他身上的那颗心会收不回来，“这个事情咱们以后就不要提了。那天的事是个意外，是我傻，吃亏也是活该，和你没关系，你不用有任何想法。认真地说，是我欠你，害你倒这么大的霉……对不起！”

长长的一段话，她说得很是急促。说完，她还对着郑西元弓腰90度，鞠了一躬，然后匆匆离开。

“我们走吧，月光光。”王雪芽飞快地摁电梯按钮，像是身后有鬼在追她。

池月轻轻地按住她的肩膀，宽慰地拍了拍，没问她和郑西元的事，只问：“你确定要去实验室？”

王雪芽疯狂地点头：“我没有参加你的婚礼，现在去看看婚礼现场也好。而且我很珍惜这份工作，不能让严老师失望。”

这里离航天城不远，王雪芽没理由不过去。可池月还是担心她："要不跟我去月亮坞玩儿几天吧？"

"不行，你还要和乔师兄度蜜月呢。"

"我已经说了不用度什么蜜月，你比蜜月重要……"

"月光光，你别管我了。"王雪芽突然哽咽，"你别对我这么好，我不配有你这么好的朋友。我已经影响了你的婚礼，不想再影响你的生活。我已经欠你很多了。"

池月哭笑不得，轻轻地拍她的后背："欠什么啊？你可是当初拉我走出泥潭的小仙女……你别逼着我做'渣男'好不好？自己选的女朋友，跪着也要宠下去的呀。"

"你别这么说。那点儿钱，根本就算不了什么。"

"是、是、是，我家王老板是大土豪，不在乎那点儿小钱行了吧？"池月又好气，又好笑，扯她过来，强行帮她擦眼泪，"好了，我不对你好、不管你，不管你行了吧？你喜欢怎么样就怎么样，好不好？"

电梯到了，门开了，门外等着一群人，看到她俩愣住了。

池月一怔，拍拍王雪芽的肩膀："赶紧把眼泪收收，不然别人以为咱俩有病。"

王雪芽擦着眼泪点点头，朝池月粲然一笑，心里的负担总算小了些。

王雪芽以为回航天城可以好好疗伤，没想到一回实验室就发现，这个最平静的地方居然出大事了。

昨天，实验室的曹诺被专案组带走了，说他涉嫌改动直升机设备，害得乔东阳、池月和两名驾驶员差一点儿机毁人亡。如果不是乔东阳临危处置得及时，他的婚礼就会变成葬礼。

弟子出了这种丢人的事，严教授的脸色不好看。整个实验室如乌云笼罩，气氛异常沉闷。

王雪芽到这时才知道，在结婚的当天，池月有过那样九死一生的经历。池月不仅没有告诉她这些事，几天来，还每天陪着她在医院，安慰她开导她，甚至都没有照顾受伤的乔师兄。有一个这样的朋友无条件地包容自己，她还有什么放不下的？

春节将至，万里镇飘起了年味。

池月邀请了王雪芽来镇上聚餐。

王雪芽最近有点拧。要过年了，父母天天催问她过年的行程，她却说要在万里镇和池月一起过年。王雪芽的父母无可奈何，打趣说女儿像是嫁给了池月一样。实际上，王雪芽是真的爱上了这片土地。

几个月的发展，万里镇的网红气息越发浓郁。这座沙漠小镇以它独特的魅力吸引了众多的游人到来。春节期间，这里又推出了一系列新春特色活动，街上人来人往，杂耍的、逗趣的、卖零嘴的，好不热闹。

池月带着王雪芽溜达了一圈，刚进家门就看见一个不速之客。

“权队，你怎么来了？”

“喜酒没吃着，不能补吃吗？”权少腾二话不说，在池月家蹭了饭，然后就把王雪芽叫走了。

池月不放心，跟上去问：“权队，是不是案子有眉目了？”

“是。”权少腾的眉梢微动，望了一眼沉默的乔东阳，说，“你这媳妇儿好像喜欢别人比喜欢你多呀。狗子，你做人很失败。”

“我好歹有个惦记别人的媳妇儿，而你呢？”乔东阳没好气地回怼，伸手把池月拉回来，“慢走，权队，不送。”

“啧！”权少腾意味深长地看了他一眼，“恭喜你，成功引起了我的注意，所以后天去一趟警队吧。”

看权少腾不像开玩笑，乔东阳若有所思：“你是认真的？”

权少腾哼了一声，扣上帽子大步往外走：“我什么时候不认真了？后天早上九点，别忘了！申城。”

申城？乔东阳还得专程回去一趟。

好好的聚会被权少腾搅和了，但晚上的饺子还是要吃的。

吉丘这边没有吃饺子的习惯，但是侯助理家里有。他不仅会吃，还会做。下午，他就带着池雁在餐桌上包饺子。两个人有说有笑，对话虽然幼稚，但笑点十足。

吃完这顿晚饭，明儿一早，侯助理也要离开万里镇，回家过年去。

池雁舍不得，目光一刻不离开他，那小表情让人看得极是心疼。

“要不你去我家……过年？”侯助理鼓了好几次勇气才说出这句话，然后看着池雁。他明明心胸坦荡，却莫名紧张，因为一屋子的人都在看他，池雁也是。

池雁最近很少犯病，人情世故也多少知道了一些。闻言，她撇了撇嘴巴：“我可以去吗？”

侯助理微笑：“当然啦。”

池雁：“可是我吃得很多，你的爸爸妈妈会不会嫌弃我？”

侯助理：“不会，我家有很多大米。”

池雁：“我喜欢吃肉。”

侯助理：“我知道。我买得起肉。”

池雁：“水果有吗？”

侯助理：“有，你想吃什么都有。”

池雁一听这话开心起来，美滋滋地转过头，看着于凤。她想了想，大抵是觉得妈妈说的话不如妹妹管用，又用忐忑的眼神瞅着池月，甚至为了增加说服力，还加了一些自己的想法：“月月，猴子家里有很多好吃的。我去了，会给你带些回来。”

“真是个好主意呢。”池月扬唇笑开，“我准备了好多好吃的过年。你走了，家里就少一个人吃了。”

池雁大惊，微微张着嘴，看看这个，又看看那个，最后看向侯助理。

这个眼神让侯助理有点紧张，她该不会为了好吃的就放弃去他家吧？

池雁咽了一口唾沫：“月月会骗人，猴子不会。我要跟猴子去猴子家吃。”

全家人都笑了起来，侯助理更是乐得嘴角都咧到了耳根。

只有池雁自己不明所以：“你们为什么笑，是不是藏了好吃的？”

“哈哈哈……”

警队。

王雪芽一走进权少腾的办公室，就看到了郑西元。

原来他也在这里，看来是案子有进展了。她攥紧手心，说不出的紧张。

“两个当事人都到齐了，说一下吧。”权少腾示意王雪芽坐下，然后自己往办公椅上一坐，拿出一份档案，放在桌子上。

王雪芽的眼皮颤了颤。她没有看郑西元，拖着步子坐在离他较远的那张椅子上，将双手搭在紧并的双膝间，低着头，神经紧绷。

权少腾笑了：“这是干吗？又不是你犯了错。你抬起头来。”

“哦。”王雪芽乖乖抬头，目视前方，不说话。

郑西元瞥了她一眼，将手指搭在太阳穴上，垂着眼皮，也不说话。

权少腾观察着这两个人：“今天叫你们来，是说一下案情。那两个人我们抓回来了，他们拍摄视频和照片的手机也被缴获了。目前来看，没有泄露，你们不用紧张。”说到这里，权少腾顿了一下，“当然，工作需要，我们专案组看过内容。”

王雪芽刚松缓下来的神经又一次绷紧。

“你不要在意，这没什么好看的。”权少腾不以为意地扫过她的脸，“对于我们来说，这只是一个案子……嗯，大概就和看一头受伤的猪没什么区别。”

王雪芽从脸颊到耳根都红了起来，更说不出话了。

“案情基本清楚了，”权少腾并不知道自己这么说有什么不对，看了她一眼，“情况比我们预计的要好，你没有受到进一步的侵害。”

“没有受到进一步的侵害”，用词真的很委婉了。可是王雪芽的脸再次红成了熟透的番茄：“那视频……”

“视频里出镜的只有你们两个。”权少腾意味深长地说，“这个案子我们会和乔东阳的伤害案并案审理，涉及你们的隐私的部分，警方会保密，请你们放心。”

“那个……”王雪芽踌躇地说，“视频和照片可以帮我们销毁吗？”

权少腾连想都没想就说：“不能。这是证物。”

证物？王雪芽的脑子一乱：“那我可以看一下吗？”

“可以，但是……”权少腾挑了挑眉梢，瞥向郑西元，“毕竟这个视频同时关系到另一个男当事人的隐私，必须征得他的同意才能给你看。”

王雪芽望向郑西元，郑西元也恰好望了过来。

实际上，郑西元清楚她很想知道当晚的细节——可是他不想让她知道。

“这个……如果你一个人看，我会觉得有点不舒服，像是被人扒了衣服注视了一下。要不然我俩一起看？”郑西元认真地看着她，眼角却藏了笑意。

王雪芽瞬间红了脸：“不行！”

郑西元：“那怎么办？你要看我，我也不愿意啊。”

气氛突然怪异。

权少腾瞄了郑西元一眼：“你们两个当事人商量一下，不看的话，我就存档了。”

王雪芽弱弱地问：“不能就给我一个人看吗？”

权少腾摊手，微笑着说：“这会侵权男当事人的隐私啊。你不会认为男人就没有清白，就应该毫无保留地像大白猪一样随便让人观赏吧？”

王雪芽只能向郑西元求助：“郑哥，你看能不能……”

“不能。”郑西元摇头，“我还是很害羞的人。”

郑西元沉默了片刻，看王雪芽的表情不太轻松，便小声地建议：“要不咱俩都别看了吧，就当没有这回事，好不好？”

王雪芽苦笑：“能当没有这回事吗？这是刑事案件，还要开庭的。”

“怎么不可以？”郑西元的话很具诱导性，“这个案子你可以不用出面，让律师全权处理就好。我有一个非常不错的律师朋友，铁哥们儿，办事很稳，嘴巴很严，保证不会让任何人知道。”

王雪芽看着他，目露疑惑。

郑西元又是微笑：“当然，如果你愿意相信我。”

以退为进的招数，对王雪芽这种善良温柔的女孩子来说，完全无法拒绝。权少腾一个旁观者，也忍不住叹了一口气。果然，小白兔妥妥地进了圈套。

王雪芽还想挣扎："这个视频里，真的没有别的什么吗？我想不起来，但想知道真相……"

郑西元嘿了一声："你不相信我，还能不相信权队吗？权队已经说了，没你想象的那么严重。就是我们呢，晕晕忽忽地有一点儿接触，被王八蛋拍了照，就这么个事。"

他说得轻松，还带点儿调侃，就像这真的只是被蚂蚁咬了一下的小事。

情绪是会感染人的。王雪芽看他这样，慢慢放松下来："那好吧，我听你的。"

郑西元点点头，深深地望向权少腾："权队，剩下的事你解决就好，我们就都不看了。"

权少腾挑了挑眉，问王雪芽："确定了，你也是这个意思吗？"

王雪芽的脸颊红得发烫："嗯。"

"那好吧。"权少腾叹了一口气，"没别的事了，你们先走吧，后续再联络。"

郑西元："好的，辛苦你了，权队。"

权少腾没吭声。

王雪芽站起来，却迈不开脚步，还有些犹豫："权队，那些人不会还有别的备份吧？"

"这个我不敢绝对保证……我只能保证，今后如果再出现，我们会第一时间切断传播途径，依法追究来源。"

也就是说，定时炸弹永远都在？

王雪芽的心有点凉，但她没办法要求警方更多。有没有备份，备份在哪里，确实没人能保证。临走时，她特地问了一句："权队，范维在哪里？"

这一切都因范维而起，她连提到这个名字都咬牙切齿的。

"在看守所，等着开庭处理。"权少腾望了她一眼，意味深长地说，"姑娘，长点儿心吧，以后谈恋爱，不要再去垃圾堆里找男人。"

一个"再"字，用得恰到好处。郑西元莫名尴尬。

次日上午，专案组在申城乔家带走了乔正江。

乔正江涉嫌勾结范维，联合偷树贼，买通东阳科技实验室的曹诺，从偷树、毁树、截杀，到破坏直升机设备，谋杀乔东阳，证据确凿。其用心险恶、手段狠辣。

乔正崇得知此事，十分震惊，当即赶了过去。为了配合案子的审理，乔东阳也不得不丢下月亮坞和航天城的工作，带着池月赶赴申城。

在警队听取了关于案件的相关报告后，乔东阳一句话也没说。

说实话，乔正江所做的事，不仅乔东阳难以接受，就连池月都觉得震惊。

很久以前，乔正江就蓄谋加害乔东阳了。只是他最初借刀杀人，利用脾气暴躁的乔正元，自己始终藏在幕后。乔正元父子出事后，乔奶奶也过世了，乔正江眼看大势已去，这才不得不自己亲自操刀。

乔东阳从警队回家，还没来得及吃晚饭，就接到了许多电话。乔显庭、乔昕、乔雪、三婶……还有乔家的八大姑、七大嫂，有探听消息的，有假装关心的，有来求情的。

多年以来，乔正江塑造了一个老好人的形象。哪怕他陷害乔东阳父子的恶事，桩桩件件都在面前，乔家人仍然愿意相信他是迫不待已的，甚至把他美化为兄弟情深和愚孝，认为他是为了给乔老太太报仇。

人们戴上滤镜选择性盲从，在巨大的舆论压力下，乔东阳父子反为千夫所指。就连一向崇拜乔东阳的堂妹乔昕，在电话里都哭着吼他："我明明知道你现在变得这么坏，可还是想为我爸爸求你。东子哥，你放过我爸爸好不好，就这一次。我保证他再不会做伤害你的事……他是个好爸爸，我们都离不开他。东子哥，明天就要过年了，你忍心看着我们连过年都看不到爸爸吗？"

乔东阳默默地挂了电话。彼时，董珊正在家里做饭，可乐鸡翅、小葱拌豆腐、水煮牛肉、辣子鸡丁已经端上了桌，鲜香诱人。乔东阳坐在那里，看着手机出神。

董珊看了他一眼，笑着说："你做得很对。不能为了迁就任何人而为难自己，这算是我的一点儿感悟吧。顶得住压力，才成全得了自己。东子，我为你骄傲。”

乔东阳抬头：“谢谢。”

董珊捋了捋头发：“我就随便说两句，你这么客气做什么？”

池月看着这对别扭的母子，忍俊不禁：“开饭吧、开饭吧，不能再酸了，要不然一会儿这酸萝卜炖老鸭汤我会喝不下去的。”

“你这孩子！”董珊笑着看了池月一眼，“我去端汤。”

晚餐只有他们三个人，气氛温馨，有家的感觉。

“你们明天要回万里镇过年吗？”董珊似是随意问起。

池月抬头，看了乔东阳一眼：“是的。”

董珊轻轻唔了一声，点点头，没说话。

乔东阳向董珊瞥了一眼：“你要是没什么事，可以跟我们一起过去。”

“我……”董珊想说“我可以吗”，可是如果这么问会显得太生分。于是她咽了咽唾沫，换上笑脸：“好，我去玩儿几天吧，很想念亲家母做的烙饼呢。”

乔东阳没吭声。

董珊脸上的笑敛了敛：“还有个事，正准备告诉你们。可能过完年，我就要出国了。”

出国？这么突然？池月一脸意外地看着她。

乔东阳也有些吃惊：“旅游？”

董珊笑了笑：“不，去学习。”董珊笑着叹了一声，“年轻的时候没能完成的梦想，现在去追寻应该还不迟吧？东子，你也结婚了，月月是个好孩子，我就没什么放心不下的了。最近吧，我留在这里，守着这间空屋子，常常有种感觉，不知道自己为什么活着。你们都在追逐梦想，我也想去追一追年轻时候的梦。”

几十岁的人了，能做出这样的决定，不容易。从最初的软弱，到今天的独立、坚强，池月知道董珊这一步步走过来，能战胜自己，有多么不容易。

池月竖了竖大拇指：“董姨，我们都支持你。以后我老了，也要向你学习。”

董珊笑说："你可别学我。我这只是没有办法的办法。"

看得出来，董珊并不想走，情感上也割舍不了这个生养她的家乡。只是寂寞、孤独侵蚀了心，漫漫人生长路，她总得找点儿事情打发时间吧？

乔东阳皱着眉看董珊，半晌没说话。

池月有点感慨："不论做什么，开心就好。"

董珊嗯了一声，似乎有忧伤的情绪在心头："等将来你们有了小孩儿，需要人手，我就回来，帮你们带小孩儿、做饭。"

乔东阳低下头，没说话。

池月看着董珊脸上的落寞，默默放下筷子："我好像现在就有了，怎么办？"

有了？怀上了？

池月的话太过突然，让人反应不过来。

董珊看着她的肚子，好半晌没吭声。

乔东阳也是大吃一惊，视线从她的脸上移到她的腹部，来来回回，似乎在判断她有没有开玩笑："池月？"

"嗯？"池月摸着肚子，笑逐颜开，"不可以有吗？"

乔东阳的眉眼浮上惊喜之色。他突然拉开椅子，把池月抱了起来："真的吗？宝贝，你真的有宝宝了？我怎么……有点不敢信？"

池月瞪了他一眼，也不解释，只对董珊说："董姨，如果你是为了实现理想出国，我支持你。这和我怀不怀孕没有关系，我很愿意看到你开心。如果你是因为别的原因而放逐自己，一个人去异国他乡流浪……我们会很担心的。"

董珊打心眼儿里高兴："如果能帮你带小孩儿，我就不走了。"

这位也太喜欢小孩儿了吧？乔东阳看着董珊没说话。

董珊生怕他们不同意，接着说："我可以教宝宝画画。我是有教师资格证的，等会儿找给你们看。你们放心，我不会耽误宝宝的成长和学习、不会溺爱孩子，有什么事都和你们商量，让宝宝天天都看到爸爸妈妈，不让宝宝缺失父爱母爱……"

董珊的样子有些严肃，又急切、紧张，像是她要生孩子。

池月笑叹："董姨，你肯帮我们带小孩儿，那是我们的福分，我们求之不得呢。”

是吗？董珊望向乔东阳，不确定，或者不确定自己会等来这么幸福的一天。

乔东阳没有发表意见，只是哼了一声，说池月：“你怎么还叫董姨？这让孩子以后怎么称呼？”

池月愣了愣，笑出了声：“是我不好，忘了改口。”她拉住董珊的手：“妈！婆婆！”

董珊重重地哎了一声，泪水夺眶而出。

懂爱的人，会爱。乔东阳愿意放下心结接纳董珊，不仅成全了董珊多年的期待，对他而言，又何尝不是一种救赎？池月看着母子二人的“世纪大和解”，心里彻底释然。

月亮坞项目已经进入正轨，星空计划在严教授的带领下也在按部就班地进行中，又适逢春节，乔东阳体恤池月怀孕，准备带她找一个风景秀丽的地方旅游，补度蜜月。

两人提前做好了行程安排，规划了一个浪漫又温馨的假期。然而池月还是高估了自己。怀孕的她不仅嗜睡，还懒惰。转了一圈，没什么好玩儿的，她就自我放弃了，天天泡酒店，不肯出门。

恰好此时，有池月参演的那部电视剧上映。池月饰演的男二，形象深入人心。她突然就变成了一个出门不戴口罩会被人认出来，戴了口罩会把自己闷死的“大熊猫”，出门比宅家还累。

旅行没有了意义，于是他们的蜜月就成了天天窝在宾馆里打游戏。

媳妇儿怀孕，前三个月是危险期，乔东阳也觉得自己度了个假蜜月。只是这样也就罢了，最可恨的是，魏歌最近也因新剧爆火，然后向池月表示自己正在休假，天天屁颠屁颠地跟着池月一起打游戏，在语音里爱豆（偶像）爱豆地乱叫，像她的跟屁虫。

乔东阳觉得再没有比这更烦恼的日子了。

池月却很满意。这完全就是她幻想过的米虫生活——吃吃、睡睡、玩儿玩儿……毫无压力。

如果那天乔东阳没有接到那个电话，池月以为这样舒心的日子可能会一直持续到她生产为止。

可该来的电话，还是来了。

这是乔东阳花了一个多月的时间打听到的消息，结果，让他猝不及防。

在结婚前，池月亲自邀请了邵之衡来吉丘参加婚礼，可是他不仅没来，还表现得相当冷淡，只在婚礼当天发了一条简单的祝贺短信，然后托人送来了一份厚礼——纯金的头面。礼物值钱，但并不特殊，就像他只是她的一个普通朋友。贺卡上，除了“新婚快乐”，甚至没有一个多余的字。

池月怕乔东阳别扭，对此没有多说什么。但乔东阳看得出来，她有点失落。她说，感觉失去了一个非常重要的朋友。

其实他们谁都没有注意到事情的改变是从什么时候开始的。邵之衡在他们的生活中的存在感一直不强，到后来，越来越少。他不仅掐断了和池月的生意往来，还把他在东阳科技的股份全部以市价转让给了乔东阳，然后就从他们的生活中消失了。

在东阳科技蒸蒸日上的当下，拥有东阳科技的股份，那就是一笔会生蛋的财富。身为一个成功的商人，邵之衡做出这样的决定太不应该。乔东阳不关心他是个怎样的人，但要弄清楚原因。

从某种角度来说，邵之衡能彻底地退出池月的生活，于乔东阳而言是天大的好事。可乔东阳欠了邵之衡一个人情。

当年邵之衡救乔东阳于水火，现在邵之衡做出这么反常的事情，乔东阳就差人打听了一下他的情况。

一开始乔东阳得到的消息不怎么详细，于是又多等了些日子。

这一次，是邵之衡的女秘书亲自来的电话。

她叫陈一凡，在邵之衡的身边已有十个年头儿了，是邵之衡非常重要的工作伙伴。

陈一凡的语气低沉。哪怕她努力克制了情绪，乔东阳也能听出她的声音里暗藏的悲怆。

“是癌，晚期。”陈一凡的声音像铅笔划在磨砂纸上，痛苦而压抑，“他不愿意让人知道。乔先生，你明白，他很在意形象。哪怕走到这一步，他也不希望别人同情他，尤其是你。”

一个“你”字，她说得十分重。

乔东阳不知道说什么。他沉默好一会儿，问陈一凡："没有治愈的希望吗？"

陈一凡："我们当然希望有。"

这个回答很巧妙，暗合了朋友最殷切的希望，又说出了病情的残酷。

乔东阳问："他还有什么事情想做却没有来得及做吗？"

"乔先生是想还他人情吗？"陈一凡十分聪明，"如果是这样，我认为没有必要。邵总已经过了适应期，变得淡然了。这段时间他在学佛。因果、得失，想必他已经看开。"

乔东阳沉默。

电话里安静了片刻，气氛渐渐尴尬。他和陈一凡没什么可聊的。

"没别的事，那就这样吧，乔先生？"陈一凡客气、礼貌，但也疏远，"我想请你不要再打听他的事情了。他不希望被人关注。我也不希望更多的人知道，给他造成压力和二次伤害。"

"好。"乔东阳淡淡地说，"希望他能痊愈。"

"会的。"陈一凡平平静静地把话说完，在乔东阳挂断电话前，又突然喊住他，"乔先生，我有个不情之请。"

"嗯？"

"我知道这有点过分，但还是想为邵总争取一下。"陈一凡说得很轻。

乔东阳猜到了是什么事，淡淡地道："你说！"

"如果方便，可不可以麻烦乔太太抽空来看一下邵总，哪怕给他一点儿鼓励也好。"陈一凡说到这里，语气中终于带了真正的请求，"邵总预约了下月初的手术。我想，他会很愿意看到乔太太这个朋友。"

乔东阳沉默片刻，笑了一声："这是他的意思吗？"

"不是。"陈一凡回答很快，"但是再没有人比我更了解他了。人人都说他精明世故，其实他呀，就是太会为别人着想，什么烦事、破事都压在心里，要不然也不会得这个病。乔先生，我不想他有遗憾。"

"我太太怀孕了。"乔东阳说，"我不想她在这个时候有情绪波动。

她肚子里的，也是一条命。”

这回轮到陈一凡沉默。

“我懂了。好吧，再见。”她挂了电话。

一分钟后，她又发来一条短信，上面是医院的地址。

入春了，池月的肚子渐渐隆起。她穿了一件宽松的孕妇背心，坐在窗边打盹。近来她常常疲乏，有时候坐在那里什么都没想就睡过去，做一些奇奇怪怪的梦。好几次噩梦里，有令她害怕的蛇，就像是某种预兆。

她特地查了周公解梦。孕妇梦蛇，说是要生儿子。

哪有这么荒诞的事？池月没当回事。没想到白天在窗边躺一会儿，她又梦到一条大蟒蛇爬到了她的床下，吓得她冷汗涔涔，直到乔东阳进来叫醒她。

“怎么睡这里了？”乔东阳擦了擦她额头上的汗，“做噩梦了？”

“唔！”池月松了一口气，“可不就是吗？”

“说了不要在窗口睡觉，你怎么不听？这样不仅会做噩梦，还会感冒。”

“不是我要睡，是你儿子要睡，我有什么办法？”怀了孩子，池月常常会在他面前撒谎、耍无赖。

而乔东阳很吃这一套。不论她说什么，他都哄着、笑着、不争辩：“是、是、是，我错了。可是乔太太，你怎么就知道……这肚子里的是个儿子？”

“周公说的啊。”池月打了个哈欠，“梦蛇，生儿子。懂不？”

“这你也信！”乔东阳忍俊不禁，戳了戳她的额头，“早上有没有乖乖吃饭？”

“有啊。”池月站起身，在他面前转了一圈，“你看我这一身肉，是不是又胖了？”

“这不是胖！这是丰腴。”乔东阳像哄孩子似的耐心哄着她，说完，又往四周看了看，“妈呢？”

“在楼下。”池月笑道：“我在房间，她一般不打扰。”

“哦。”乔东阳点点头，坐下来，“有没有觉得哪里不舒服，我给你捏捏？”

池月歪歪头，观察他，忽而诡异地一笑：“你这两天有点奇怪。”

乔东阳受惊般地抬起头，看到她促狭的脸，笑了起来：“你又知道了？说说看，我哪里奇怪？”

“嗯……”池月想了想说，“每次跟我说话，都像没话找话。”

池月很相信自己的直觉。因为她常常这样，怀疑的事、担心的事往往会成为真的，感应有时候会比思维更快一步做出判断。

“怎么，不肯承认？”她抱住乔东阳的胳膊，挤了挤眼睛，“老实交代，是不是在外面有情况了？”

乔东阳屈指敲她的脑袋：“你在想些什么？”

“哼！”池月翻了个白眼，“社会新闻没有看过吗？老婆怀孕的时候，是老公出轨的高发期。很多男人在这个时候饥不择食，没有自制力……”

“胡说八道。我是‘很多男人’吗？池月……”乔东阳抓住她的手，看了她片刻。

池月以为他要说什么。可最后他叹了一声，问她：“晚上吃什么？”

池月的心头一动：“难道你真的有事？外面有女人了？”

乔东阳的眉头微敛。他妥协了，不想再隐瞒她：“邵之衡的秘书，希望你去见他。”

池月十分意外。在之前的很长一段时间，她一直以为邵之衡在国外，当初他拒绝参加她的婚礼时就是这么告诉她的。池月从来没有怀疑过他话里的真实性，因为他从来没有骗过她。

得到消息的这一天，她刚刚从申城回到万里镇，离邵之衡所在的京都好几千里路。等她紧赶慢赶地到达京都，已是次日黄昏。

春天的京都浪漫多情。华灯初上，城市像披上一层朦胧的霞光，十分好看。

乔东阳在到达医院前和陈一凡取得了联系。他和池月刚到医院楼下，就看到陈一凡在等着他们。

“你们来了。”

这个女秘书，池月见过。此人话少，存在感低。邵之衡与池月见面，大多数时候并不带她。所以池月可以肯定，之前自己和她没有矛盾，也很难理解她的目光里传递来的敌意是为了什么。

乔东阳问陈一凡："他人呢？"

陈一凡的面色极冷，但她仍有礼貌："二位请跟我来。"

这是一家私立医院，VIP 病房有独立套间，配套设施齐全。除了陈一凡外，还有两个护理 24 小时照顾邵之衡的起居。

陈一凡说，邵之衡不愿意别人把他当成生活不能自理的病人，不想失去对自己的掌控，开始很抗拒这样的安排。奈何，他拗不过家里。三十多年来，他事事忤逆父母，现在，他决定做个听话的孩子。

于是每天都有几个漂亮的女孩儿围着邵之衡，转得他头晕。

陈一凡把池月和乔东阳带到病房外面，面无表情地说："你们稍等，我进去汇报一下。"

池月应了一声："好。"

窗外是绚烂的落霞，染红了半边的天空。医院楼下的院子里，鲜花怒放，尽显春天的俏丽多彩。

乔东阳安安静静地站着，看着沉默的池月："待会儿我就不进去了，在外面等你。"

池月抬起头，撞上他的目光："乔先生，会不会生气？"

"会的，乔太太。"乔东阳的唇角弯出一个好看的弧度，"可是我爱你，不希望你有遗憾。"

"谢谢你，乔先生。"池月微微一笑，黑亮的眸子仿佛有一种穿透了时光的温暖。

过了很久，陈一凡推门出来："不好意思，久等。邵总说老朋友来了，他需要换一身衣服，收拾收拾自己。"

邵之衡很在意个人形象，以至于池月任何时候想到他，都是身姿笔挺、精神焕发的样子。哪怕他们都说他生了重病，池月也想象不出他生病是什么样子。

"请进吧！"陈一凡摊开手，做了一个请的动作。

病房的套间很大，最里面有一个四四方方的大平台，平台上种了些花草，透过窗子可以俯瞰医院的院子。这里幽静、雅致，与池月见过的病房完全不一样。

池月进去的时候，邵之衡就坐在平台上的一张椅子上。夕阳西下，他整个人沐浴在阳光中，俊朗温和。

“邵哥。”池月轻声喊他。

邵之衡回头，一双淡茶色的瞳仁有些消极和灰暗，但在看到池月的那一瞬，亮开了：“池月，你来了。”

“嗯，我来看看你。”池月朝他微微一笑，“生病也不告诉我，你打算瞒到啥时候？”

“能瞒到啥时候就瞒到啥时候吧。”邵之衡淡淡地笑着，摆摆手，示意陈一凡和护理小姑娘都出去，又笑着问池月，“乔东阳没有陪你来？”

“来了。”池月说，“他在外面接电话，事情太多了。”

邵之衡了解地点点头，看着她笑：“你胖了一些。”

池月没有隐瞒：“我怀孕了。”

“真快！”邵之衡笑开，露出一排整齐的牙齿。

他是真心实意地祝福池月。

“一转眼，你毕业了，长大了，结婚了，要做妈妈了。而我……”脸上的笑容敛了敛，他说不出那句“要死了”，而是撑着额头轻笑，“我好强了一辈子，到底抗争不过命运。”

两人几个月不见，邵之衡的变化很大。整齐的衣服和头发也掩盖不住他苍白的脸色和消瘦的脸庞。看着这样的他，池月快回忆不起最后一次见他时他是什么样子了。

人们对于常在身边的朋友，有时候反而不会太在意，总认为相聚和相见会长长久久，未来会有很多的日子。可岁月弄人，有些人说病就病，有些人说走就走。

“怎么了？”邵之衡感觉到她的情绪局促不安起来。

他在意形象，更在意自己在池月面前是什么形象。在池月黑亮的眼瞳里，他仿佛看到了自己的狼狈，几乎下意识地转开头：“你别这样看我，池月。”

池月慢慢走过去，笑了起来：“‘有生之年系列’啊，邵哥！”

“什么？”邵之衡一愣。

“我从来没有想过，从容淡定的邵总也会有难为情的一天。”

池月走近他，坐在他的面前，离他很近，看到他手背上扎过的无数针眼，看到他额头上渐渐浮凸起的青筋，还有蜡黄而没有光泽的皮肤。

“每个人都会生病的。”池月轻轻地说，“你要保持乐观的心态。”

“我知道。”

邵之衡很久没有这样近距离看她了。他看得很仔细，像是要把她记在心里：“你不用担心，这里有最好的医疗设施。哪怕这病只有千分之一的治愈机会，我也会是那个之一。”

池月含笑点头：“这个我信！你向来是无所不能、自信满满的邵总。无论何事，你一定是赢家。”

“彩虹屁。”邵之衡笑了起来，“这些天彻底闲下来，时间充裕了，我静下心来思考，也觉得挺有意思的。”邵之衡说着，突然笑了，“我看了你反串的那部电视剧。没想到你扮起男人来，比男人还显得英气。我看了弹幕，很多女孩子想嫁给你。”

池月笑着说：“是啊，我的后宫一向很强大。”

邵之衡跟着她笑：“月亮坞怎么样？离你的梦想还有多远？”

“发展得挺快。”池月真诚地一叹，“梦想照见现实，完全超乎了我的预料。”

邵之衡十分给面子的夸赞了一番乔东阳的作为和卓越的远见，并再次为他们新婚送上了祝福，然后叹了一口气，语气低沉下来：“曾经我也想过投资月亮坞。”

“嗯？”池月没有来得及反应，诧异地看着他。

邵之衡见状，扬起唇角：“不信吗？”

“信！那为什么你没投资呢？”

“有点遗憾啊，我没有乔东阳那么大的魄力。”

月亮坞项目在众人眼里是一个只亏不赚的买卖。除了乔东阳这种初生牛犊不怕虎的青涩后生，其他人哪怕再有情怀，也只能望而却步。这一点，池月清楚。也正因如此，当初她才会被乔东阳的决断力深深震撼——就如同邵之衡为她多年来坚持不懈种树的毅力震撼和折服一样。

“人啊，到了医院，住进病房，这时候才能真正看清命运，看清自己。”邵之衡想到哪儿，说到哪儿，“病房里，没有梦想，甚至没有未来。什么都没有，就回归到了纯粹的自我，然后安静地等待。”

“邵哥……”池月的心脏抽了一下。她有点难受。

“我就随便聊聊，你别觉得我入魔了。”邵之衡不再向她传递负能量，平静地看着她笑，“对了，你们月亮坞有地卖吗？”

这个时候买什么地？池月奇怪。

“没有？那租也成。”邵之衡又说。

池月问：“你买地做什么？”

“我想在月亮坞买一块地，建一座小木屋，就像乔东阳建在申城郊外的那个房子吧。最好临近月亮湖，有点沙漠小绿洲那个意思。等建好，我种些树，种些花，可以在月亮湖钓鱼、看花。偶尔来个风沙……也是温柔的浪漫。”说到这里，他笑着望向池月，“这样养老，是不是很有意思？”

池月看出他的落寞，轻轻一笑：“像你这种财务自由的成功人士，完全没有问题。”

“那就这么愉快地决定了。”邵之衡严肃起来，“我下月初去国外做手术。如果我活着回来，你记得给我留块地，我也要去追求我的梦想了。”

池月点头：“没有问题。”

“一言为定。”

此后的一个多月，邵之衡一直没有消息。池月每天惶惶不安，等待着邵之衡手术的结果。乔东阳说没有消息就是好消息，还每天换着花样地逗她开心。

在这样煎熬的等待中，池月等到了邵之衡的电话。他说，手术很成功，但还要在那边休养一段时间，教她安心养胎，不要挂念。然后他又特地叮嘱她，一定要帮他选一块最好的地，将来他准备修一座最漂亮的小木屋。

邵之衡的手术成功，池月为他开心："放心吧，我会帮你选好的，等你回来验收。"

这一年，池月二十三岁。

等到月亮坞的荒漠里，树叶吐出一片绿意，月亮湖碧波荡漾，轻舟在上，岸边房舍林立，旅游区游人如织的时候，池月已经二十九岁，是奔三的人了。

在池月二十九岁这一年，历时八年之久的月亮坞项目宣告竣工。

荒漠变绿洲，月亮坞里绿意盎然，如沙漠中的一条绿丝带，成功实现了将两片万里无人的荒漠进行切割，让日益恶化的吉丘沙漠的环境得到了改善。

在这样干旱贫瘠的土地上，能规划、实施这样一个举世瞩目的改造工程，并成功引入河水，实现月亮湖的再生，堪称世界级的奇迹。这个项目让乔东阳拿奖拿到手软，总工程师乔正崇也载誉无数。

时间就在这样繁忙而安静的日子中慢慢溜走。

时间在跑，但寻不到踪迹。

一年又一年，每一个清晨、每一个日落、每一个改变都在月亮坞海量的改造图片里得到了完美的呈现。这些不断变化、丰富、延续着的图景连接起来，像一条生生不息的长河，带着月亮坞，承载着这一群人，在时间里安静地向前奔流。

月亮坞项目的成功，震撼世界。

月亮坞旅游景区，名满天下。

也是在池月二十九岁这一年，乔东阳的星空计划终于又往前迈出了一个大步——东阳科技研发的载人航天飞船将带着他进行第一次环月飞行。

对于此举，众皆哗然。

《星空行者》计划，从开始的那一天到现在已经十二年，距离东阳科技和昊光娱乐共同策划《星空行者》节目已过去了八年。乔东阳用了十二年的时间，虽然离 520 光年还有很长的距离，但离他去看看月亮背面那一抹黑月光，终究是近了。

东阳科技全体振奋，而池月得到这个消息的当天就气炸了。

“为什么不让我去？”乔东阳晚上刚一进屋，池月就开始了连珠炮似的质问，“当初《星空行者》只是个宣传的噱头吗？我这个选出来的冠军，不配陪你上天对不对？乔东阳，你不讲道理，欺负人！”

乔东阳拍拍她的脑袋：“顺顺毛，别生气。”

“少来。”池月拍开他的手，“我要你回答我的问题。”

“你说得没错。冠军是你，你完全有资格跟我一起上天。可是……”乔东阳英俊的脸上带着笑、带着宠，还有一种淡淡的无奈。“傻媳妇儿，”他叹息一声，用自己的额头抵住池月的额头，盯住她的眼睛，“如果咱俩都去了，唯一怎么办？”

乔唯一是他们的女儿，是他们的心头肉。

“唯一马上念小学一年级了，怎么可以让她同时离开爸爸和妈妈？”乔东阳顺了顺池月的头发，安抚她的情绪，“太空旅行不是普通意义上的旅行，你明白的。”

太空旅行有太多的不确定因素，单是风险这一点，就无法预料。首次尝试环月飞行，乔东阳哪里敢带着妻子冒险？

看池月不作声，乔东阳笑了笑，哄她：“下次，我一定带着你一起。等孩子长大，咱们就自由了，对不对？”

“不对。”池月闹脾气，“你就是个骗子。”

“冤枉啊，乔太太。”乔东阳捏捏她的下巴，“下次，我一定带你。”

“谁要你带？下次我还不爱去了呢。”

“去520光年外！实现我们的约定呢？”

池月一边心里带着迟疑和期冀，一边瞪他：“你这个人，就知道逗我。”

“你是我媳妇儿，我不逗你，逗谁去？”乔东阳揉了揉她的脑袋。这个习惯，他总是改不了。而且他做了父亲后，说话时也常带出一点儿奶爸的语气：“不要生气了，好吗？”

池月想到他将要面对的风险，还是高兴不起来：“可是我会担心你。”

“对你老公有点信心好吗？傻瓜，不管走到哪里，我都会回到你和唯一的身边。”乔东阳看她不再反对，笑盈盈地把她扶到床边坐下，“我接下来会有大半年的集训。我算了算日子，走之前，刚好可以给唯一过生日。她已经六岁了，咱们还没有认真操办过她的生日呢。”

池月没有说话。

乔东阳似笑非笑地叹息：“真闹小脾气呢？”

结婚多年，他一如既往地惯着她、哄着她，可在这件事情上却不能依她。

池月明白他的苦衷，但是心里有气，说话闷闷的：“谁闹脾气了？”

“没有、没有，我的宝贝才不会闹脾气呢。”

池月白了他一眼，再次沉默。

乔东阳笑得连眼角都弯了起来：“怎么不说话？我在等你的指示呢。”

池月嘴硬心软，哪会不依他？她终是松了口：“知道你疼你闺女。过生日就过生日呗，哪一年没过？”

“咱们要隆重地过。”乔东阳笑着，支起胳膊躺在她的身侧，从床头置物柜上拿过一家三口的合影，目光里满是温情，“日子过得真快，一转眼，闺女已经六岁了。”

池月看着他，还是不吭声。

乔东阳的目光掠过她的脸。他轻松地笑着问：“乔太太眉目泛冷，拒绝交流。这是……要休夫吗？”

池月撇着嘴，拉过被子蒙在头上：“睡觉。”

乔东阳笑着伸臂圈住她：“睡吧！”

那一年发生的事情很多，但在池月的记忆里，最深刻的就是乔东阳环月飞行前为闺女举办的那个生日宴会。

唯一很开心。小丫头第一次做主角，从前一天就开始准备，还邀请了很多小朋友。宴会上，唯一像一只漂亮的蝴蝶，活泼、有礼貌，见人就问好，十分讨人喜欢。

今天来的人，大多是熟面孔。除了公司里的同事、亲戚，池月的闺密们也来了。

六年过去，刘芸和刘若男都先后结了婚，有了家庭和孩子。只有孟佳仪和王雪芽还是单身，两人时常打趣地自称“单身二人组”，说是日后如果嫁不掉，她们就组 CP（人物配对的关系）一起养老过日子。

不过孟佳仪和王雪芽不同。孟佳仪没嫁人，是因为挑花了眼睛。她身边围着的蜜蜂太多。她会谈恋爱，会喜欢小鲜肉，会来一场为爱而爱的走心约会，但一提到结婚就退缩。要么是她缩，要么是人家缩，每次都不合适，于是就剩了下来。

王雪芽就比较厉害了。六年过去，二十九岁的大姑娘了，她一次恋爱也没谈过。之前还有追求者、暧昧对象，这六年倒好，她连个知冷知热的暧昧对象都没有。

当年的案子早已过去。王雪芽和郑西元的事，除了少数的几个朋友，大多数的人并不知情，或知之不详。郑西元是向王雪芽表达过感情的。只不过他这个岁数的人，做不到年轻男人那么疯狂任性，相见相遇，无非你若有意，我就靠近；你若无意，我就走开。

值得一提的是，郑西元也没有结婚。别人问起来，他只说不想为了一棵树放弃整片森林，对感情的事情讳莫如深。

池月眼睁睁地看着王雪芽和郑西元之间的拉锯战，看得一清二楚。两人的心底都有一个深渊。他们互相凝视，为之吸引，又因之恐惧，不敢轻易纵身一跳，只能在日复一日的时光里蹉跎，等待救赎的来临。

好在大家过得都很平静，池雁也有了归属。

为了吃侯助理家的美食，池雁稀里糊涂地跟侯助理在一起了。因为羡慕池月有一个小可爱——女儿乔唯一，她又稀里糊涂地和侯助理生了个可爱的宝贝儿子。

池雁和侯助理的孩子今年已经三岁，长得虎头虎脑。都说儿子像娘，这小子也一样，没有遗传到侯助理的粗犷，竟有几分池雁的俊气，斯斯文文的，总被人误以为是个姑娘。

日子过得顺风顺水，如果不是乔东阳开启环月飞行去看黑月光，池月的生活真是一点儿波浪都没有。

“大家静一静，安静一下。下面，乔先生有事情要宣布。”司仪控场后，把麦克风交给了乔东阳。

乔东阳面无表情，一只手抱起因为好奇跑过来的女儿，一只手拿着麦克风：“各位亲朋，今天是我女儿乔唯一六岁的生辰，为了祝贺她，并且感谢让她来到这个世界的唯一妈妈，我为她们娘儿俩准备了一个礼物。”

场上掌声如雷。这些年乔东阳爱妻如命，这样重要的日子会准备礼物不奇怪。大家好奇的只是他会耍什么花样，会送什么礼物。

“是什么？”

“礼物在哪儿？”

乔东阳笑了笑。他抱着女儿不方便，叫了一声：“猴子。”

侯助理成了乔东阳的姐夫，但依然是乔东阳的助理。

此时，侯助理听到乔东阳叫自己，了然地点了点头，从事先准备好的一个档案袋里拿出一份文件，朝众人展示了一下。

于是全场震惊。

文件的封皮上，几个大字赫然在目——“乔东阳遗嘱”。

现场一片哗然。

乔东阳无视众人的反应，认真地说：“这是我的遗嘱和遗嘱公证，是我为唯一母女俩准备的礼物。”

池月对此毫无心理准备，抿着唇一言不发。

乔东阳没有让大家等太久，将唯一换了一个胳膊抱着，目光扫过池月的脸。他笑了笑，继续说：“大家都知道，这些年，唯一妈妈跟着我吃了很多苦，而我的女儿唯一还小……在准备环月飞行之前，我最放心不下的就是她们母女。因此，为了省点儿心，我在临行前特地写好遗憾，并进行了公证。”他低头看了看懵懂的唯一，目光再次落在池月的脸上，“本人在此敬告各位亲朋好友，如果今后我有什么不测，个人名下的所有财产，由我的妻子池月和我的女儿乔唯一共同继承，其他任何人无权干涉、侵占。另外，还请各位亲朋多多照顾她们母女，乔东阳敬谢各位。”

乔东阳把遗嘱和公证书递给侯助理，看大家都没有什么动静，又笑了起来：“掌声呢？怎么冷场了？”

有人在笑，现场响起几道稀疏的掌声。

乔东阳是乔氏集团和东阳科技的掌舵人。他名下的财产得有多少，这个数字只怕大得连池月自己都弄不清楚，可他就这么交代了。

池月平静地看着他，没有表情。

乔东阳隔着人群与她互望片刻，低头拉住女儿的小手：“唯一，快点儿拍巴掌，让妈妈笑一笑。”

唯一很听话，抬起两只肉乎乎的小手拍了起来：“妈妈，你笑一笑。你快笑一笑，唯一给你拍手手。”

池月笑着走近他们。

唯一年纪小，可是似乎从爸妈的眼里感受到了什么，转头看向乔东阳，小脸上满是困惑：“爸爸，他们说你要去很远、很远、很远的地方。”

乔东阳微笑：“是的，很远。”

唯一偷偷瞄了一眼池月：“妈妈不高兴了。妈妈要哭了，因为爸爸不带她。”

乔东阳屈指刮了刮唯一的小鼻头：“爸爸不能带妈妈啊。如果妈妈走了，就没有人照顾唯一了。”

唯一想了想，问：“那爸爸为什么不带唯一？”

乔东阳：“因为……爸爸谁都不能带。”

“可是爸爸带天狗。爸爸只喜欢天狗，不喜欢唯一。”

这也吃醋啊？乔东阳看着女儿的脸，无声地笑：“唯一，你在家里好好陪妈妈，爸爸很快就会回来。”

“很快是多快？”

“就是……一眨眼的工夫。”

唯一眨眼，然后揽住乔东阳的脖子："爸爸，我眨眼了。爸爸你回来了吗？你再也不走了，对不对？"

乔东阳："……"

父女俩在那儿闹腾。池月看了片刻，从乔东阳的怀里接过女儿，瞥了他一眼："这么大的事，为什么不跟我商量？"

乔东阳低笑："这还需要商量吗？我自己的东西，爱给谁就给谁。"

他狂得可以，已经这么多年了，一点儿没变。

池月望了望人群里的乔正崇："你就不怕你爸生气？"

"他没意见。"乔东阳侧过头，目光捕捉到人群里正和两个工程师侃侃而谈的乔正崇，"他这把岁数了，就我一个儿子，难道还会和孙辈争财产吗？再说了，我立下这个遗嘱，并当众宣布，就是为了避免日后有什么麻烦。"

池月皱起了眉头："你怎么尽说这些不吉利的呢？"

"唔！"乔东阳乐了，"写遗嘱就不吉利吗？傻不傻？"

人为财死，鸟为食亡。乔氏的悲剧不是个例，为了财产同室操戈的事情比比皆是。乔东阳不希望池月母女今后有任何的为难。

池月懂他，但是脑子有点乱："你这样，让我很慌。"

乔东阳轻轻地拥住她，连同唯一一起搂入怀里："立遗嘱是为了对亲人负责，又不是说立遗嘱的人马上就要死了。"

"别！"池月突然捂住他的嘴，"不许说这个字。"

乔东阳满目带笑："我听媳妇儿的话，不提。"

池月慢慢放开手："你送了我一件礼物，我也要送你一件。"

"嗯？"乔东阳低头凝视她，"什么？"

池月慢慢拉着他的手，放在肚子上："我又有小宝宝了。"

乔东阳蒙了半秒，眼中露出狂喜："你这女人总是搞突然袭击，为什么不早点儿告诉我？你看我都没有准备，没给儿子想名字。不行，看来这份遗嘱上，我还得加上儿子的名字。"

池月望着他："你又知道是儿子了？"

想到当年她猜测唯一性别的事，乔东阳忍不住笑："你的感觉是反的，我的感觉一向正确。这次要是个儿子，咱俩就刚好凑成个‘好’字，不就大吉利了？”

池月但笑不语。

乔唯一懵懂地看着爸爸和妈妈。她歪歪脑袋，头上的小辫子动了动：“我们家要添小弟弟了吗？”

乔东阳用食指点她的鼻头：“是啊，唯一要做姐姐了。”

“唯一已经是姐姐了，小猴子就是我的弟弟。”

“小猴子是大姨家的弟弟。现在呢，妈妈还要给唯一添个弟弟，唯一开不开心？”

“开心！可是小弟弟有小猴子那么可爱吗？”

“当然了，比小猴子还可爱。”

“小猴子可以吃好多饭饭，外婆说他比唯一小时候还乖。”

“瞎说！我们唯一最乖了，谁都比不上。”

“嘻嘻嘻！唯一的爸爸妈妈也最乖了，谁都比不上。”

这一年的中秋节过后，乔东阳和他的载人航天飞船一起离开了地球。

那天，池月送唯一上学，没有去发射现场。她回家的时候，家里的一切都没有改变，只是乔东阳和天狗都不见了，只有天狗为她留的一条语音。

“姐姐，我会照顾好乔大人，你和小唯一要等着我们回来哦。还有，你告诉唯一，我一定会回来娶她的。”

池月：“……”

手机屏幕反射着淡淡的光，照在池月的脸上。她把语音反复听了很多次，然后看了看唯一熟睡的面孔，走到窗边，拉开帘子，望向浩瀚的天空。

十五的月亮十六圆。今儿天气正好，圆月高挂天空，皎洁明亮。

池月望了很久，像个雕像似的，一动不动，直到收到王雪芽发来的消息。

王雪芽：“睡了吗？”

池月低头回复："没有。"

"我下周末就回国了，晚上约？"

下周末？池月看了看日历："下周末有事，下下周吧？"

王雪芽发了个嫌弃的表情，然后说："好，到时候我来找你。"

"OK！"

"看到新闻了，我乔师兄还是那么帅。"

"有我帅吗？"

"没有、没有，你是地球上最帅的仔。"

"算你有眼力见儿。晚了，赶紧休息。"

"再聊会儿呗。"

"王小姐，熬夜不利于减肥。"

"啊啊啊！池月，你这个坏女人，我要杀了你！我是作了多少孽，才遇到你这么个损友啊！我那天天被你催促的减肥史已经有八年了……"王雪芽的消息发到这里，突然断掉。

池月愣了愣，刚要询问，王雪芽就发来一条语音："哈哈哈！八年后，本小姐终于减肥成功。等见面的时候，我让你看看什么叫盛世美颜。"

"哦！"池月慢吞吞地打字，"不好意思啊，我天天看盛世美颜，免疫了。"

"天天看？"

"对啊，照镜子的时候。"

"你赢了。"

那一天，吉丘降了温。天已晴了好些日子，此时才终于有了秋天的感觉。

凉风拂过万里镇，街上的姑娘都换上了漂亮的秋装。池月早早起床，给唯一扎了两条小辫儿，又在衣橱里挑了一套亲子款的小裙子和黑色风衣给唯一换上。

母女俩走出门。风很大，吹起池月的裙摆。

唯一的辫子也被风吹得一摇一晃的。小丫头连忙摁住辫子："妈妈，辫子要飞了。”

池月笑着摸摸她的头顶：“有妈妈在，辫子飞不走的。”

“好吧，那我原谅那个风了。”

“唯一真乖。”

池月叫了一辆出租车。司机是个留小胡子的年轻男人，看见客人是一对漂亮的母女，分外热情：“去哪儿啊？”

“月亮湖。”池月说了个地址，怕司机找不到，拿起他递过来的手机输入导航定位，然后把唯一揽在怀里，就不再说话。

一路上，唯一像只小麻雀，叽叽喳喳地说个不停。司机看她可爱，忍不住逗了几句，再转眼看池月沉着脸，怕池月不高兴，清了清嗓子，笑着说：“你家小姑娘真可爱。”

池月微笑：“谢谢！”

司机笑呵呵地问：“你们去月亮湖干吗啊？”

池月的表情没有变化：“去看一个朋友。”

“朋友？”司机确认了一下导航的位置，“那里好像不是开放的旅游区，可能不允许进去。”

月亮坞工程虽然已经宣布竣工，但那里并没有全部开放给游客，还有一些地区在装修改造，有很多地方是禁区。

池月看着疑惑的司机，笑了笑：“没事，我朋友住在那里，你只管去。”

“哦。”司机操着一口外地口音。他不认识池月，但多看了她几眼。

对池月的说法，他有些怀疑。但他没有想到，车驶入月亮湖内他以为的禁区，保安大哥看到池月，立马就站端正了，不仅没有挡路，还热情地问他需不需要带路。

司机受宠若惊：“不用、不用，我有导航。”

车缓缓驶入，越往里，越让人觉得荒凉。

司机看着路标：“美女，你确定地址是对的吗？”

“对的。”池月面无表情。

司机哦了一声，看了看前面的路：“这边来的人好像很少。”

池月说：“没有开放，自然没有人来。”

“也是、也是。”司机不再多疑，继续往前走。

可当车绕过湖边的一段弯路时，池月突然叫他停车：“就到这里吧。”

“这里？”司机狐疑地回过头，“这里没有房子……你看朋友？”

池月嗯了一声：“我朋友住在更前面一点儿。他不喜欢见生人，我走着过去。”

“哦、哦、哦，明白。”

母女俩下了车。

好心的司机大哥留下了电话。他从车窗伸出头去，热情地说：“你回去的时候要是需要用车，打我的电话，我来接你们。”

池月回眸一笑：“谢谢！”

司机只觉眼前一亮，看着母女俩牵着手往湖边的绿地走去。他想了想，揉着脑袋发笑：“真是个奇怪的女人。”

月亮湖这一片地没有开放，但风景最为优美。正因绿化好，短时间内才不会允许游客进来踩踏。湖边有个小山坡，绿草盈盈，早已不见昔日沙丘荒漠的样子。

山坡下有成片的树林，树林里有一个小木屋，正是邵之衡修建的。

三年前，邵之衡亲自过来选的地点，亲自敲定的设计方案。

池月记得很清楚：那一天，也是这样的天气。她推着邵之衡的轮椅，在湖边慢慢走着，观赏初具规模的绿洲。两人有一搭没一搭地聊天儿。

“这边以后都会栽种树木？”邵之衡问她。

“是的，这里，还有那里，全是树。”池月伸手指点着，“在你的木屋周围，你可以种一些喜欢的花。”

“那我住在这里，是不是每天睁开眼，就可以看到花开的样子？”

“是的。”

“好，我喜欢这里。”邵之衡对这个地方十分满意，后悔自己来得太晚，又担心自己的设计会冲撞月亮坞的整体规划。于是他小心翼翼地问：“池月，这事乔东阳知道的吧？”

池月微笑：“他当然知道。他不张罗，我哪里做得了这个主？”

“那就好、那就好。”邵之衡一脸开心的样子，“我现在啊，就怕你的好心引起你们小两口的误会，那就不好了。”

池月扑哧一乐：“他不是那么小气的人，你别多想。”

邵之衡望着她笑，有些偏暗的眼周还带着点儿杂色。从他的眼神中，能看得出疲惫与抹不去的促狭：“是吗？他不小气？”

池月愣了愣，忍不住笑了起来。全天下的人都知道，乔先生是个大醋坛子。天下地下，就没有乔先生吃不动的醋。池月多看谁一眼，他都能别扭一阵子，哪怕对方是个老头儿。

“没有的。”池月笑说，“乔东阳可能吃任何人的醋，唯独你除外。”

“看来我在乔先生的面前还有些脸面。”

池月低头看着邵之衡：“他也非常关心你的身体。”

邵之衡乐了起来：“关心我的身体，可是我过来，他却避而不见。”

这些小细节，瞒不过邵之衡的眼睛。

池月笑着叹息了一声：“大概是邵哥太英俊，他怕被你比下去？”

邵之衡脸上的笑容越发扩大，那张消瘦的脸上仿若有了光：“你啊！就喜欢说反话。邵哥老了，早已不复当年。”

“瞎说！邵哥老当益壮。”

“哈哈哈！”

湖上碧波被风吹皱，将他爽朗的笑声荡了开去。

在池月的印象中，邵之衡的性格内敛、严肃，他很少这样大笑。她认识的这一群人中，邵之衡年纪最长，像一个知心大哥，关照着她，从没提过自己的要求。说来，这一块地，这一座小木屋，是邵之衡这辈子向池月提出的唯一的要求。

“妈妈，你在看什么？唯一在叫你哩！”

唯一疑惑地询问，拉回了池月的思绪。池月轻轻摸了摸女儿的脑袋：“妈妈在看湖景。怎么了，唯一？”

唯一嘟起小嘴：“唯一走累了，脚脚痛，不想走了。”

“再坚持一下。”池月不怎么惯着女儿。

“可是妈妈，我们要走到什么时候啊？我们的朋友在哪里？”

池月看着前面那一片大大的胡杨树林。绿叶被风带出的凉意，仿佛又顺着风灌入了人的心底……

风很大。

湖边有点冷。

池月轻轻抱起唯一，握住唯一的小手。

池月的发丝在风中飞扬，声音也被风吹得有点模糊：“就在前面，马上就到了。”

绿树丛里，一条弯弯曲曲的小路通往山坡下的小木屋。

邵之衡就住在那里。

冬去春来，寒来暑往。一晃三年过去了，小木屋没有变，他也没有变。

小木屋的门口有一个石碑，不像普通的墓碑那样大而庄重，更像一块指示牌。没有主人的生平，只有邵之衡的照片安静地刻在上面。照片中，他带着笑，温暖而平和，在池月来看，比三年前好看很多。

这张照片是陈一凡亲自为邵之衡挑选的，是他没有患病前的样子。照片上的他，一本正经的表情，嘴巴轻抿，整洁的西服拘着他一板一眼的性子。他的样子看上去有些严肃，但唇角有一丝笑意。

他真的没有变，永远不会变。

池月摸了摸自己眼尾淡淡的细纹，轻轻一笑。“邵哥，我来看你了。”

邵之衡没有回答。

但是他在笑，一直在笑……

严肃板正的笑容，令他看上去像个英俊得体的绅士。

“唯一，叫干爹。”

"干爹……"唯一是个听话的小姑娘，胆子也大。小姑娘睁着水汪汪的大眼睛，望着面前这个和普通墓碑不同的奇怪石碑，小辫在头上一摇一晃的："妈妈，干爹为什么会住在这里？"

池月说："干爹喜欢这里，每天睁开眼就可以看到树、看到花、看到湖水。"

唯一说："干爹好奇怪哟。"

池月微微一笑："唯一，你和干爹说说话吧？你三岁的时候，干爹还抱过你。他很喜欢你呢。"

唯一"哦"了一声，嫩嫩的嗓子里发出甜甜的笑声："干爹，我今年六岁了。我叫乔唯一，你呢？干爹，你和我爸爸一样帅，一样好看。可是我那天发现，我爸爸有一根白头发了。干爹，你好像比我爸爸要年轻哟。可是，你为什么要藏在这里呢？"

池月微微眯起眼。

唯一问："妈妈，干爹听得见我的话吗？"

池月笑着望了望湖水："听得见。"

唯一好奇地瞪大眼，在池月的笑容的鼓励下，又脆生生地说："干爹，你有好朋友吗？我的好朋友是天狗。天狗可好玩儿了，它说长大了要娶我做新娘子，就像爸爸娶妈妈那样。可是天狗总是长不大。本来我是比它矮的，可我长着长着就高高了，天狗还是矮矮的……"

山风拂过，吹得胡杨林沙沙作响。

邵之衡在笑。

当年，邵之衡的父母原本不愿把他葬在这里，可这是邵之衡的遗愿——骨灰埋在树下，做花肥、做树肥，回归自然。

这样的遗愿，大多数父母无法接受。那时，是陈一凡找到了邵家二老，也不知道她怎么就说服了两个固执的老人。事过一年后，陈一凡再次来月亮坞祭拜邵之衡时，交给了池月一封信，哦，不，只有一小截信。

那是邵之衡的笔迹，但不是写给池月的，而是写给他父母的。裁剪后的信里只剩下："爸、妈，儿子不孝。这辈子儿子最后的一个愿望，就是葬在月亮湖边，化作花肥、树肥，每天睁开眼，就可以看到树、看到花、看到那片湖，还有，看到她。”

陈一凡说，这是邵家二老托自己转交给池月的。

池月收下了这只言片语，但没有告诉乔东阳。

踌躇再三，池月把信埋在了石碑后的树下。而这，也成了她瞒着乔东阳的唯一一件事情。

风更大了些，吹得唯一的小裙摆飘了起来。

“妈妈，干爹不回答，唯一不想说了。”

“好，不说了，咱们马上就要走了。”

池月躬身将一束小雏菊放在小木屋前：“邵哥，这个季节，小雏菊开得最好，你会喜欢的吧？”

秋雾绕着湖面，轻笼着湖边一山的胡杨。日头慢慢升了起来，映出一片金灿灿的霞光。

这么美的景致，谁不会喜欢呢?

池月没有给来时的那个司机打电话，而是牵着唯一慢慢走向景区管委会。秋高气爽，她不想坐车，想带孩子走一会儿路。

“妈妈，”唯一踢着路上的小石头，问了一个她已经问过几百遍的问题，“爸爸去了哪里？”

“爸爸去给你摘星星了。”

“什么时候回来啊？”

“很快就回来了。”

“可是唯一很想爸爸……”

“爸爸就在月亮的旁边。唯一只要看到月亮，就能看到爸爸。爸爸呢，也会在月亮的旁边，看到地球上的唯一。”

“哦。”唯一乖乖地应了一声，不解地望了一眼天空。

太阳很烈。唯一赶紧低下头，不高兴地哼了一声：“爸爸肯定骗人。星星那么高，爸爸怎么可能摘回来？”

“爸爸是坐宇宙飞船去的，宇宙飞船会离星星很近很近。”

唯一低着小脑袋，嘀咕着，不知道在说什么。

池月轻笑：“唯一，说得大声一点儿，妈妈听不见。”

唯一扁了扁嘴，突然仰起小脑袋，眼眶湿润，一副快要哭出来的样子："妈妈，唯一不要星星了。唯一只要爸爸回来，只要爸爸回来抱抱我就好。妈妈，你给爸爸打电话，叫他回来，告诉他，唯一不要星星了。"

池月笑开："好，我们明天就给爸爸打电话，让他快一点儿回来。"

唯一开心地笑了起来，乖乖地牵着妈妈的手，走过郁郁葱葱的崇德林。

"妈妈，爷爷说，这是他的树林。"

"唯一，你听。"池月突然蹲下来，揽住女儿的肩膀，倾听着不知从哪儿飘来的声音，"唯一，是爸爸。"

"爸爸？在哪儿？"唯一欣喜地睁大了眼睛。

"你仔细听。"池月捧住女儿的小脸。

崇德林边的休息椅上，一对小情侣头碰着头地看手机。那声音就是从他们的手机里飘出来的："今天的播报里，大家将听到一段从星空号载人宇宙飞船里发回的声音。"

池月屏住呼吸，唯一睁着湿漉漉的眼睛看着妈妈。

乔东阳的声音清晰地从那对情侣的手机里传了出来。

"池月、唯一，你们听见了吗？唯一，我是爸爸。现在，我正在太空里看着那颗美丽的蓝色星球，想念你们。

"池月、唯一，到了太空，我才发现，地球是这条银河里最漂亮的行星。远离地球，我才真正意识到我们所做的一切的真正的意义。

"池月，谢谢你让我遇见了月亮坞，了解到生命的美好。我爱你。哈哈，这个表白算不算跨越光年的爱？唯一，你要乖乖地等爸爸回来。爸爸给你讲太空的故事，给你看最亮最亮的小星星。"

"嗷嗷嗷，乔大人，你的肚子在叫，你饿了！汪汪汪！请你立即停止向地面传输语音。你需要汲取能量，保持生理机能的正常运转。速度！汪汪汪！"天狗的声音传来。

"天狗，你不是狗、不是狗、不是狗！不要再学狗叫了！"

"好的，乔大人。我不是狗、不是狗、不是狗，你才是狗。"

“我……”

“嘀！”声音戛然而止。

池月搂紧唯一，将脑袋搁在唯一幼小的肩膀上。

她微笑着，喜极而泣。